春夏秋冬代行者

暁の射手

世界が生まれた頃、朝と夜は海を見つめていた。


自分達が空の天蓋を変えると、海は燃える。

朝焼けと夕焼けで、染まるその様が彼らは好きだった。

いつかこの何もない世界も、寄せては返す波のように変化が生まれることを期待していた。


それから心と体が石になりそうなほどの退屈な時間が流れ。


やがて、海にも大地にも生物が溢《あふ》れ始めた。

朝と夜は海を見るのを止めた。

色づく山や木々を見た。虫を見た。鳥を見た。馬を見た。人を見た。

目まぐるしく変わる世界は急速に進化を遂げたのだった。

特に、人の営みや暮らしは二神を大いに楽しませた。

夢中で見続けて朝夜の天蓋を撃ち落とすことを忘れてしまうほどに。

朝が来ない日、夜が来ない日が続くと、さすがに人も動植物も困り果てた。

一日の境目がなければ眠りもいつ取れば良いかわからない。
だが朝と夜は見ることをやめられない。
もう、二神だけで寂しく海を見る時間が終わったのだ。

では弟子を取っては、と囁《ささや》いたのは一体どの神だっただろうか。
伝え聞くところによると、四季は人を代理に立てたらしい。
朝と夜も人に光と闇の弓を授けることにした。人ならばこれが一番使いやすかろうと。
二神はたくさんの弟子を競わせ育てた。心折れず毎日矢を射《う》てた者達を後継とした。
弟子達は世界中に散らばり、全員の力で神の御業《みわざ》を代行することに決めた。
こうして大地も生物も、正しく眠りが訪れる世界を取り戻した。

二神は今も、育てた弟子の末裔《まつえい》が空に矢を射る姿を見つめている。

第一章

暁の射手守り人

巫覡弓弦

先代の守り人《もびと》であったおれの父が、会わせたい人が居ると言ってきた。

当時、おれは十七か十八だっただろうか。単身赴任だった父と久しぶりに顔を合わせた。

『父さんもう腰が痛くてな。仕事を若いのに譲りたいんだが、跡継ぎが見つからない。候補者は他にも居るが、主はお前に会いたがっている。会ってくれるか』

父は再会を喜ぶ言葉を交わすと、早々に用件を言ってきた。父の仕事の内容は知っていた。いつかは自分にその役目が回ってくるかもしれないとも思っていた。

何となくおれは自分がそうなるのではないかという予感を抱いていたので、是、と答えた。

父は驚いていた。どうやら断られると思っていたらしい。

『お前、聞き分け良すぎて父さん逆に心配だな』

そんなことをつぶやかれたが、一週間後には神様の元へ連れて行かれた。

朝を齎《もたら》す現人神《あらひとがみ》が住まう土地は、田園風景が広がる牧歌的な田舎だった。

迷路のような小道、鯉《こい》が泳ぐ池、木々が風に揺られる石畳の道を抜けるとようやく屋敷《やしき》が見える。今では慣れたが、最初はこの豪邸に我が物顔で入る父を見て驚いたものだ。

『お前が息子か』

父は屋敷《やしき》に入るなりおれに庭へ行けと言った。

屋敷《やしき》の庭に作られた見事な藤棚の傍《そば》で、神様がおれを待っていた。

彼女の名は花矢《かや》。確かあの時は十三歳。少女の声だが少年のような口調で話す人だった。

共に居た時間は僅かだったと思う。色々と質問をされた。煙草《たばこ》は吸うのか、車は運転出来るのか。普段何をしている。何かの試験を受けているような心地だったことを覚えている。

帰《かえ》り際《ぎわ》、神様は藤の枝を一枝折ってから言った。

『お前、これを受け取ったら終わりだぞ』

神様が自ら手折った花樹の枝をいただくことは、『守り人《もりびと》』になる証《あかし》らしい。

『おれに決めたということでしょうか』

『決めた。だが、自由意志の時代に若者を縛るのも気が引けるだろ。選択肢をやる』

『おれは構いません。逆に聞きますが、おれで良いのですか？』

『……お前となら、何とかやれそうな気がする。でも、無理強いはしたくない……』

尊大で偏屈そうな神様。きっと自分の世界にたくさんの人を招き入れる方ではない。

信頼していた守り人《もりびと》が居なくなることが心細いはずだ。その中でおれを選び、そして引き受けてくれるか不安気に返事を待っている。おれはこの神様のことが可哀想《かわいそう》になってしまった。

こんなに幼いのに、役目と責任を負わされて可哀想《かわいそう》だと。

『花矢《かや》様、おれで良ければお守りしますよ』

そう、最初はたしかに同情だった。

そして、時が経《た》ち、彼女のことをもっと知ったおれは見るのだ。翠嵐《すいらん》に暁が灯《とも》るのを。

夜が終わる。すべて、事なきを得た。

このひかりが、海を、山を、里を、世界を照らしていく。

肌を刺すような空気が、やわらかく包み込む温度に変化していくのを身体《からだ》全体で感じた。

瞳に映るのは、宵闇に包まれていた空が少しずつ衣を脱ぐように変わる様。

夜は毎夜死んで、そしてまた生き返るのだ。

いま断ち切られた宵の天蓋も今日の内には蘇《よみがえ》り、また空を星空で覆う。

繰り返し続いていく毎日が、大いなる奇跡と犠牲によって作られていることを皆知らない。

この景色を見る度にそれが少し口惜《くちお》しい。


「朝は来たか」

何時《いつ》の間《ま》にか起きていたのか、暁《あかつき》の射手《しゃしゅ》がかすれ声で聞いてきた。

「ええ、来ました」

そうか、と安心したようにつぶやく。
本当はそう思っていないはずだ。
朝も夜も彼女を苦しめるものでしかない。
他者の為に朝を齎《もたら》すこと、それに生きがいを感じる方ではない。
なのに毎度聞いてくる。
そうであってくれと懇願するように。
朝は来たか、と。

「良かった」

おれは、貴方《あなた》がもっと我儘《わがまま》であってくれたならと、そう思う。

まだ春の面影が残る初夏。

青年が少女の姿をした朝の神様を迎えに行こうとしていた。


青い車が、とある地方都市の中心街を走っている。

車内では音声ニュースが流れていた。

運転手である青年が複数のラジオ局の放送を切り替えていく。

『春を経ての夏という、四季として正しい在り方が……』

『改革派賊組織の構成員が昨晩、都内の某所にて』

『今年は桜模様の商品がとても売れ行きが良かったですね、様々な伝統工芸で……』

比較的心穏やかになれる情報を伝えている地方ラジオ局で切り替えの手が落ち着いた。

青年はハンドルを回しながら外の風景を見る。

車窓から眺める景色は冬の頃と比べると人通りが段違いに多い。雪解けが終わり、春が来て、夏が来て、世界は新緑の季節を迎えていた。人々は外出を謳歌《おうか》しているのだ。

視界に映るのはほとんどがコンクリートの建物だったが、時偶淡い紫色の花樹が見えた。

リラと呼ばれる花だ。ライラック、もしくは紫丁香花《むらさきはしどい》とも呼ばれる。珍しい花ではないが、耐寒性が強いので寒冷地で好まれる。青年が車を走らせる大地は、まさしく寒冷地だった。

ラジオの司会進行の女性がちょうどその話題について話していた。

『大和《やまと》の中では、竜宮《りゅうぐう》、創紫《つくし》、衣世《いよ》はもう暖かいようですが、此処《ここ》、最北端のエニシはまだまだ日によって寒暖差が激しいです。リラ冷えの季節がやってきました。暖かいと思って油断をするのは禁物です。大判のショール、少し厚めの上着が必要ですね』

大和《やまと》と呼ばれる東洋の列島の国。その最北端の大島の名を『エニシ』と言う。

初夏の季節と言えど、エニシはまだまだ気温が低い。

おまけに、この花が咲く頃はリラ冷えと呼ばれる寒戻りがある。

桜の頃に起こる花冷えと同じようなものだ。

現在も空は晴れ晴れとした青色だったが。街は寒さに抱かれていた。身体《からだ》に堪える寒さだが、冷えた空気の中でより濃厚に香りを発する可憐《かれん》な紫の花は芳《かんば》しい。

恐らく、それもまた好まれる理由なのだろう。寒さの中の楽しみを探すことが推奨されるエニシでこの美しい花樹は愛されていた。

車に乗った青年が向かった先にも、リラの花は咲き乱れていた。彼が赴いたのは由緒《ゆいしょ》正しき女学校。その乙女の花園を守るように、やはりリラの花樹が植えられている。

スーツ姿の彼はいつもと同じように街路樹近くの道横に車を停《と》め、自分が拳銃を持ってるかどうか確認してから車外に出た。

寒さが一気に襲ってきたが、彼の表情は変わらなかった。

頭の天辺《てっぺん》から糸で吊《つ》られているような真《ま》っ直《す》ぐな立ち姿で待機している。

髪が風に吹かれて顔にかかる様子が爽やかだ。

長い髪を一括《くく》りにしているせいか、一層、頬や顎、骨格の端正な作りが際立《きわだ》った。

青年は物静かだった。携帯端末をいじることもせず、直立不動でただ待っている。

彼にとって、誠実な姿勢で待機するのは大事なことなのだろう。これからやって来る相手に見せたい自分であることもわかる。リラの花、立ち姿の綺麗《きれい》な男。絵になる風景だった。

待ち人が気がかりなのか、彼はちらりと腕時計を見る仕草をした。

相手はまだ校門をくぐってすらいない。完璧な出迎えだが、それでも過失を犯していないか心配なのか何度か確認している。

彼が迎える相手は心を乱すことを許されない人だった。

姿が見えなければきっとあの御方は動揺するだろう、と青年は心の中で思う。

もし、その心の声を他人が聞いたら、たかが迎えに遅れたくらいで、と言われそうな心配事だったが青年にとってはあってはならないことだった。

おかしな話だが、青年はとある貴人に仕えていて。

その人はこの島国の人々の安寧を担《にな》う重要人物であり。

彼が彼女の心を守ることは他者の暮らしを守ることに通じていた。

北の島に住む青年従者が、そんな責任を背負っている。

そのことを、人々は知らない。

とは言え、波乱万丈な暮らしではない。

貴人に仕える従者となれば、護衛任務を想像してしまうものだが、存在自体が秘密にされている為、切った張ったの大立ち回りなどは無縁だ。生活全般を支援し、主人の行く所に常に随行する。そちらのほうが主な任務だった。

学校関係者も、事情を知る上層部の者以外は校門前にいつも現れる彼のことを、迎えを任されている若者程度にしか認識していない。暮らしは至ってのどかで平和だ。

あまりにも平和すぎて、その中に本当は隠れている痛みを見過ごしてしまいそうなほどに。

「……」

彼が外に立ってから数分経《た》ったが、待ち人はまだ姿を見せない。顔には出さないが青年は心がざわつき始めた。既に下校時間となり、女生徒達が校門から次々と出て行く。

青年が校門前で待機しているこの女学校はエニシの中でも名のある高校だ。

近隣に住む者だけでなく、遠方からわざわざ来ている生徒も多い。その為、彼以外にも送迎の車はずらりと道路脇に並んでいた。

一人、また一人、保護者に手を振って駆け寄る娘達。

自分の待ち人は何処《どこ》かと、青年は人の波を見つめる。そんな彼を、見知らぬ女生徒が熱っぽい眼差《まなざ》しで見つめるという構図も発生しているのだが、青年は気づかない振りをしている。

男子禁制の学舎。毎日校門前に現れる男。言葉を交わしたこともないのに恋をする娘を作る装置になりやすい。まだ若い少女達が彼を恋慕の対象にするのもやむを得ないだろう。

こうした熱視線を注がれれば、相手のことをよく知らずともその好意を受け入れる者も居るには居るだろうが、青年は違った。わかりやすく拒絶の姿勢を取っている。視線すらやらない。

過去にも勇気ある娘が彼に声をかけたことはあったが、その恋が実ったことはない。

冷たい、もしくは素っ気ないと言われるほどの振り方で撃沈させられている。

その姿を硬派として見る者もいれば。

何かの歪《ゆが》みを見出《みいだ》す者も居た。

後者の感触を持った者は鋭いと言えるだろう。

神様に仕える人間は、愛する者の為にみな何処《どこ》か優しく歪《ゆが》んでいる。

そうでないと、やっていけない。

「……様……」

脇目も振らず、貴方《あなた》だけ。そんな台詞《せりふ》を躊躇《ためら》いもなく言えるのが神の下僕たる存在だった。

やがて、彼の『主』がやって来た。

夜の世界で常夜灯を見るように、目を惹《ひ》かれてしまう少女がそこに居た。

春は桜の花弁の雨を浴び。
夏は緑の木々が奏《かな》でる葉音に包まれ。
秋は紅葉と銀杏《ぎんなん》を運ぶ風に揺られ。
冬は肩を少し縮こませて寒さに震えながら彼女はやって来る。

青年は季節の中に居る主を眺めるのが好きだった。
黒地に葡萄色《ぶどういろ》のリボンスカーフがついたセーラー服姿。
月影の髪。新雪の肌。牡丹《ぼたん》の唇。生まれながらに備わったすべての色彩が鮮やかだ。
髪を彩《いろど》る紅の髪紐《かみひも》がゆっくりと揺れる様はたおやかで、そして美しい。
まるで東雲《しののめ》の中で朝の完成を待つ山嶺《さんれい》のように、見れば見るほど虜《とりこ》になる。
彼の主はそういう女性だった。
星の瞬《またた》きを閉じ込めた大きな桃花眼が、こちらに向けられる瞬間まであと少し。

「花矢《かや》様」

青年は、今度は彼女に聞こえるように名前を呼んだ。

するると、彼女は応えるように視線を寄越した。

そして彼の名前を呼んだ。

「弓弦《ゆづる》」

友人と別れを告げて、自分の元へ一直線に歩いてくる主を見ると冷え切っていた身体《からだ》が自然と温かくなる心地がした。

——いつも、此処《ここ》で生き還《かえ》る心地になる。

期限付きの青春を楽しむ主と離れている時間は、彼にとって何の色もない人生に近い。

「待たせたな」

「いいえ。おかえりなさいませ、花矢《かや》様」

弓弦《ゆづる》と呼ばれた青年は優しく彼女を迎え入れた。

青年従者と少女神の一日は、此処《ここ》から始まる。

花矢《かや》は車の後部座席に乗り込むとため息をついた。

自身の身分に相応《ふさわ》しい振る舞いなどかなぐり捨てて座席に倒れ込む。

「……疲れた」

おまけとばかりにかすれた声でそうつぶやいた。セーラー服がシワになってしまう寝転がり方だ。これから車は発進するというのに、そのまま胎児のように丸くなる。

運転席に座った弓弦《ゆづる》は、突然倒れた女子高生の姿に驚くこともなく、慣れた様子で言った。

「お疲れのところ申し訳ありません。花矢《かや》様、シートベルトをしてもらえますか」

人語としての返事はなく、うめき声がしばらくして返ってきた。弓弦《ゆづる》は車の内蔵端末を操作して音楽をかける。自動的に、先程の地元ラジオ局のニュースが流れてきた。

「音楽に変えてくれ、弓弦《ゆづる》」

花矢《かや》がすぐさまダメ出しをしてきた。

言われて、弓弦《ゆづる》も即座にラジオを止める。そして曲の指定をされる前に、車内のカーオーディオからよく聞いている洋楽をかけた。正解だったようで、花矢《かや》はもう何も言わなかった。

目を閉じて音楽で疲れを癒やしている。

彼の主は世界の何処《どこ》かに居る誰かが作った素敵な曲を聞くのが好きだった。

同年代の他の少女達と同じように遠い異国に憧れがある。音楽で気分転換が出来たら、この疲弊した女子高生も復活するだろう。青年従者はそう思ったが、今日の彼女は疲労の色が濃い。まだみの虫の姿のままだった。

——可哀想《かわいそう》に。

弓弦《ゆづる》は疲れている主を見て素直にそう思う。彼女が疲労困憊《ひろうこんぱい》であることにはちゃんとした理由がある為、弓弦《ゆづる》も疲れて当然だと花矢《かや》の怠惰な行動を受け止めていた。

彼の主の毎日は、同情してしまうほどに逃げ場がなく、そして休みもなかった。

「花矢《かや》様、すぐお屋敷《やしき》に帰れますよ」

「うん」

「うん、と仰《おつしや》るならシートベルトをしてもらえますか」

「うん」

「……花矢《かや》様」

少年のような凛々《りり》しさと少女の可憐《かれん》さを備えた花矢《かや》は、ふと眼差《まなざ》しを運転席に向けた。

「弓弦《ゆづる》が手を伸ばしてつけてくれ」

花矢《かや》の言葉に弓弦《ゆづる》は面食らった。

「何故《なぜ》、おれが」

弓弦《ゆづる》は畏《かしこ》まりすぎるくらい従者然とした従者だったが、すべて言いなりの男ではなかった。

意に沿わない命令にはちゃんと『何故《なぜ》』と問う。

「弓弦《ゆづる》に頼んでは駄目なのか」

まだ若い主を教え導く為には必要なことだった。

しかし、弓弦《ゆづる》が甘やかさないようにしようと思っていても、成功した試しはない。

「ご自分で出来ることはご自分でなさらないと駄目ですよ」

「馬鹿お前、女子高生が疲れて帰ってきたんだぞ」

「……」

「指先も動かんくらい疲れている」

「…………」

「労《いたわ》れ。それでも『守り人《もりびと》』か」

「花矢《かや》様」

「何だよ。そんなに怒ることないだろ……弓弦《ゆづる》のけち……」

「怒っていませんよ。無様な姿に呆《あき》れはしましたが」

「おい」

「いまそちらに行きます」

結局は服従してしまうのは、従者の性か。

あまりにも可愛《かわい》らしい口調で『けち』となじられたからか。弓弦《ゆづる》はため息を吐くものの、嫌がる様子もなく車外に出た。それからわざわざ後部座席に入って花矢《かや》に近づいた。

「おお、本当にしてくれるのか」

「冗談だったんですか」

「半分はな。あと少ししたら動くつもりだった」

「お戯《たわむ》れはやめてくださいよ……。もうこっちに来てしまいましたからやりますよ」

「うん」

我儘《わがまま》な主はこくりと頷《うなず》く。弓弦《ゆづる》は手を伸ばした。シワ一つ無い彼のスーツが、この少女を抱き起こして持ち上げるせいで乱れた。

「これは外しますか」

抱き上げると目に入るのはふくらはぎにつけられたソックスガーターだ。座席に腰掛けさせてから、バンドの部分を見ながら弓弦《ゆづる》は言う。

「外したい」

「わかりました」

躊躇《ちゅうちょ》なく、弓弦《ゆづる》は花矢《かや》のふくらはぎに触れて拘束具とも言えるそれを外してやった。

「これは？」

今度は白い喉につけられたチョーカーを指して言う。

「そのままでいい」

「わかりました」

じっと花矢《かや》を見て、他にも身体《からだ》を緩められるものはないか弓弦《ゆづる》は探る。

「大丈夫そうですね。シートベルトつけます、花矢《かや》様」

「うん」

最終的にシートベルトまで弓弦《ゆづる》が手ずから付けた。

花矢《かや》と弓弦《ゆづる》。お互い、触れ合うことに何の疑問もないようだが妙な緊張感があった。

「お前、こんなこと命令されて嫌じゃないのか」

言われて、弓弦《ゆづる》は声音を低くする。

「そういう配慮があるならご自分でなさるべきでは？」

花矢《かや》はそれもそうだな、と少し笑った。笑った上で、弓弦《ゆづる》の顔をじっと見る。

いま弓弦《ゆづる》の中で発生しているであろう、感情を探ろうとしていた。

「……」

弓弦《ゆづる》は殊更何の気持ちも浮かべないよう努めた。

――おれがこんなことで嫌うとでも思っているのだろうか。

二人はある程度の信頼関係は築けているようだが、抱いている気持ちをさらけ出せるほどの仲ではないようだ。距離感がある、というよりかはどちらも踏み込めずにいる、というほうが正解かもしれない。だから弓弦《ゆづる》は沈黙を選択した。

弓弦《ゆづる》は彼女を座らせてシートベルトを装着させると、やっと口を開いて優しく苦言を呈した。

「花矢《かや》様。下僕ではなく年長者としてお小言を申し上げますが、こうした子どものような振る舞いは御身の為にもよくありませんよ」

言われても仕方がない。至極、もっともなお叱りの言葉だ。

「……」

花矢《かや》は少し思う所があったのか黙り込んだ。しかしそれも数秒だった。

「確かに私が悪い。だが、私はまだ庇護《ひご》されるべき年齢だ。つまり、子どものようにあやされても恥ずかしくないのでは？」

すぐに開き直る。

「高校二年生でしょう。もう自発的に行動出来るはずです」

「従者の仕事を奪うほど、不出来な主ではないだけだ」

「年々、お口が達者になられますね……。おれを困らせて楽しいですか？」

「楽しんでない。世に不平不満を言えないんだから、弓弦《ゆづる》に言うしかないだけだ」

花矢《かや》は言ってから、ふいと目をそらした。

「やっぱりけちな奴《やつ》。お前が愚痴を許してくれないなら、今度からお前には愚痴らないよ」

「……では、おれ以外の者に言うと？」

「いいや、胸にしまっておく。自発的に行動出来る年齢だからな」

弓弦《ゆづる》はまたため息を漏らした。

「面倒な主だと思ったか？　良いんだぞ。いつだって辞めていい」

突き放された言葉に、弓弦《ゆづる》は心の中でも嘆息する。

――おれがその言葉で傷ついているとは思わないのだろうか。

花矢《かや》の行動は、まるで相手を試しているかのようだ。わざと悪戯《いたずら》や不良な真似《まね》をして相手がそれを許してくれるか試す。そうして他者から自分が認識されているか、肯定してもらえているか確認する。いわゆる『試し行動』に見える。

――しかし実際は違う。

「……辞めたい時はちゃんと言えよ。我慢するな、弓弦《ゆづる》」

弓弦《ゆづる》はわかっていた。彼女は、本心からそう言っているのだということを。

試し行動などではない。辞めたいと一言でも言えばそうさせられる。

しかも純粋な善意でだ。花矢《かや》は従者を束縛しない主だった。

会社勤めの上司としてなら良いのだが、人生を共にする主としては、尽くし甲斐《がい》がない。

「……」

弓弦《ゆづる》は黙って花矢《かや》の表情を探った。彼女の顔は強張《こわば》っていた。

従者としてあるまじき感情だが、今に関しては彼女の苦しげな顔を見られて嬉《うれ》しくなった。

本当に手放したいわけではないことがその表情でわかる。

きっと彼女は、いつだって彼に選択肢を与えてあげたいのだ。

——ご自分にはない選択肢を、おれにはくれる。

弓弦《ゆづる》は答えの代わりに、主の唇に張り付いてしまった黒髪を整えて耳にかけてやった。

花矢《かや》はぴくりと身体《からだ》を震わせる。親しい間柄でしか許されない触れ合いだ。

普段より優しい声で弓弦《ゆづる》は言った。

「……愚痴はどうぞおれに。そんなにお疲れになるような授業だったんですか？」

辞める、辞めないの話は聞かなかったことにした。

それよりも、貴方《あなた》に呆《あき》れても離れない。貴方《あなた》が拒絶しても離れない。それが伝わるように祈りを込めて触れた。

「……」

花矢《かや》の唇から吐息が漏れる。安堵《あんど》の感情も滲《にじ》み出《で》ていた。

「花矢《かや》様、今日はどんな一日だったんですか。おれに聞かせてください」

重ねて弓弦《ゆづる》に問われ、花矢《かや》はやっと答えた。

「……うん。あのな、体育があって……中距離走で……」

少し遠慮した返事。また弓弦《ゆづる》の顔を見て、それから拗《す》ねたように言う。

「さぼったやつがいてさ、全員、多く走らされたんだよ……連帯責任だって……ひどいよな」

弓弦《ゆづる》は苦笑した。可愛《かわい》らしい愚痴だ。

「それは災難です」

「災難だった」

「お疲れ様です」

「疲れたよ……私はこれから山に登るんだぞ……民め……」

言い方がやはり愛らしくて、弓弦《ゆづる》は瞳を弓なりに細める。

「……花矢《かや》様、もし学校に通うのが難しくなったら……いつでも辞めて良いんですよ」

そして提案してみた。それは自分の願いだと気づかせない表情で。

――おれが行って欲しくない。

「本来なら、花矢《かや》様は民草の中に交じって苦労せずとも良いのです」

本心では、ただ単純に弓弦《ゆづる》が学校に行って欲しくないだけだ。

「貴方《あなた》はこの国の朝を齎《もたら》す者……」

「暁《あかつき》の射手《しやしゆ》様なのですから、か？」

弓弦《ゆづる》の言葉は、途中で主に取って代わられた。

「くだらない……」

「くだらなくなど」

花矢《かや》が口にした固有名詞は、そのまま彼女が貴人であることを示していた。

それも、本来なら限られた者しか見ることも話すことも許されない立場だ。

「じゃあ糞食《くそ》らえだ」

そんな人物が普通の人々に紛れて学校に通っている。

普通の女子高生を、何とかやっている。

「花矢《かや》様……」

その『異常性』を、やはり人々は知らない。

「お役目を軽んじるような言葉はおれの前だけなら許されます。ですが、けして他では口にしてはなりません」

弓弦《ゆづる》もまた、本来なら民草の前に姿を現すことがない者だ。

主に常に付き添い、守り、侍《はべ》るのが彼の役目。

弓弦《ゆづる》が献身的に花矢《かや》に尽くすのも、彼女の立場あってのこと。

「貴方《あなた》を守りたいから言っています。どうかお慎みをお持ちください」

弓弦《ゆづる》は花矢《かや》に自覚を持って欲しかった。

彼女自身は、その権威に懐疑的なようだが。

「花矢《かや》様。貴方《あなた》はこの国の『朝』なのですから」

眼《め》の前《まえ》の現人神《あらひとがみ》は、やはり糞食《くそ》らえとでも言うように嗤《わら》った。

季節はどのようにして齎《もたら》されるのか。問われれば人はこう答える。

『四季の代行者《だいこうしゃ》が春夏秋冬の顕現を各地で行い、季節の循環を作り上げている』と。

春の代行者《だいこうしゃ》、夏の代行者《だいこうしゃ》、秋の代行者《だいこうしゃ》、冬の代行者《だいこうしゃ》。

季節を担《にな》う現人神《あらひとがみ》が、歌や舞を通して神より授かりし権能を行使することで大地は彩《いろど》られる。

神代の時に人と四季が盟約を交わしたことによる取り決めだ。

では、朝と夜はどのようにして齎《もたら》されているのか。同じく、人はこう答える。

『巫《かんなぎ》の射手《しゃしゅ》が空に矢を放ち、その矢が世界中を飛んで、朝の天蓋と夜の天蓋を切り裂いているからだ』と。

朝を齎《もたら》す者を『暁《あかつき》の射手《しゃしゅ》』。夜を齎《もたら》す者を『黄昏《たそがれ》の射手《しゃしゅ》』。

総じて『巫《かんなぎ》の射手《しゃしゅ》』と呼ばれている。

朝と夜の訪れは、守護天蓋《しゅごてんがい》と呼ばれる空の天蓋を射手が切り裂くことで実現している。

世界各地に居る射手達が、決められた時間、決められた場所で矢を射る。

数多《あまた》の射手の力により夜の天蓋が切り落とされ、朝の天蓋がお目見えし、またその数時間後には朝の天蓋が撃ち落とされ、夜の天蓋が姿を見せる。天蓋に物理的に触れることは不可能。すり抜けてしまう。射手が天蓋を切り裂かなければ朝と夜は地上には訪れない。

神から仕事を任された現人神《あらひとがみ》には、必ず彼らを支える人間の存在が居る。

巫《かんなぎ》の射手《しゃしゅ》の守護者は『守《も》り人《びと》』と呼ばれ、忠誠を誓い傍《そば》に侍《はべ》る。

射手も守《も》り人《びと》も過酷な仕事だ。


花曇《はなぐもり》を憂いても坂を登り。

炎昼《えんちゅう》に身を焼かれても空を矢で穿《うが》つ。

錦秋《きんしゅう》に目を奪われてもけして歩みをとめず。

凍晴《いてばれ》に寂しさを覚えても、人々と同じ暮らしを求めない。

世界に安らかな朝と夜を授ける為に三百六十五日空に矢を射る者。


それが巫《かんなぎ》の射手《しゃしゅ》と呼ばれる存在だった。

大海原に浮かぶ大和《やまと》と呼ばれる列島の国では、射手は住処《すみか》を北と南に分けられている。

北から朝を齎《もたら》す者、世を暁紅《ぎょうこう》に染める現人神《あらひとがみ》を『暁《あかつき》の射手《しゃしゅ》』。

南から夜を齎《もたら》す者、世を星夜に染める現人神《あらひとがみ》を『黄昏《たそがれ》の射手《しゃしゅ》』。

二人の巫《かんなぎ》の射手《しゃしゅ》は『巫覡《ふげき》の一族』と呼ばれる巫《かんなぎ》の射手《しゃしゅ》の末裔《まつえい》達に管理されている。

巫覡《ふげき》とは神に仕え、祈禱《きとう》や神降ろしをする者のことを指し、一族はみな『巫覡《ふげき》』の姓を冠している。姓、というよりかは役職名と認識するのが妥当だろう。

『巫《かんなぎ》』は神に仕える女、『覡《げき》』は神に仕える男。つまり巫覡《ふげき》とは男女につけられた神職の総称だ。

巫覡《ふげき》の一族の中から選出された巫《かんなぎ》の射手《しゃしゅ》は、定められた地から一生動くことなく務めの為に身を捧《ささ》げる運命にある。

そして巫《かんなぎ》の射手《しゃしゅ》は神より授かりし御業《みわざ》を行使する時、神通力《じんつうりき》を使うが、豊かな霊脈が流れる霊山で神通力《じんつうりき》の補助をしてもらわないと権能を行使し続けることは困難、という事情がある。

その為、巫《かんなぎ》の射手《しゃしゅ》は土地に根付く。

射手は射手である限り、霊山近くの住処《すみか》から離れることは出来ない。

何処《どこ》にも行けない神様は、古よりあらゆる力に守られその存在を隠されていた。

「神だなんだの言われたって、私は強制的に労働させられてるいたいけな娘に過ぎんだろ」

運転席に戻った弓弦《ゆづる》に、花矢《かや》は愚痴を続ける。

「しかも私は暁《あかつき》の射手《しゃしゅ》だから深夜に働くんだぞ。未成年なのに。大和《やまと》の法律はどうなっている」

「その点はごもっともですね」

「だろう」

「花矢《かや》様、ですが……暁《あかつき》の射手《しゃしゅ》故に生活時間帯が他の者と違うのは致し方ありません。なにせ、朝の神ですから。朝を齎《もたら》す為に、働くのはその前である深夜となります」

「……」

どうしようもない事実を突きつけられて、花矢《かや》は黙ってしまう。

「お辛《つら》い立場です。けれど、現人神《あらひとがみ》の待遇も昔より随分良くなっています。花矢《かや》様がご家族と過ごされ、学舎に通えるのは先人の現人神《あらひとがみ》が待遇改善を要求し続けた結果ですよ。これからもおかしいというところはお偉方と協議を重ね、変えていきましょう。おれも尽力します」

花矢《かや》が苦しく思っていることを仕方ないと切り捨てたくはないのだが、そう言わなくてはならないのが守り人である弓弦《ゆづる》の辛《つら》いところだ。幸いなことに、花矢《かや》も『わかってはいるが愚痴りたい』くらいだったようだ。弓弦《ゆづる》に対して怒りをぶつけるようなことはしなかった。

「辛《つら》いのはお前もなんだぞ。お前も怒ればいいのに……」

「おれは辛《つら》くありません」

「嘘だ」

「嘘《うそ》ではありません。花矢《かや》様、おれは普通に睡眠時間を確保していますし、余暇もあります。花矢《かや》様が苦労される主な原因はやはり学校への通学です。暁《あかつき》の射手《しゃしゅ》である御身が学校に通うのは生活時間帯を考えると厳しい……。本当はその時間帯にたっぷり睡眠を取って、余暇を過ごすはずですからね」

「……」

「なので、どうしても勉学に励みたいのであれば睡眠時間を確保出来るように通信教育に変えてはとおれは再三申し上げていますが」

正直なところ、弓弦《ゆづる》自身がそうして欲しいところがあった。学びたいのであれば学舎に拘《こだわ》ることはない。やる気さえあれば海外の学校にだってアクセス出来る。今はそういう時代だ。

「弓弦《ゆづる》の阿呆《あほう》。違う、そうじゃない。みんなみたいに……同い年の子のように学校に通うのが大事なんじゃないか」

しかし、その提案は花矢《かや》の心には響かなかったようだ。

「制服に袖を通して、学校でお腹《なか》減った時に菓子パン食べて、私のことを何にも知らない友達と……外で遊べはしないが休み時間にお喋《しゃべ》りをする……そういうのが大事なんだ」

「……」

「これは抵抗なんだ。現人神《あらひとがみ》という運命に巻き込まれてしまった私の反逆だ。使命に屈して人生を諦めたら負けだろう」

「……」

今度は弓弦《ゆづる》が黙ってしまう。花矢《かや》の望むものは神の娘でなければ平凡な願いだ。

若い娘の願望として当たり前のもの。学校とは勉強をする場所だが、それだけではなく社交の場も兼ねており、そこでしか得られない青春の一幕を知る場でもある。

「せっかくお偉方も説得して身分を隠し、高校に通わせてもらっているんだ。私は神ではなく『人』であれる最後の砦《とりで》を手放すつもりはない」

それすら、努力しないと得られないのが『神様になってしまった娘』という存在だった。

けれども、と弓弦《ゆづる》はやはり心の中で言う。

――それは、貴方《あなた》がいつも寝不足で疲労困憊《ひろうこんぱい》になってまでやることなんでしょうか。

学校に行かせてあげたい。友達と遊ばせてあげたい。好きなことをして、笑って欲しい。

弓弦《ゆづる》とてそう思う。だが何より願うのは主の健康だ。苦言するのも花矢《かや》を想《おも》ってのこと。

しかし、当の主は心身の健全よりも人生の熱に身を任せている。

これ以上言っても無駄だと思い、弓弦《ゆづる》は車のエンジンをかけた。

「弓弦《ゆづる》、お前こそ怒りはないのか。私の守り人《もりびと》になっているせいで人生を縛られているんだぞ」

弓弦《ゆづる》は進行方向を確認しながら平然と答える。

「先程も言いましたがおれは今の仕事が苦ではありませんので」

事実、そうだった。弓弦《ゆづる》は花矢《かや》に仕えることを辛《つら》いとは思っていない。

「嘘をつけ」

「嘘《うそ》ではありません」

「自由が無いぞ。何処《どこ》にも遊びに行けない」

「おれはエニシが好きです」

「大切な人の死に目に会うことも叶《かな》わんだろう」

「親は承知で守《も》り人《びと》になれと言いました」

「私のような面倒な小娘と四六時中一緒に居るのは苦痛なはずだ」

「花矢《かや》様は学校に行ってしまうから四六時中一緒ではないでしょう」

「……毎日山を登って降りる仕事に何のやり甲斐《がい》を見出《みいだ》すんだ？」

「花矢《かや》様が知らないだけで、おれは毎日やり甲斐《がい》をもらっています」

「……弓弦《ゆづる》のわからず屋、お前はこんな仕事をすべきじゃないんだ」

二人の間には溝というか浅瀬の川が流れているようだった。

対立したいわけではない。和解したい。この川を渡ってそちらに行きたい。勇気を出して水に触れれば渡れる。貴方《あなた》のことが嫌いなわけではなく、どちらかと言えば好いている。

でも一歩も引かない。そうやって、ずっと平行線を続けている。本来なら、従者である弓弦《ゆづる》が意見を譲っても良さそうだが、彼はこの件に関しては頑として譲らなかった。

「わからず屋は花矢《かや》様ではないですか？」

——貴方《あなた》との時間が辛《つら》いと言われるのは悲しい。

そういう本音を言えば良いのかもしれないが、今は違う言葉が口から出る。

「何度も言いますが、おれは不幸ではありません。どうしておれを不幸だと決めつけるのです。それに、おれという守《も》り人《びと》を排除しても新しい守《も》り人《びと》が来るだけです。次の守《も》り人《びと》にも同じことを言うのですか……？」

「……弓弦《ゆづる》、私はお前を排除したいわけじゃ……」

「では何も言わず、おれをお傍《そば》に置けばいいだけです」

「…………」

「自分で選んだのに後で決断は間違っていたと言う。言われたおれはどうすればいいのですか。おれに何か足らぬ所があるならどうぞご指摘を。直してみせます」

「弓弦《ゆづる》……違うよ、そうじゃない。お前はわかっていないんだ……」

不器用な神様と、不器用な従者。二人を乗せた車は雄大な大地をどんどん走り抜けていった。

花矢《かや》と弓弦《ゆづる》が向かう先は花矢《かや》が通う女学校がある街から離れた場所だった。


広大なエニシの大地、その中の一つの土地である『不知火《しらぬい》』に暁《あかつき》の射手《しゃしゅ》は生きている。

名峰、不知火《しらぬい》岳にぐるりと囲まれているせいか、まるで隠されたように存在する町だ。

冬は雪深く、夏は暑い盆地だが自然環境は素晴らしい。

四季折々の草花を楽しめる土地と言えるだろう。

牧歌的な風景の田舎でゆったりと暮らしたいと願う者にはある程度理想的な町だと言えた。

医療、学業に関する施設は一通り揃《そろ》っており、地産地消の食処《しょくどころ》が充実している。

流れていく車窓の景色は、田んぼや畑ばかりだが、そこが良いという者も多く居る。

若人には少し退屈で、だが、此処《ここ》から巣立って夢破れても帰ってきて暮らせる場所。

終《つい》の棲家《すみか》に選ぶには輝いて見える。


それが不知火《しらぬい》という町だった。


観光地として注目されている場所は夏季なら不知火《しらぬい》岳の麓にある薫衣草《くぬえそう》の花畑地帯。

映画や小説の舞台に数多く登場する場所だ。関わる作品が多い為、夏になるといずれかの作品のファンがご当地巡りにやってくる。

冬季なら不知火岳《しらぬい》にある不知火《しらぬい》スキー場だ。初心者から上級者向けのコースまで充実しており、毎年上質な粉雪が降ることから国内外のスキーヤーから愛されている。

こう聞くと、山岳地帯は騒がしい場所なのかと思われるがそうではない。頂《いただき》が尖《とが》っている山、円柱の形をしている山々とは違い、二つの峰がある双耳峰の形状でありながら、なだらかな山容となっている。縦に高いのではなく横に長い山だった。

雄大な山脈の一部が観光スポットになっているだけで、ほとんどは静かに閉ざされている動物と植物の王国だ。

花矢《かや》の住まいは山の麓ではあるが、観光地がある山岳地帯とは別の場所に隠されていた。

この辺りは地元民も訪れることは滅多にない。

周囲には白樺《しらかば》並木が続き、迷いの森となっている。

白樺《しらかば》林の中の細道を通り抜けると物々しい警備門があり、そこを抜けると大和《やまと》建築様式で建てられた大邸宅がようやくお目見えする。

初めて訪れる人はみな驚く。神秘的な森林風景の中に溶け込んだ大屋敷《おおやしき》の存在は異彩を放っており、現代的な風景とは言えない。

この世とは少し切り離されている家。此処《ここ》ではない何処《どこ》かに居るような気持ちにさせる場所。

暁《あかつき》の射手《しゃしゅ》の邸宅は、そういう浮世離れした住処《すみか》だった。

花矢《かや》の射手としての一日は帰宅してからが本番だ。

まずは禊《みそぎ》という名の入浴が始まる。

外の世界から持ち帰った埃《ほこり》や汚れを払い落とすのだ。

その間、弓弦《ゆづる》は花矢《かや》が持ち帰った課題などを整理する。

余暇がほとんど無い彼女に代わって本人がやらずとも良いだろう、というものは勝手に済ませてしまう。他の学生からすると反則だが、試験勉強などは花矢《かや》が睡眠時間を削ってやっているので、多忙な神様はこれくらい許されるべきだろう、と弓弦《ゆづる》は思っている。

幸いなことに、花矢《かや》は本人も学校に通い続ける為に勉強は怠っていないので期末ごとの試験結果が悲惨な状態になったことはない。

禊《みそぎ》が終わり、部屋着姿の花矢《かや》が出てきたら主の私室で入眠までの世話だ。

いつもなら髪の毛にドライヤーをしてブラッシングまで手伝うのだが、今日は帰りの車で言い争いをしたせいか、花矢《かや》は『手伝わなくて良い』と言ってそのまま就寝の準備まで進めてしまっていた。乾かし足りていない濡《ぬ》れ髪を見せられた弓弦《ゆづる》はやきもきする。

少し気まずい雰囲気のまま、就寝の挨拶をすることとなった。

——今日はずっと仲直りが出来なかった。

弓弦《ゆづる》は思わずため息をつきたくなる。

だが、謝る気はなかった。他のことならいくらでも譲れるが、傍《そば》に居られる権利を失う話には頷《うなず》けない。花矢《かや》も謝る様子はない。お互いどっちも引かないのだから、こうした雰囲気になることは仕方がなかった。弓弦《ゆづる》は努めて業務的に言う。

「花矢《かや》様、目覚まし時計はセット済みです。複数の端末からアラームも設定しています」

「……うん。私が起きないと愚図った時は？」

「足をくすぐります」

「それで良い。では万事抜かり無いな」

「はい、おやすみなさいませ。花矢《かや》様」

「……」

花矢《かや》は、黙ってしまった。『おやすみ』も言いたくないのか、と弓弦《ゆづる》は更に悲しくなったが、次の瞬間花矢《かや》は口を開いた。

「おやすみ弓弦《ゆづる》……」

そして考えたように付け加えた。

「……母さんや父さんじゃなくて、お前が必ず起こしてくれな」

それからすぐ布団《ふとん》を被《かぶ》ってしまった。
──本当に、この御方は。
弓弦《ゆづる》は不意打ちの攻撃に苛立《いらだ》ちが湧いた。
──起きたらおれが居ないかもしれないと、不安になって釘《くぎ》を刺したな。
拒絶したのは貴方《あなた》なのにと言いたくなる。
──これではどちらがすがっているのか。
「……」
しかし現金なことに、弓弦《ゆづる》は振り回されているというのに嬉《うれ》しさが顔に滲《にじ》んでしまう。
朝の少女神は主に愛されたい従者の心をいとも簡単にかき乱す。
「……弓弦《ゆづる》……？」
少しの怯《おび》えが混じる声が静かな寝室に響いた。
常に平静でいたいのに、弓弦《ゆづる》は彼女の前だとそれがうまく出来ない。
彼女の怯《おび》えが嬉《うれ》しかった。ほらまた、真面目な従者としての顔が崩されてしまう。
──だったら、素直に一緒に居たいと言ってくれ。
弓弦《ゆづる》はそう願っているのだが現実は難しい。
花矢《かや》はいつも弓弦《ゆづる》に言うのだ。こんな仕事は大変だ。とても苦痛だ。
一度きりの人生、こんなことに命を捧《ささ》げるのは損だ、と。

お前はもっと違う世界で羽ばたける男だと発破をかける。従者を悲しませる天才だ。

しかしそう主張するのは、実のところ弓弦《ゆづる》の為であると彼自身もう気づいている。

大変なお役目。それに付き合わせている従者。花矢《かや》は弓弦《ゆづる》への罪悪感を持て余しているのだ。

きっと、仲の悪い主従だったらそんなことは思わなかった。

辞めて良いんだとも言わず、淡々とお互いの職務をこなした。

弓弦《ゆづる》が花矢《かや》のことを現人神《あらひとがみ》として敬愛し、良き従者で居てくれるから、花矢《かや》は弓弦《ゆづる》の存在に心の安寧を見出《みいだ》し、憎からず思い、そして後悔している。


『嗚呼《ああ》、弓弦《ゆづる》が可哀想《かわいそう》だ』と。


だからちぐはぐなことをする。

すがりたいが、弓弦《ゆづる》に選択肢を与えたくて突き放す。

貴方《あなた》だけは逃げてもいい。そうしたくなったらしてもいいんだよ、と。

二人共、声に出して気持ちを確かめ合えば解決することなのかもしれないが、出来ない。

臆病者同士の追いかけっこ。それが二人の関係だった。

「起こすのはおれで良いのですか？　おれは……花矢《かや》様が辞めさせたい従者ですが」

弓弦《ゆづる》は敢《あ》えて試すようにつぶやいた。

「そんな……」

布団《ふとん》を被《かぶ》っている花矢《かや》は、そのままの状態で気まずそうに言う。

「そんなこと言ってない。お前を……辞めさせたいわけじゃない。お前がもし辞めたくなったら、そうしても良いんだぞ、と言っているだけだろう」

花矢《かや》は言い訳を重ねる。

「それに……もしそうなっても、この瞬間から辞めるということはないだろ……？　お前は誠実な男だ。そんなことしない。ちゃんと引き継ぎとかしてから辞めるに決まってる。つまり、お前はまだ私の傍《そば》に居る。だから起こすのは弓弦《ゆづる》でいいと言っているんだ」

さすがに悪いと思ったのか、早口で訂正に訂正を重ねた。

「その言い方では別におれではなくてもいいという解釈も……」

「弓弦《ゆづる》がいいっ」

怒鳴る声に弓弦《ゆづる》は微笑《ほほえ》んだ。欲しかった言葉がもらえた。

しかし笑顔はすぐ消えた。心は切ないままだ。

花矢《かや》が弓弦《ゆづる》のことも、役目のことも受け入れてくれれば万事解決するはずなのに。

——惑う季節の少女にそれを強いるのは酷なのだろうか。

弓弦《ゆづる》は花矢《かや》にはわからないくらいの触れ方で、布団《ふとん》に触れた。この布団《ふとん》一枚くらいの距離が、いつも詰められない。弓弦《ゆづる》もまだ若い青年で、迷うところがたくさんあった。貴方《あなた》が受け入れてくれれば、自分達は何の不安も抱かない主従になれるのに、と未熟にも主を責めたくなる。

――しかし花矢《かや》様はもっと幼い。

高校生の主は、今が人生で一番心揺れる時期だろう。

彼女は弓弦《ゆづる》が仕える主で神様だが思春期の娘でもある。ぶつけられる感情が苦しい、と思っても弓弦《ゆづる》は大人として我慢し、導かなくてはならない。

「……弓弦《ゆづる》がいいよ……」

沈黙を打ち消すように、花矢《かや》が布団《ふとん》越しにまた言ってきた。

――今日はこれで我慢しよう。

弓弦《ゆづる》は自分でも恥ずかしくなるくらい、またすぐ歓喜に心が包まれた。布団《ふとん》を剝がして花矢《かや》がどんな顔をしているか確認したい気持ちが湧くが、やはり我慢だ。

――おれがいいと言ってくださった。

今日は花矢《かや》が『譲ってくれた』のだ。

ここまで言わせたのだから、弓弦《ゆづる》も花矢《かや》の為の言葉をかけるべきだった。

「……ありがとうございます、花矢《かや》様。必ずおれが起こしに来ます」

就寝前には、少しだけ仲直りの雰囲気が作れた。

高校生としての学校生活と、巫《かんなぎ》の射手《しゃしゅ》としての現人神《あらひとがみ》生活。

花矢《かや》の一日はこの二つをこなす為にすべてが調整されていた。一日に自由な時間はほぼ無い。

部活動や習い事、友人との遊びはもってのほか。

寝るのも食べるのも、お役目を果たす為の日課でしかなく、そこに安らぎは無い。

もちろんそれは三百六十五日続く。朝というものは毎日訪れるからだ。

現代の若者が朝の現人神《あらひとがみ》をするのは中々に大変で、それを支援するほうも同じく大変だった。

花矢《かや》が寝ている間は、弓弦《ゆづる》にとって少しの余暇だ。

彼は花矢《かや》を学校に送り届けて屋敷《やしき》に帰還してから睡眠を取るので、この時間は就寝時間に当たらない。迎えの車を出す頃に目覚めている。というわけで、現在は活動時間にあたるのだが、花矢《かや》の傍《そば》から無闇に離れるわけにはいかないので基本的には屋敷《やしき》から出ることはなかった。

弓弦《ゆづる》の余暇の過ごし方は本人の資質と同じく静かだ。車を磨くか自室で筋トレをする。それか花矢《かや》の為に出来ることをする。今日は車を磨いていた。

「弓弦《ゆづる》さん」

車を磨いていると、暇だと思われるのか、大抵この屋敷《やしき》に住まう者に話しかけられる。

「朱里《しゅり》様、どうなさいましたか。巫覡《ふげき》の一族の会合に行っていたのでは」

声をかけてきたのは着物姿の女性だった。三十代後半か四十代前半だろう。手には何かの包みを持っている。

「ええ、その帰り。あのね、相談があって……」

「花矢《かや》様に関係することですか」

女性は花矢《かや》の母親だった。いつもどこか近寄り難《がた》い雰囲気を発する娘とは違って、人懐《ひとなつ》っこい雰囲気を纏《まと》っている。

「何でしょうか」

同居している主の御母堂。守《も》り人《びと》である弓弦《ゆづる》からすれば朱里《しゅり》は敬うべき相手だ。

たとえ洗車中で、手を止めたくなくとも邪険には出来ない。

弓弦《ゆづる》が聞く姿勢を見せると、朱里《しゅり》は待ってましたと言わんばかりに尋ねてきた。

「今日のお弁当、いつもの肉団子の他に緑のものは何がいいかしら」

弓弦《ゆづる》は拍子抜けしたが、朱里《しゅり》が尋ねたことは本日の神事に関係するものだった。

巫《かんなぎ》の射手《しゃしゅ》の務めは山登りから始まる。山頂近くに存在する聖域と呼ばれる場所まで登って、そこから空に向かって矢を射るのだ。射手が矢を射《う》たないと、朝も夜も訪れない。

そして、聖域に行かなければ射手の神通力《じんつうりき》を補助する作用がなくなり神通力《じんつうりき》が枯れ果てる。

毎日矢を射る為には、聖域に行くのが必須条件だった。

不知火岳《しらぬい》は比較的登りやすい山ではあるが、登山をすれば疲労するし、身体《からだ》が疲労を補うように飯を求める。朱里《しゅり》は腹を空かせやすい若人の為に、花矢《かや》の分だけではなく弓弦《ゆづる》の分も弁当を作ってくれていた。

本来は弓弦《ゆづる》がするか、屋敷《やしき》に派遣されている家事手伝いの人間に任せるべき仕事なのだが、娘の為に弁当を作りたいという彼女たっての希望もあり朱里《しゅり》が担当していた。

「緑のものですか」

弓弦《ゆづる》は料理が出来ないわけではないが、朱里《しゅり》と屋敷《やしき》の使用人のおかげで料理をしない毎日なのでほうれん草のおひたしくらいしかすぐにレシピが頭に思い浮かばなかった。

朱里《しゅり》は黙っている弓弦《ゆづる》の答えを待たず、少し怒った口調で言う。

「夫がね、私が作るものを見て言うのよ。全体的に茶色いって。肉が多すぎるって」

「……そうですか？」

弓弦《ゆづる》は毎日持たせてもらう弁当を思い返す。言われてみれば、確かに茶色い物が多く入っている印象はあった。ハンバーグやからあげ、ウインナーといったものが多い。若者が喜びそうな物を入れてくれている印象がある。魚は最近は見ていない。

だからといって、不満は一つもなかった。

「おれは肉が好きですが」

何が駄目なのだろうという疑問も含めて言うと、朱里《しゅり》は我が意を得たり、と言わんばかりに拳を握った。

「そうよねー！　弓弦《ゆづる》さんも花矢《かや》も若いでしょう。若い人はお肉がたくさんある方が喜ぶじゃない！　私はちゃんと好みを考えて作ってるのに……あの人ったら作ったお弁当を覗《のぞ》いて……栄養が……とか、厨番《くりやばん》さんに任せてしまったほうが二人の為だ、とか……ぐちぐちと……自分は作らない癖に……！」

朱里《しゅり》の言葉の口調は怒りを帯びていた。

弓弦《ゆづる》は感情を表面上には出さずに柔らかく微笑《ほほえ》む。

「それでお怒りになられていると……」

また夫婦喧嘩《げんか》か、と呆れつつも。

「あんなこと言うなら自分でお料理してお弁当の一つや二つ作ってみたら良いのにっ。出来ないくせにああいうこと言うのよ？　それに、お弁当は義務じゃないの！　私が作りたいからしてるの！　娘の為に出来る唯一のことなのに……それをお手伝いさんにさせろだなんて……そうじゃない、そうじゃないでしょう……」

「……」

「ひどいわよねっ」

「……ええと、はい」

花矢《かや》の両親は離婚の危機に陥っていた。

その為、こうしたいざこざが日常的に行われており、朱里《しゅり》も夫も弓弦《ゆづる》を見つけては愚痴ってくる。夫婦喧嘩《げんか》は常に平行線。その日によって勝者が違う。弓弦《ゆづる》は愚痴を聞かされる度に、自分が不要な感情を投げ捨てられるゴミ箱か何かになったような気持ちになってはいるのだが、邪険には出来なかった。

「旦那様は話題の一つで言っただけでは……」

両親が離婚すれば花矢《かや》は悲しむだろう。

最終的には夫婦の決断となるが、弓弦《ゆづる》の目からすると危ういがまだ回避出来る状態だと思えた。本当に駄目な状態とは、互いに関心すらなくなり嫌悪《けんお》しか残らなくなった時だ。

よって、弓弦《ゆづる》は家族間でうまく立ち回ることが求められていた。

花矢《かや》が心を乱すようなことがあってはならない。

「わかってるわ。あの人そういう人よ。どうせあんまり考えずに物を言っているの。でも、言われたら何だか気になっちゃって……自分の好みを貴方達《あなた》に押し付けちゃったかしらって……」

「朱里《しゅり》様……」

今回の喧嘩《けんか》は朱里《しゅり》に同情した。

一生懸命やっていたことを貶《けな》されて、悲しくなってしまったのだろう。

朱里《しゅり》は少々やかましい所があるが、人が悪いわけではない。神の娘を持つことは親として色々と複雑な感情を抱くはずだが、愛情を失うことなく花矢《かや》を育てている。

毎日、弁当を持たせるくらいだ。良い母親だと弓弦《ゆづる》も思う。

——問題は、対旦那様だ。

弓弦《ゆづる》は花矢《かや》の父親を頭の中で思い浮かべた。

こちらも、けして悪い人間ではない。

ただ、弓弦《ゆづる》から見ても少々皮肉屋なところがあった。相手を茶化し、冗談交じりに否定することで会話を発展させようとするタイプと言えばいいだろうか。

そこが魅力的に映る時もあるが、人によっては不快に感じる時があるかもしれない。

特に、何でも真正面から受け取ってしまう朱里《しゅり》とは相性が悪い。恐らく、花矢《かや》の父親が意図せず放った言葉で度々傷ついている。

元々、相性が良くない夫妻は、若い頃はそれでもなんとかやってこれたが、娘も大きくなり手がかからなくなってから亀裂が生じていた。

すぐ離婚に踏み切らないのは、互いに情が残っているか、やはり弓弦《ゆづる》と同じように一人娘の花矢《かや》を案じているからか。

「朱里《しゅり》様、正直に申し上げますと……花矢《かや》様はご自分でも仰《おっしゃ》ってますが、腹が鳴らなければ何でも良い方ですので……弁当の具材をそれほど悩まなくてもよろしいのでは。もちろん、良い物を食べさせてやりたいという母君としての気持ちは理解していますが……」

弓弦《ゆづる》がそう言うと、朱里《しゆり》は少し黙ってから頷《うなず》いた。

「確かに。あの子、舌は尊く生まれなかったのよね……」

我が子に言う台詞《せりふ》ではないが、朱里《しゆり》は納得した。

「おれも弁当に不満を抱いたことなどありません」

「弓弦《ゆづる》さんはそう言ってくれるとわかっていたわ。ありがとう……」

「いいえ」

「そうね……ちょっと思い詰めすぎたかも。二人の食の好みをよく知りもしない人の言う事、真に受けちゃった」

喋《しゃべ》っていると気が晴れてきたのか、朱里《しゆり》の表情は少しずつ本来の柔和なものに戻っていった。

「ご気分は晴れましたか」

「うん。でも、すごく腹が立ったし、言われっぱなしは嫌だから……今日からお弁当の試行錯誤はしてみようと思うの」

「それはそれは」

「見て、本も買ったのよ。久しぶりに本屋さんに行ったの」

どうやらそれを見せるのが真の目的だったらしい。

小脇にずっと抱えられていた本を弓弦《ゆづる》に見せてくる。

随分と可愛《かわい》らしい弁当の作り方が記載されたレシピ本だった。

子どもに人気のアニメキャラクターの顔を料理で表現する方法が事細かに書かれている。

「……」

花矢《かや》はもう高校生なので、こういう子どもっぽいものは好まないと思うのだが、やる気を出している人の気持ちを挫《くじ》いてはならないだろう。そう、弓弦《ゆづる》は心の中で結論づけた。

「楽しみです。朱里《しゆり》様はお料理がお上手ですから」

弓弦《ゆづる》は朱里《しゆり》に本を返しながら言う。朱里《しゆり》はその言葉で更に機嫌を良くしたのか微笑《ほほえ》んだ。

「頑張るわ。あの人をあっと驚かせてやるのよ。私のこと、いつまでも何も出来ない箱入り娘だと思っているんだから。見返してやるわ。弓弦《ゆづる》さん、聞いてくれてありがとう」

朱里《しゆり》の表情が明るくなったのを見て、弓弦《ゆづる》もほっとした。

夫婦の倦怠期《けんたいき》に、波風立たぬよう立ち回るのは守《も》り人《びと》の役目ではないのだが、するべき理由があった。

——ただでさえ心労が多いのに、これ以上増やさせてたまるか。

だから弓弦《ゆづる》はいつも通り、花矢《かや》の為に笑顔で言う。

「とんでもありません、奥様は我が主のかけがえのない方なのですから。ご遠慮はなさらずに」

主の心的負担を取り除くこともまた守《も》り人《びと》の務めだった。

射手と守り人《もびと》の一日はこのように過ぎていく。

やがて黄昏《たそがれ》の射手《しゃしゅ》が空に矢を放ち、日付が変わろうとする頃。花矢《かや》の起床時間が訪れた。余暇を過ごしていた弓弦《ゆづる》も出番だ。彼女を起こしに寝室へと向かう。

未婚の女性が寝ている部屋に若い男が入室するという行為は本来なら咎《とが》められそうなものだが、風呂上《ふろあ》がりのドライヤーまで担当している弓弦《ゆづる》に遠慮はない。

一応、ノックはするが返事はないことはわかっている為、すぐに花矢《かや》の私室の扉を開けた。暗い部屋の灯《あか》りを点《つ》けて寝台に向かう。寝台の上には無防備な寝顔を見せている花矢《かや》が居た。寝顔が険しい。電気の灯《あか》りが眩《まぶ》しいようだ。これで起きてくれれば良いのだが、いかんせん彼の主は眠ることが大好きだった。彼女を起こすのは毎回交渉事になる。

弓弦《ゆづる》はまず優しく声をかけるところから始めた。

「花矢《かや》様、お時間です」

しかし主はすぐに起きない。

「花矢《かや》様、花矢《かや》様」

何度か声をかけても無視される。しばらく黙って待ってみるが、やはり返事が無いので仕方なく弓弦《ゆづる》は花矢《かや》の肩を揺すった。そうすると、不機嫌な声が返ってきた。

「………………あと五分」

「了解致しました」

　言われた通り、直立不動で五分待つと目覚まし時計が爆音で鳴り響く。

　花矢《かや》はそれを仏頂面《ぶっちょうづら》で叩《たた》いて止めた。そして枕に顔を押し付ける。弓弦《ゆづる》は今しがた行われた目覚まし時計への蛮行を咎《とが》めるように言った。

「花矢《かや》様、目覚まし時計が壊れます」

「うるさい……」

「起きてください、花矢《かや》様」

「正常な人間が起きる時間じゃない……」

「まあ、今は夜ですし。人が寝る時間にはなりますね」

　窓はカーテンで隠されているが、空は既に夜を纏《まと》っている。

「黄昏《たそがれ》の射手《しゃしゅ》である輝矢《かぐや》様が無事務めを果たされたのです。我々もそうしなくては」

「……」

「御身は誰ですか。暁《あかつき》の射手《しゃしゅ》です。花矢《かや》様、世界に朝を齎《もたら》しましょう」

　恥ずかしい台詞《せりふ》だが、本当のことなので弓弦《ゆづる》は大真面目に言った。花矢《かや》は『どこぞの勇者かよ……』と心底どうでもよさそうにぼやいた。そして寝起きのかすれ声でまた言う。

「……彼の御方はうらやましいな。私が夜に矢を射るのとは違ってあちらは日中に射る。生活に何ら支障がないだろう……」

「前回、通信会議ではこれから来る夏のことを憂いていましたよ。夏になれば日が差しますから。暑くてたまらない地獄の日々だそうです。黄昏《たそがれ》の射手様《しゃしゅ》の聖域は南の竜宮《りゅうぐう》ですからね……」

「こちらは北のエニシ……冬はくそ寒くて死すら感じる凍土じゃないか。夏は確かにあちらよりマシだろうが……辛《つら》いのはこちらだって変わらんよ」

「そうですね。では起きましょうか」

「いやだ。朝なんて来なくて良い」

そう言うと、花矢《かや》はまた布団《ふとん》を被《かぶ》ってしまった。

「……」

弓弦《ゆづる》は無言で布団《ふとん》を剝ぎ取った。

「おい」

花矢《かや》は抵抗の声を上げながら、寝台の上で胎児のように丸くなった。蛍光灯の下に晒《さら》された瞳を手のひらで隠した。

「弓弦《ゆづる》、まぶしいよ……」

その姿は少しラッコに似ている。

「まぶしくしています」

「鬼、いじめっ子」

「おれほど貴方《あなた》に甘い人はいないと思います……」

「いまはいじめてるじゃないか」

「そうですね。では花矢《かや》様、世界に朝を齎《もたら》してください」

弓弦《ゆづる》は威厳も何も無い主に、それでも言い募った。

「やだ」

「花矢《かや》様」

「……やだよ」

「花矢《かや》様、あと三十秒以内に起き上がらないと、足の裏をくすぐりますよ」

花矢《かや》はびくりと身体《からだ》を震わせた後、低い声で返す。

「そんなことされたら私は死ぬぞ」

「おれとて花矢《かや》様にそんなことしたくありません。ですが思考が正常な時の花矢《かや》様に、自分があまりにも起きるのを愚図ったらそうしろと言われてます。ご自分でおれに命令しましたよね」

「確かにそう言った……」

「ではくすぐりますね」

弓弦《ゆづる》は花矢《かや》の足を摑《つか》む振りをした。花矢《かや》は足をバタバタさせる。

「やだ」

その姿は布団《ふとん》という海の中を逃げ惑う魚だ。

弓弦《ゆづる》は内心では面白く思いつつも冷たく言った。

「何でも嫌ではないですか」

「何でも嫌だ」

「ただの駄々っ子ですよ、花矢様《かやさま》」

「……」

弓弦《ゆづる》は少し黙ってから、今度は試すように囁《ささや》いた。

「わかりました。ではやめましょう。朝なんて来なくても良い」

その言葉に花矢《かや》はラッコから人間になり、虚を衝《つ》かれたような顔を見せた。

——ほら、やっぱり。

弓弦《ゆづる》は重ねて言う。

「朝なんて、来なくて良いですよ」

「……お前、何てことを。それでも守り人《もりびと》か」

花矢《かや》があまりにも驚いた様子だったので、弓弦《ゆづる》は嗤《わら》った。

——結局、自分を殺すほうを選ぶんじゃないか。

嗤《わら》いたくなる心境ではあった。

——そしておれの言うことをけして信じない。

「花矢《かや》様も言ったではありませんか。おれが言うのはおかしいですか」

「お前のように職務に忠実な者がそんなこと思うものか……」

さては意地悪だな、と花矢《かや》は続けて言う。けしてそんなことはないのに、と弓弦《ゆづる》は思う。弓弦《ゆづる》は花矢《かや》が考えるよりもっと、自分は冷たくて酷《ひど》い生き物だという自覚があった。

主に嫌われたくないのでそういう面を見せていないだけだ。花矢《かや》は黙り込んでしまった弓弦《ゆづる》に対してさすがに駄々をこねたことが申し訳なくなってきたのか、のそりと起き上がった。

「……着替える」

「暁《あかつき》の射手《しゃしゅ》になってくださるのですか、花矢《かや》様」

「お前、やっぱり人のことをからかってないか。なるよ……こんちくしょう。永遠に夜でいいけど……。私がやらねば民が困るのだろう」

「もちろんです」

「……本当に困ることになるかは疑問だけどな」

弓弦《ゆづる》はその言葉の意味がわからず、返事がすぐに出来なかった。

朝が来ないと世界は滞る。それは純然たる事実だ。何故《なぜ》、そんな当たり前のことを聞くのか。

花矢《かや》は反応しかねている弓弦《ゆづる》を見ると、首を横に振った。

「何でもない。弓弦《ゆづる》、服を出してくれ。着替える」

これにてようやく暁《あかつき》の射手《しゃしゅ》の出番だ。

花矢《かや》も弓弦《ゆづる》も登山に相応《ふさわ》しい服装に着替えるところから準備は始まる。

日の出時刻に合わせて出るので出発時刻は季節によって違う。

不知火《しらぬい》岳の登山口までは車で移動だ。広い大地の片田舎の山の麓。平時でも交通量が少ないので、基本的に他の車とすれ違うことすらない。外は真っ暗だ。

――昔はこの道を歩いて山に向かったんだろうな。

深夜車を走らせていると、過去の射手や守り人《もりびと》に思いを馳《は》せることはしばしばある。


車を十数分も運転すると目的の場所に到着だ。

不知火《しらぬい》岳は大きく分けて三つの区域がある。観光客に人気のスキー場の区域、そこから徒歩圏内で行ける距離にある不知火《しらぬい》神社、神社を囲んだ鎮守の森の区域、そして一般登山道が設けられているハイキングコースの区域だ。弓弦《ゆづる》はそれら三つのどの区域とも離れた射手専用の登山口付近に車を停《と》めた。古くより、暁《あかつき》の射手《しゃしゅ》はこの秘密の登山道を登る。

「花矢《かや》様、到着です」

「うん」

後は登山道を登るだけという状態になると、寝台で駄々をこねていた花矢《かや》もすっかり射手の顔つきになってきた。

「弓弦《ゆづる》、行くぞ」

　声にも凜々《りり》しさが戻っている。エニシの初夏はまるで初冬のように寒い。山は特に冷えていた。防寒着は身につけていたが、マフラーもあったほうが良かったかもしれない。

「花矢《かや》様、車の中にマフラーがあります。出しましょうか」

「いい、冷えているほうが頭が冴《さ》える」

「お風邪を召されますよ」

「お前も知っているだろう。巫《かんなぎ》の射手《しゃしゅ》は病気はしない。怪我《けが》もすぐ治る」

「……そうですが、体調を崩すことくらいは」

「寝たらすぐ回復する。そういう身体《からだ》にされてしまってるんだ。じゃないと毎日山なんて登れないからな」

　素晴らしい権能ではあるが、本人からすれば複雑だろう。

「行くぞ、弓弦《ゆづる》」

　そう言うと、花矢《かや》は弓弦《ゆづる》を置いて先に山道を歩き出した。弓弦《ゆづる》は慌てて後を追う。真夜中の登山は視界が悪い。迷子になってもおかしくはないのだが、二人は毎日登っていることもあり道に迷うことはなかった。今日は月がとても綺麗《きれい》で、月光だけでも歩けるほどの明るさだ。

　とは言っても、足場確認の為に懐中電灯は欠かせない。二人は会話をしながら歩いた。

「ここさ、昔から思ってるんだが人感センサーの電灯とか設置したほうが良いよな」

毎日一緒に居るので目新しい話題はない。ほとんどが仕事と日常の話だ。

「それは便利ですが、民に万が一道を知られた場合、聖域まで導いてしまうでしょう」

「……まあそうだけど、聖域なんて民が行ってもただの崖でしかないだろう？」

「わかりませんよ。見栄《みば》えの良いものなら何でも流行《はや》りますからね。あそこから見る不知火《しらぬい》の景色は美しい」

「弓弦《ゆづる》は自然が好きだよな」

「そうですね。こちらの暮らしが合っています」

こうしてみると、二人がけして仲が悪くないことがわかる。

「そう言えば、朱里《しゅり》様がお弁当作りの本を買われていましたよ。練習をされてからだと思うので、来月あたりから花矢《かや》様のお弁当はとても華やかになると思います」

「何でだ？」

「大人も色々とあるんです。今は何も聞かず、もしそのようなお弁当がお手に渡りましたら朱《しゅ》里《り》様を労《いたわ》ってあげてください」

「私は別に華やかじゃなくても良いんだが。工夫をこらすような弁当作らせたら母さんの負担になるだろ。趣味なら良いんだけどさ……」

「半分趣味になってきていると思いますよ。おにぎりから始まったお弁当だったのに、どんどん豪華になっていきましたし」

「確かに、最初は大きなおにぎりだった」

「すごく大きかったですね。色んなおかずが入っていて……おれはあれが好きでした」

仲が悪くないから、相手をもっと近くに呼び寄せようとするし、守る為に遠ざけようともしてしまうのだ。しばらく、また無言の時間が続いた。弓弦《ゆづる》は道を懐中電灯で照らしながら偶《たま》に花矢《かや》のほうを見る、という動作を繰り返した。反対に花矢《かや》はまっすぐ前だけ見ている。

──神様と、神様に一番近い人間は否応《いやおう》なしに惹《ひ》かれ合うとお偉方から聞いたが。

自分達は伝え聞く関係にあまり当てはまっていないな、と弓弦《ゆづる》は思う。

何せ、花矢《かや》は弓弦《ゆづる》を多少好いてくれてはいるが、手放す決断が出来ている。

──黄昏《たそがれ》の射手《しゃしゅ》様はどうだろうか。

弓弦《ゆづる》は遠い南の島『竜宮《りゅうぐう》』に居る黄昏《たそがれ》主従の顔を頭に思い浮かべた。

黄昏《たそがれ》の射手巫覡輝矢《しゃしゅふげきかぐや》は風格のある男だ。年は三十代半ば。打ち解ければなんてことはない、優しい神様だが、初見は気後れしてしまいそうなほど厳粛な雰囲気を持っている。

そして守り人《もりびと》は花矢《かや》と年の近い少年だった。大人びた性格の中に子どもらしさが残っている花矢《かや》。彼女と比べても幼く見える子だったと弓弦《ゆづる》は思う。年相応というか、まだまだ『子ども』という印象が強い。悪いほうに幼いというより、年長者からするとわんぱくな子犬のようで、目を細めて見てしまう愛くるしさがある。そんな現人神《あらひとがみ》と守り人《もびと》なのだが、弓弦《ゆづる》からすると、あちらの主従は親子関係に近いように思えた。

弓弦《ゆづる》と花矢《かや》とて一緒に住んでは居るのだが、黄昏《たそがれ》主従のほうがより『家族』に近い。

少なくとも弓弦《ゆづる》はそう思う。

——最初は暫定的な守《も》り人《びと》だと聞かされていたが。

二人を観察するにきっとこのまま一緒に一生を共にするのだろうと思えた。

守《も》り人《びと》の少年が見ていてわかるくらいには主を大層慕っているし、主の輝矢《かぐや》もなんだかんだと可愛《かわい》がっている。最終的に輝矢《かぐや》のほうが手放せなくなるのが目に見えていた。

あれだけ慕われれば誰だって情が移るし、傍《そば》に置きたくもなる、と。

——それに比べてうちは。

家族とは少し違う、と弓弦《ゆづる》は思う。やはり奉仕される人と奉仕する人という関係性が前提としてあるし、線引きもされている。主従関係がしっかりしているとも言えるだろう。黄昏《たそがれ》主従のように『愛しているから手放せない』という方向性ではまったくない。

『可哀想《かわいそう》だから手放したい』と言って辞めさせられそうになるのは毎日のことなのに。

見つめていると、視線が痛かったのか花矢《かや》が顔を向ける。

「お前、まだ帰りの時のこと怒ってるのか？」

見当違いのことを言われて、弓弦《ゆづる》は困ったように眉を下げた。

「おれ達は仲直りしたのではないのですか？」

「……し、た……と思う。いや、したのか？」

「おれに起こせと言ったでしょう」

「……」

「おれは、あれを花矢《かや》様からの『仲直りしよう』というお言葉と受け取ったのですが」

花矢《かや》は明らかに照れている表情を浮かべた。

「……私はお前が恐ろしいよ。恥ずかしいことを真顔で言うから……」

弓弦《ゆづる》はなんてことはない、というように首をかしげた。

「おれは恥ずかしくないので」

「私は恥ずかしい」

「ではご自分でその恥ずかしさをどうにかしてください」

「おい」

「花矢《かや》様は照れ屋なんですよ」

「お前が恥知らずなだけだ。あと、そんなに見てくるなよ。物言いたげに」

「おれは守り人《もりびと》だから貴方《あなた》を見るのが仕事です。転ばないか心配で見ているだけです」

「阿呆《あほう》、お前より山登り経験は長い。それに今夜のお前の視線はそういう心配じゃないだろう。絶対、何か物言いたげだ」

——鋭いな。

弓弦《ゆづる》は口を尖《とが》らせて言う花矢《かや》の勘の良さに苦笑いした。

「わかりました。あまり視線を感じさせないようにします」

それからは彼女の顔から視線を逸《そ》らして、肩あたりを見ることにした。

――花矢《かや》様にとっておれは、やりづらい守《も》り人《びと》なのだろうな。

もっと距離が離れていて、業務的な関係のほうが良かったのかもしれない。

――でも、貴方《あなた》が心通わせられる人をと望んだ。

弓弦《ゆづる》は花矢《かや》の小さな肩を眺めながら、初めて出会った時のことを思い出す。


様々な痛みを伴う過去を経て、二人は出会っていた。

弓弦《ゆづる》が花矢《かや》の守《も》り人《びと》になるまでに当然起きている出来事がある。

花矢《かや》の暁《あかつき》の射手《しゃしゅ》就任。そして弓弦《ゆづる》の父の守《も》り人《びと》就任、引退だ。

事を最初から追っていくと、まず先代守《も》り人《びと》から引退宣言が出た。

足腰の酷使で無理が祟《たた》り、山に登ることが困難になったという至極真っ当な理由だ。

それまで元気でいた人が、加齢と共に一気に身体《からだ》の調子を崩すということはままある。

今までの苦労を労《ねぎら》い、快く老後の生活へと送り出されるべき出来事だった。

しかし、人々の為に尽くしてきた老兵が称賛されながら去る一方で、とある問題が浮上した。

次代の守《も》り人《びと》の選定だ。

守《も》り人《びと》の引退は当人だけの問題ではない。巫覡《ふげき》の一族全体に関わる。

四季界隈《かいわい》と同じように、現人神《あらひとがみ》に最も親《ちか》しい存在は血族の中から選ばれることになっていた。

選定基準は様々だが、一族の人間であることは確定事項だった。巫《かんなぎ》の射手《しゃしゅ》と守《も》り人《びと》以外の巫《ふ》覡《げき》の一族の民は基本的に各地の天文台に配属され、空の天蓋の観測と研究をしている。

可視化出来ず、触れることも出来ず、しかし射手が矢を放たねば朝の帳《とばり》も夜の帳《とばり》も下がったままになるというこの世界構造の解明を日夜続けているのだ。

それとは別に、『本山』と呼ばれる一族の運営管理機関も存在している。観測所勤めか本山勤め、どちらにせよ選定期間中に現地の射手の補助をする要員が必要だ。

弓弦《ゆづる》の父は本山勤めのお役人。補助要員として選ばれていた。

『どうやらいまの守《も》り人様《びと》も限界らしい。この仕事は長くなるかもしれん。悪いけど家のこと、母さんのこと頼んだぞ。兄さん達とも仲良くな』

そう言って、弓弦《ゆづる》の父は家族の元から旅立った。

守《も》り人《びと》が射手を支えられない間、射手の身の回りの世話や霊山への同行、次代の守《も》り人《びと》が決定した場合は現地への手引などやることはたくさんある。とは言っても、弓弦《ゆづる》の父だけに課せられた任務ではない。他にも派遣された者はいた。

弓弦《ゆづる》の父が先代守《も》り人《びと》と従兄弟《いとこ》関係、という縁もあり採用された経緯ではあったが、あくまでチームの中の一人。特別な存在ではなかった。

弓弦《ゆづる》の家族は父を立派に思い、エニシへと送り出した。

——きっと長くても半年、いや三ヶ月くらいだろう。

幼い弓弦《ゆづる》はそう思っていたが、事態は悲劇のほうへ舵取《かじと》りをし始めた。

守《も》り人《びと》だけに留まらず、暁《あかつき》の射手《しゃしゅ》にも引退の兆候が現れてしまったからだ。

巫《かんなぎ》の射手《しゃしゅ》の代替わりは四季の代行者《だいこうしゃ》と違って【生前退位】が多い。

これに明確な条件はなく、ある日突然射手の力が急速に衰え始め、朝や夜が不安定になる。

射手は意識が途絶えがちになり、度々夢を見るようになる。

何の夢かというと、次代の射手の姿だ。

本人の意志に関わらず未来視をしてしまう、という点は神降ろしの一族ならではだろう。

『神託』と呼ばれる夢見に次の担《にな》い手《て》である者の姿が現れることで、射手の引退時期が迫っていることが自然と周囲に知らされる。それが巫《かんなぎ》の射手《しゃしゅ》のシステムだった。

そして探し当てられた者が聖域へ赴くと、自然と神を降ろしてしまうとされていた。

神託が下ると、当然一族の者は次代の射手を血眼になって探す。

射手は必ず巫覡《ふげき》の一族から生まれるので特徴さえ摑《つか》んでいれば探すことはそう難しいことではない。今回の夢見は非常にわかりやすく、特徴を捉えていて優秀だった。

【長い黒髪が美しい十代前半、もしくはそれよりも幼い少女】


この神託だけでまず男性は排除され、年齢の範囲も狭まる。

まるで視界にもやがかかったように見えない、という射手も過去には居た。

射手の夢見がおぼろげで正確な情報を伝えることが出来ない場合は、その間に射手の権能が使用不能になり正常な昼夜が失われる可能性もある。夢見は責任重大な任務だった。

世界の命運を握る神託が一族にお触れとして開示されると、該当する者は霊山へ連行される。過去の例から、慌てて特徴を消す者への対策も立てられていた。今回は巫覡《ふげき》の一族の若い娘は手当たり次第エニシの山を登る羽目になった。神様に仕える一族ではあるが、神様に成りたい者はほとんど居ない。きっとみんな、逃げたかっただろう。どうか自分だけは選ばれませんようにと、家族が待っている家に帰れますようにと、祈りながら聖域へ足を踏み入れたはずだ。

花矢《かや》も同じだった。神様ではないと証明して、早く両親が待つ家に戻りたかった。

だが、運命は残酷にも一人の少女を選んだ。

美しい黒髪を持つ少女は聖域に入った瞬間に巫《かんなぎ》の射手《しゃしゅ》となり、空に矢を放った。

世界への供物《くもつ》は正しく見つけられたのだ。

哀れな射手のことはさておき、ここまでなら通常の代替わりと同じだった。

此度《こたび》は暁《あかつき》の射手《しゃしゅ》の代替わりと並行して守《も》り人《びと》の引退も行われていたので現場は混迷を極めていた。本山から派遣された者達は連日大慌てだ。

当然、諸々《もろもろ》の対処で弓弦《ゆづる》の父のエニシ滞在は長引いていった。

弓弦《ゆづる》の父は元々、本山でも優秀な職員とされていたが、エニシでは特に評判を上げていた。先代の射手からも守《も》り人《びと》の縁者ということで信を置かれ、気がつけば同じように現地に手伝いに来ていた他の支援人員を束ねる立場になり始めた。

花矢《かや》との関わり方も一番良好的だった。子を持つ親心が発揮されたのだろう。自発的に花矢《かや》に話しかけ、案じていた。花矢《かや》も彼には懐《なつ》くのが早かった。

周囲に良い影響を与える人間というのは居るようで居ない。

彼は仕事が出来る人だとみんなが褒めた。

だが、その『良いこと』がやがて彼にとって『悪いこと』を引き起こしてしまうのだが、その時は誰かが奸計《かんけい》を企んでいるなど当人も予想が出来なかった。

青天《せいてん》の霹靂《へきれき》。

ある日、弓弦《ゆづる》の父は次の守《も》り人《びと》にならないかと打診を受けた。

——どうして父さんが？

その噂《うわさ》を遠く離れた場所に居る弓弦《ゆづる》が聞くようになった頃にはもう何もかもが遅かった。

お偉方から適格者なり、と判断が下されればその申し出を断れる者は居ない。

此度《こたび》の配役は守《も》り人《びと》の歴史をたどっても特異な例と言えた。

本来なら、妻子持ちの男性がなる職務ではないからだ。慣例に沿う形であれば、守《も》り人《びと》は独身の若者が選ばれる。射手が守《も》り人《びと》を妬まぬよう、仕える神が所帯を持つまで守《も》り人《びと》も家族とは疎遠となる。現地で骨を埋める覚悟で臨むべし、という暗黙の了解でもあった。

その為、弓弦《ゆづる》の父がたとえ適格者なりとされても候補から除外されるべきだったが、今回はまかり通ってしまった。評判の良い働きをする弓弦《ゆづる》の父を面白くなく感じていた誰かが、彼を蹴落とす為にお偉方に耳打ちした、という噂話《うわさばなし》が当時浮上していたが、真相は不明だ。

兎《と》にも角《かく》にも、弓弦《ゆづる》の父は『世界の供物《くもつ》』の為の『生贄《いけにえ》』になった。

——どうして。

どうして、と弓弦《ゆづる》を含め弓弦《ゆづる》の父を大事に想《おも》う者達はみなやるせない疑問を胸に抱いた。

悲哀の度合いでいけば当時十歳で射手に選ばれた花矢《かや》も負けてはいない。

神に選ばれた次代の射手は家族と引き離され、意図的に孤立させられることが決まる。

世の為人の為、世界構造を保つ為に身命を捧《ささ》がねばならない。

射手を道具として機能させるには、他に代わりは居ないという使命感と、閉鎖的な空間による情報の排除、孤立が必要だった。

比較的年齢が若い者が射手として選ばれるので、子ども時代に周囲が言い聞かせ躾《しつ》ければ、幼い射手もやがて自分の運命を受け入れる。大人になれば親と会うことも許され、結婚も本山から支援が入るので完全に見捨てられるわけではない。

古くからあるこの射手への扱いは、いわゆる丁稚《でっち》奉公に近い形と言えた。

ある日突然、父にも母にも会えなくなり、課せられた仕事に勤《いそ》しむ。

昔は問題視されていなかったが、現代ではこれを受け入れられる者は少ないだろう。

神の御手に絡《から》め取られ逃れられず、逃れられた者は幸いだ。そうした背景もあり、弓弦《ゆづる》が花矢《かや》に対して負の感情を持つことはなかった。もし神託が【十代の若い少年】という内容だったら弓弦《ゆづる》も候補者だった。今回は偶々《たまたま》、彼女が神になったのだ。

いや、なってくれた。

だから恨みはない。ただ、弓弦《ゆづる》の母は夫の守《も》り人《びと》就任を聞いて涙を流していたので、幼い弓《ゆ》弦《づる》は『自分が大きくなったら父の仕事を代わってあげよう』とは思っていた。

昔から、少し自己犠牲的な少年ではあった。

それから数年、本山勤めだった弓弦《ゆづる》の父親は守《も》り人《びと》として花矢《かや》に奉仕した。

この間に射手を巡る環境は大きく変わっている。

現行の黄昏《たそがれ》の射手《しゃしゅ》、巫覡輝矢《ふげきかぐや》が射手制度の改革を提案した。

幼年の射手とその家族の同居の許可。射手の学校教育の選択。この二つだ。

輝矢《かぐや》は幼い頃に親と引き離されて、それからずっと竜宮《りゅうぐう》に閉じ込められている。

新しい射手に自分が幼少期に感じた寂しさや悲しさを繰り返させたくないと感じたのだろう。

次代の守り人《もりびと》である弓弦《ゆづる》の父が元本山勤めで、話の通じる男だとわかるとお偉方の説得の為に味方について欲しいと頼み込んだ。弓弦《ゆづる》の父もここまで来たなら現人神《あらひとがみ》の為にやれることをしようと腹をくくったのだろう。彼は輝矢《かぐや》の思いを受け取り、現人神《あらひとがみ》の為に奔走した。

輝矢《かぐや》の嘆願を現場の声として本山に訴えると共に、前任の暁《あかつき》の射手《しゃしゅ》にも巫覡《ふげき》の一族のお偉方に働きかけを依頼した。

その願いを快諾した元暁《あかつき》の射手《しゃしゅ》も、直接本山に赴いてお偉方達に処遇の改善を申し出た。

そして最終的には、花矢《かや》が現在暮らしているような形が許可された、という次第だ。

彼女にとって、弓弦《ゆづる》の父の背中はきっと大きく、眩《まぶ》しいものとして目に映ったはずだ。

少女神と守り人《もりびと》の結びつきは年々強くなっていった。これならば守り人《もりびと》が老いるまで二人で仲良くやっていけるだろう。ようやく巫《かんなぎ》の射手界隈《しゃしゅかいわい》も落ち着いてきた。すべて収まるべきところに収まった。そう思われたが、波乱はまた起きてしまった。

三年目で弓弦《ゆづる》の父は前任の守《も》り人《びと》と同じく身体《からだ》を壊し、医者から『待った』の声がかかった。

弓弦《ゆづる》の父は守り人に適した身体《からだ》を持っていなかった。大病はしていないが、筋力とは無縁。どちらかと言えば線が細い。そもそも、本山でもやっていたのは事務仕事だ。肉体労働を経験してきていない人間が急に山登りを始め、小さな子どもの面倒を見ながら各機関の間で奔走し続ければさもありなん、という結果だった。何にせよ、彼は三年で使い物にならなくなった。

残された弓弦《ゆづる》の家族にとっては朗報だ。これで父親は帰ってこられる。

しかし花矢《かや》にとっては悲報だった。彼女の嘆きがどれほど深かったかは想像に難《かた》くない。

大人達の中で翻弄され続けた花矢《かや》が、それでも耐えられたのは守《も》り人《びと》の存在があってこそ。

本山から許しは得たが、いまだに旧制度に戻すべきだと言う者達も一定数存在している。

次の守《も》り人《びと》が同じように射手の為に戦ってくれる人かはわからない。

きっと、不安が身体《からだ》を支配した。だから、幼い少女神は守《も》り人《びと》にすがった。

『貴方《あなた》の息子が欲しい』と。

花矢《かや》はかねてより、彼の息子の話を聞いていた。

守《も》り人《びと》はただ家族の話を共有したかっただけだが、花矢《かや》にとっては救いの情報となった。

末の息子は彼と似ているらしい、と。弓弦《ゆづる》の父は、いつものように困ったような笑顔を見せたが、花矢《かや》の願い通りに息子を連れてきてくれた。そして弓弦《ゆづる》が守り人《もりびと》に就任する。

——出会いが良くなかった。

弓弦《ゆづる》は過去を振り返ってやはりそう想《おも》う。安堵《あんど》の為に他者を求め、その業の深さを理解せず、守《も》り人《びと》を失う悲しさを埋めることだけ考えて花矢《かや》は逃げてしまった。

『初めて神様になった時、十歳だったかな。最初はまったく山に登れなくて、あの人がおんぶしてくれたんだ。思い返せばあれで腰を悪くさせた気がする』

『お前は何かあっても私を背負わなくていいからな。それより助けを呼べば良い』

『お前の父君はあの実を食べるのが好きだったぞ。お前は好きか？』

『帰りにあそこのお店に寄ろう。父君がお前に送っていた菓子が売っているぞ』

『やっぱり親子だ。顔は母君に似ていらっしゃると聞いていたが、くしゃみはそっくりだ』

酷《ひど》い言い方をするなら『模造品』を求めたとも言える。

自分を通して他者を求められることを喜ぶ者は少ない。幼い花矢《かや》は弓弦《ゆづる》の表情や、彼の父と似ている困ったような笑顔を見て、あやまちを理解し始めた。

大人が幼年期の残虐性を後になって認識し我に返るような、そういう気付きだ。

比べるのも、面影を探すのもしてはいけない。
花矢《かや》は自分の行動を振り返り、内省し、変わろうと努力した。
『弓弦《ゆづる》は車が好きなのか？』
『なあ、都会に住んでいただろ。こういう寝間着って本当に流行《はや》ってるかわかるか？』
『輝矢《かぐや》兄さんと通信会議するんだ。お前も同席しろ。紹介する。私の守り人《もりびと》だって』
いま目の前に居るのはこの青年なのだから、彼のことをもっと知らなくては。
『弓弦《ゆづる》、警備門に一緒に行こう。お取り寄せしたお菓子が届いてるって』
きっと仲良くなれるはずだ。
『弓弦《ゆづる》、弓弦《ゆづる》、父さんと母さん出かけるって。二人で何をしようか』
父親から預かっているとも言える彼を大事にしたい。

『弓弦《ゆづる》はそれで良いのか？　人に譲ってばかり。損してるぞ……』

そうすることが彼の主である自分の責務だと。

当時十三歳にしては、早熟な考えだった。

最初は畏《かしこ》まっていた弓弦《ゆづる》も段々と主従の垣根を越えて同世代の若者として仲良くしてくれるようになった。これで何も問題ない。

花矢《かや》の平穏は保たれた。矢を射る日々も我慢出来る。

平和が戻った。本当によかった。

明日は彼と何をしようか。明後日《あさって》はどう過ごそう。

春も夏も秋も冬も、二人で小さな幸せを探して慎《つつ》ましく暮らしていこう。

良かった。本当に良かった。喜びを抱きつつも、ふとした時に花矢《かや》は気づいてしまう。

あれ、自分は『模倣』を得て安堵《あんど》を得たけれど、彼は何を得たのだろう、と。


気づいて、ぞっとする。

そして目眩《めまい》がするほどの後悔が彼女を襲うのだ。

幼い花矢《かや》はわかっていなかった。


考えていないわけではない。弓弦《ゆづる》に選択肢だって与えた。

断っていいと。だが、提示した時点で罪であるということ。

受け入れさせた場合は自分に罪があるということを真《しん》に理解はしていなかった。

元守り人《もりびと》の縁者を迎えて、ほっと出来る毎日。

相手も自分に尽くしてくれる。

信頼出来る相手が出来て、前の守り人《もりびと》が居なくなっても何とか頑張れそうだ。

そうやって平穏な日々に幸せを感じた時になって、自分が望んだことの罪深さに気づく。

花矢《かや》から見れば弓弦《ゆづる》は失うことしかしていない。

若くて、何でもそつなくこなしそうな青年。

自分にとても優しくしてくれる人。花矢《かや》の願い通りの人。

だが、花矢《かや》が『欲しい』と言わなければ巫覡《ふげき》のどこかの機関に配属されて、有益な日々を過ごしていたかもしれない人。


どんどん花矢《かや》の心が嫌な音を奏《かな》で始めた。

守《も》り人《びと》をさせていることは、巫覡《ふげき》の機関にとっても損失かもしれない。

こんな山奥に毎日登山する日々ではなく、機関の内部に居たほうが良かったのでは。

そうだ、そうしたら都会近くの場所で過ごすことも出来たかもしれない。

此処《ここ》には娯楽も少ない。若い彼には苦痛なはずだ。

元居た場所ならたくさんの出会いがあっただろう。家族とも離れなくて済んだ。

どうして弓弦《ゆづる》は休んでいいと言うのに何処《どこ》にも行かないのだろう。

彼の父君も同じだった。ずっと単身赴任で、正月も帰らなかった。嗚呼《ああ》、自分のせいだ。

花矢《かや》が何処《どこ》にも行けないから、守《も》り人《びと》も何処《どこ》にも行けないのだ。


わかっていなかった。

自分の悲しみを優先した。庇護《ひご》してくれる者の事情まで見えていなかった。

いや、見ないようにした。


そういえば、そういえば、そういえば。

そういえば、彼の将来を自分が潰した。

無数の間違いが花矢《かや》の胸に矢となって刺さり、痛みを与える。


様々な罪が目の前に現れて、花矢《かや》は弓弦《ゆづる》を直視出来ない。

見てしまうと、何とか頑張って神様をやっていこうという気持ちが崩れてしまう。

駄目になりかけてしまう。

いっそのこと、自分がどれほど苦しくても手放したほうが楽じゃないだろうかと思い始める。

弓弦《ゆづる》は親にも自分にも遠慮して、『逃げたい』と言えないだけかもしれない。

そうだ。なら、言わせてあげるべきだ。

自分には彼しかいないが、彼は自分でなくても良い。

むしろ、離れるべきだ。

寂しくて苦しくて、とても辛《つら》くてもそうしよう。


『自由が無いぞ。何処《どこ》にも遊びに行けない』

『大切な人の死に目に会うことも叶《かな》わんだろう』

『私のような面倒な小娘と四六時中一緒に居るのは苦痛なはずだ』

『……毎日山を登って降りる仕事に何のやり甲斐《がい》を見出《みいだ》すんだ？』

『……弓弦《ゆづる》のわからず屋、お前はこんな仕事をすべきじゃないんだ』

『そんなこと言ってない。お前を……辞めさせたいわけじゃない。お前がもし辞めたくなったら、そうしても良いんだぞ、と言っているだけだろう』

『それに……もしそうなっても、この瞬間から辞めるということはないだろ……？　お前は誠実な男だ。そんなことしない。ちゃんと引き継ぎとかしてから辞めるに決まってる。つまり、お前はまだ私の傍《そば》に居る。だから起こすのは弓弦《ゆづる》でいいと言っているんだ』


寂しくて、苦しくて。

どうしようもないほど、貴方《あなた》を手放すことが辛《つら》くてもそうしよう。

『弓弦《ゆづる》がいいっ』

そうしよう。

『……弓弦《ゆづる》がいいよ……』

そうしてあげることが、貴方《あなた》の為ならばと。

——愚かな人だ。

過去から意識を現実に引き戻し、坂道を歩く主を見つめながら弓弦《ゆづる》は思う。

弓弦《ゆづる》は花矢《かや》が考えていることなどお見通しだった。わかりやすい人だからだ。思考が行動に透けている。悪く言えば単純。良く言えば、純粋で清廉。人柱に適している。

——花矢《かや》様は本当に、おれのことを見ていない。

何となく出会って始まった関係だが、弓弦《ゆづる》は最初から花矢《かや》と運命的なものを感じていた。

父の仕事を継ぐということにも誇りと意義を持っていた。自分に父の面影を重ねられることは確かに嫌だったが、仕える神様とすぐ打ち解けられる良い手段にもなった。

花矢《かや》が思うより弓弦《ゆづる》はしたたかだ。

そして彼女との生活は、大変なこともあるが想像よりずっと穏やかで幸せな暮らしだった。

元居た場所は都会だったが、田舎のほうが性に合っている。

人に世話をされるより世話するほうが好きだ。主も尽くすに値する存在。やりがいがある。

自分が世を支えているという自負もあった。そうした様々な思いを弓弦《ゆづる》は花矢《かや》に伝えていた。

だが彼の言葉は花矢《かや》の胸に響かない。

それは嘘《うそ》だ、自分の為にそう言ってくれているのだと思っている。

——そうではない。

大きな役目と責任、逃げられない環境をすべての人が彼女に押し付けた。

──そうではないのです、花矢《かや》様。

一体、『可哀想《かわいそう》』はどちらなのか。

娘一人に重責を担わせ、優しく殺しているのは誰なのか。

彼女が朝を授けている人々すべてがそうさせていることに気づいていない。

誰かを犠牲にしてみんな安寧を得ている。

ほとんどの人は現人神《あらひとがみ》のことなど気にしていない。弓弦《ゆづる》もかつてはそうだった。

当の神様は、自分に捧《ささ》げられた新しい生贄《いけにえ》に責任を持ち『私が悪い』と責めている。

供物《くもつ》にされた神様だけは生贄《いけにえ》に大層優しい。そして生贄《いけにえ》の青年は思うのだ。

嗚呼《ああ》、愚かな人だと。


──だからこそ、おれは貴方《あなた》の傍《そば》に侍《はべ》りたい。


「花矢《かや》様、もうすぐ休めますよ」

「うん、頑張るぞ」

弓弦《ゆづる》は、この優しくも悲しい神様を愛していた。

弓弦《ゆづる》と花矢《かや》が山道を歩くこと二時間。

ようやく不知火《しらぬい》岳の聖域にたどり着く。

歴代の射手達が作り上げた轍《わだち》をしっかりと見ていなければ探し出せない場所だ。

一見するとただの崖でしかないが、景観は素晴らしい。木々が開けていて、麓が見下ろせる。

昼間に来ればさぞ美しい雄大な大地が見られただろう。残念なことに今は深夜だ。

田舎ということもあり町の明かりも乏しい。ここで土地を耕し、酪農をし、静かに生きている人々のほとんどは眠りについていた。

「花矢《かや》様、お水は」

「飲む」

若い二人だが、二時間も歩けばさすがに息が切れる。

弓弦《ゆづる》は花矢《かや》がお役目を降りるまで付き合うつもりではあるが、それも健康であることが前提の話だ。彼の父のように身体《からだ》に不具合が出ると難しくなる。

――今でこうなのだから年をとった時はどうなるのだろう。

老いた時のことはあまり考えたくない、と思いつつもふと考えることは多い。

いつまでなら、確実に守ってあげられるのかと。

「疲れたなぁ……」

「ですね」

人の命の長さなど測れない。

鳥籠の中で大切に飼い殺しにされている花矢《かや》も弓弦《ゆづる》も、明日はわからない。

「しんどいなぁ」

人生はわからないことだらけだ。

だからこそ、なるべく後悔をしたくないと弓弦《ゆづる》は思っている。

――もう人生の使い道は決めてしまったのだから。

決めてしまったならば、後は身を投じるだけだ。

いつか、父のように自分の後釜を探さなくてはいけない時が来る。

その時に、精一杯やったと言える自分でありたかった。

「なあ、雑談ついでにいいか」

花矢《かや》が少し改まった様子で尋ねた。

「はい」

弓弦《ゆづる》は水で濡《ぬ》れた口元を拭って花矢《かや》に向き合う。

「……」

いいか、と言ったくせに花矢《かや》は話題を切り出して来ない。

弓弦《ゆづる》は怪訝《けげん》な顔をして待つ。十秒、二十秒、三十秒。

段々とからかっているのだろうかと疑いを持ち始めた頃にようやく花矢《かや》は口を開いた。

「……弓弦《ゆづる》、本当に私が朝を齎《もたら》していると思うか？」


放たれた言葉は、予想外のものだった。

「は……？」

弓弦《ゆづる》は目を瞬《まばた》いた。素で驚いてしまった。

もっと違う話題かと思ったのだ。

「……だから、私が神ではない可能性はないかと聞いている」

今日は主の発言に振り回されてばかりだ。

「何を仰《おつしや》るのです」

主の真意がわからない。

今日は月明かりが綺麗《きれい》だから花矢《かや》の表情も月光に照らされてよく見える。

冗談を言っているようには見えなかった。

「……私は本当に神なのか。私がやらなくても朝は来るんじゃないか？」

唇から紡《つむ》がれた言葉も声音も、真剣な様子が滲《にじ》み出《で》ている。

「花矢《かや》様、そんなことは」

「けして言ってはいけません、か？」

「……」

「お前にだから言っているんだ」

花矢《かや》はようやく弓弦《ゆづる》に視線をくれた。

いつもの強気な瞳ではなく、迷い子のような心細さが滲《にじ》んでいる。

「私は大勢の大人に騙《だま》されて、馬鹿なことをしているだけではないのか」

その言葉は、『大勢の大人』の内に入る弓弦《ゆづる》にとって重い一撃だった。

「花矢《かや》様……」

「……」

「それはあり得ません」

「わからないだろ」

「いいえ、あり得ません」

大人を恨んでもいい。そうしたくなる立場に花矢《かや》は居る。

「一体何の為におれ達がそんなことを？」

花矢《かや》は幼い頃に神様になった。

その時弓弦《ゆづる》は傍《そば》に侍《はべ》っていなかったが、自分の父も含めてたくさんの大人が諭したはずだ。

『貴方《あなた》は神になった。故にあらゆるすべてを我慢して奉仕しろ』と。

弓弦《ゆづる》も、似たようなことを毎日言っている。

「おれ達が貴方《あなた》を騙《だま》しているなんて、あまりにも荒唐無稽です」

だからといって、騙《だま》されているとは思って欲しくない。

花矢《かや》に神であることを強いている。

それを心苦しく思っていても、彼女に頼むしかないのだ。この国の『朝』は一人しかいない。

弓弦《ゆづる》は同情して一緒に苦しむほうを選んだ。

そうやって、悲しみを慰める人も居る。

「巫覡《ふげき》の一族は神代から続く儀式を守り抜いている組織です。貴方《あなた》一人を騙《だま》す為に嘘《うそ》をつくなんてことはない」

弓弦《ゆづる》はばっさりと問いかけを斬り捨てた。それを花矢《かや》が不満に思った様子は見えない。

だが、まだ迷い子の瞳をしている。

「……弓弦《ゆづる》」

弓弦《ゆづる》はこの少女が何を怖がっているのかわからなかった。

「花矢《かや》様が朝を齎《もたら》しています」

疑いようがないことなのに。

「おれが目撃しています。貴方《あなた》が空に矢を射《う》っているのです」

「……」

「貴方《あなた》が空に矢を射《う》つと、やがて夜が溶けていき、朝になる」

「…………」

「あれほど美しい光景を、おれは他に知りません」

「矢を射《う》たなくても朝になるかもしれないぞ」

「ではあの矢は何なのですか。貴方《あなた》の手から作り出される光の弓は？」

「ちゃんと光の弓と矢が出来てるのか？」

「本当に何を仰《おつしや》るんですか。毎日ご自分でご覧になっているでしょう」

花矢《かや》は次に何か言いかけていたようだが、開いた口を閉じた。

そして、唇を噛《か》む。

「……花矢《かや》様」

弓弦《ゆづる》は、そこではたと気がついた。

「花矢《かや》様、もしかして……」

思わず花矢《かや》に近寄り顔を覗《のぞ》き込む。花矢《かや》は顔を逸《そ》らした。

こんなにも弱々しい彼女を見るのは久しぶりのことだった。

「神事を行っている時に意識がないのですか？」

しばらく黙って、無言の時間が数秒流れた後に花矢《かや》は頷《うなず》く。

「……うん」

弓弦《ゆづる》がどう思っているか反応を見たかったのか、花矢《かや》はちらりと一瞥《いちべつ》してきたが、耐えきれなくなって地面に視線を向けた。

それからはずっとうなだれたままになった。

断罪されるのを待つ咎人《とがにん》のように。

――嗚呼《ああ》。

弓弦《ゆづる》の唇から吐息が漏れた。

花矢《かや》が射手として未熟とは思わない。

だが、現人神《あらひとがみ》であるという自覚は薄いといつも感じていた。

「弓弦《ゆづる》、ごめん……」

言われているから、そうしているだけ。

叱られた子どもが大人に促されて仕方がなくそうしているような。

――違った。

何のことはない。花矢《かや》は真実、実感がなかったのだ。

「…………私は自分が聖域で何をしているか記憶がない」

それをずっと言えなかった。
弓弦《ゆづる》と組んでもう数年も経《た》つのに打ち明けられなかった理由は、今の態度から明白だ。
まだ揺れる心を持つ少女神は、従者から負の感情をぶつけられるのを恐れた。
「……お前に、呆《あき》れられたくなくて……言えなかった……」
だから言わなかった。
「……っ」
否、言えなかった。
弓弦《ゆづる》は思わず声を荒らげてしまいそうになった。
何故《なぜ》、自分が貴方《あなた》を責める悪者になると思ったのだと。
貴方《あなた》にとって自分は、肝心な時に責める存在なのかと。
だが既《すんで》のところで言葉を呑み込む。花矢《かや》は『呆《あき》れられたくなくて』と言ったのだ。
つまりは、言いたい気持ちがあったが言えなかったことになる。
導き出される答えは一つだ。
花矢《かや》にとって弓弦《ゆづる》は何でも話せる相手ではない。

「……花矢《かや》様」

ただそれだけ。

従者の立場の弓弦《ゆづる》が、相談出来なかった主を責めることは出来ない。

そう理解すると、一瞬生まれた怒りはすぐに霧散して、残ったのは後悔だった。今までずっと傍《そば》で彼女がすることを見てきていたのに、なぜ彼女の心細さに気づき、救ってやれなかったのだと。

「花矢《かや》様」

再び出た声の響きは、悲しさを孕《はら》んでいた。

弓弦《ゆづる》は花矢《かや》に手を伸ばす。すると、花矢《かや》が一歩後ろに足を引いた。

「花矢《かや》様、花矢《かや》様」

それを見て弓弦《ゆづる》は花矢《かや》の両肩を摑《つか》んだ。

逃げてほしくなかった。

――おれから逃げないでくれ。

彼女から、そういう対象になるのだけは嫌だった。

「……怒るのか」

花矢《かや》は観念したようにつぶやく。弓弦《ゆづる》はやるせなくなる。

「怒るわけないでしょう……。おれは、そんなに怒りっぽいですか……?」

「いや……弓弦《ゆづる》はどちらかというと我慢強い。よく私についてきてくれている」

「……」

「だが、さすがのお前もこれには怒髪天を衝《つ》くだろうと私が判断しているだけだ。お前に瑕疵《かし》はない。私が、怒られるのが嫌なだけだ」

「……瑕疵《かし》ありますよ。あるでしょう。言ってもらえなかった時点でおれは守《も》り人《びと》失格です」

花矢《かや》は首を横に振る。

「違う、お前は……本当によくやってくれているんだ。私がお前に仕えてもらうに値する人間ではないかもしれん、という話なんだ。すり替えないでくれ」

「すり替えてません……花矢《かや》様、どうかお顔をお上げください」

花矢《かや》はまた首を振った。弓弦《ゆづる》は彼女が安心して顔を上げられるようにできるだけ優しく言葉をかけた。

「花矢《かや》様、大丈夫です。御身の抱える問題は悩まれることではないんです」

「……大丈夫じゃない。私は欠陥品だ」

「いいえ、御身は暁《あかつき》の射手《しやしゅ》、巫覡《ふげき》花矢《かや》様です。聞いてください、矢を射《う》っている時に自我を保てていなくても、それが射手として未熟というわけではありません」

ぴくり、と花矢《かや》の身体《からだ》が揺れた。

「……嘘《うそ》だ」

「嘘《うそ》ではありません。個人差があると聞いています。ずっとそうだという人も居るそうです」

「……嘘《うそ》だよ」

「本当です。トランス状態になるまでは記憶がありますよね？」

花矢《かや》はまだ顔を上げない。そのまま頷《うなず》く。

「そこからはない。そしていつの間にか気絶している。花矢《かや》様の身に起きていることはそれで合っていますか？」

「……」

「花矢《かや》様、お答えください」

「……合っている」

「それこそが御身が神であらせられる証拠です」

そこでようやく、花矢《かや》は弓弦《ゆづる》に視線を向けた。

大きな桃花眼が最も信頼する者の言葉にようやく耳を傾けようとしている。

弓弦《ゆづる》はより一層、花矢《かや》の肩を摑《つか》む力を強めた。

「我々巫覡《ふげき》の一族は朝と夜の神から力を賜りました。巫《かんなぎ》の射手《しゃしゅ》である花矢《かや》様が権能を使用されている時は一時的に神が宿ると言われています。神そのものが入るというよりかは、その大いなる力の一端が身に乗り移るそうです。巫覡《ふげき》の一族は神降ろしの一族。花矢《かや》様は大いなる力を降ろされ力を振るっている。人の身には重すぎる役目です。だから記憶が曖昧になるんです」

「でも……」

「でも？」

「輝矢《かぐや》兄さんは記憶があるって……」

弓弦《ゆづる》は目を瞬《まばた》いた。

——そこか。

何故《なぜ》こんなに頑《かたく》ななのか納得した。そして脱力しそうになる。

——花矢《かや》様にとっては唯一自分の悩みを共有出来る先輩だ。

だからこそ『輝矢《かぐや》兄さん』との違いに戸惑った。

そして人知れず苦悩していた、ということなのだろう。

——言ってくれよ。

弓弦《ゆづる》は頭を抱えたくなった。自分が守《も》り人《びと》としてまったく機能していないことが悲しくなる。

だが、いま一番辛《つら》いのは花矢《かや》だ。眼《め》の前《まえ》の人は弓弦《ゆづる》に拒絶されるのを恐れながらも勇気を出して悩みを吐露している。かつて、弓弦《ゆづる》に守《も》り人《びと》になってくれるかと頼んだ時のように。

こういう時に、主の心を守らなくていつ守るのか。

弓弦《ゆづる》は自分の胸の痛みは放置して、花矢《かや》に語りかけた。

「花矢《かや》様、本当に大丈夫です。おれを……おれを信じてください」

「……違う、弓弦《ゆづる》を信じてないんじゃなくて」

「はい、わかってます。いまの俺の言葉を信じてください。意識の有無は個人差なんです。それに、輝矢《かぐや》様は二十年弱ほど黄昏《たそがれ》の射手《しゃしゅ》として君臨されてる熟練の射手様ですよ。権能の使い方も格段上でしょう。恐れながら申し上げますが、まだ若い貴方《あなた》が比べる相手ではありません。いえ、比べなくて良いんです」

「……」

花矢《かや》は唇を噛《か》むことはやめたが、まだ打ちひしがれたような表情のままだ。弓弦《ゆづる》のことを信じられないわけではないが、長年の謎の答えをすぐ咀嚼《そしゃく》出来ないのだろう。

「あの……花矢《かや》様、話の腰を折ってすみませんが……」

「……何だ」

「このことはおれの父は知っていましたか？」

「知ってる。父君には最初の頃に相談した……」

「父は何と？」

「お前と同じようなことを言われたよ。その時は私もそういうものかと納得した。でも、あれから数年も経《た》ってるのに変わらないんだぞ……」

「……なるほど」

弓弦《ゆづる》は父が引き継ぎをちゃんとしてくれなかったことに静かに憤《いきどお》った。

「……弓弦《ゆづる》、本当の本当に大丈夫なのか。私の状態は……」

黙ってしまった弓弦《ゆづる》に花矢《かや》が尋ねる。弓弦《ゆづる》は父のことは頭から追い出し、花矢《かや》に集中した。

「花矢《かや》様、大丈夫ですよ。すぐにでも本山に依頼します。射手の神降ろしに関する資料を送ってもらいましょう」

「歴代の射手様の記録……？」

「はい、守《も》り人《びと》は定期的に報告書を出していますから。そういうのが本山でまとめられて保管されているんです。今はデータ管理されていますから、今日メールすれば明日には担当者から返答があるでしょう。きっとそういうのはご覧になっていないのですね？」

「うん……だってお前の父君が言うなら確かだと思ったし……」

「あの人のことをそんなに良く思わないでください。あれで結構阿呆《あほう》なところがあります」

「おい、悪口言うな。私の元守《も》り人《びと》だぞ」

「おれの父です。言う権利があります」

どうにも花矢《かや》は傾倒している人物の発言となると多大に影響を受けてしまうようだ。

弓弦《ゆづる》の父に関しても初めて仕えてくれた人、ということで彼女の心の中で大きな位置を占めていた。その人が辞めるとなって、じゃあ少しでも似た人が良いということで彼の息子を欲しがったくらいだ。

「花矢《かや》様、言葉だけで信じられないのは理解出来ますが……断言します。ご懸念《けねん》も杞憂《きゆう》だったとすぐにわかりますよ。他の射手様もそうだったと」

「本当か……」

「本当です」

「でも……私が巫《かんなぎ》の射手《しゃしゅ》でないのなら……二人とも逃げられるぞ」

願いともとれるその言葉に、弓弦《ゆづる》は乾いた声で返す。

「何処《どこ》にですか」

「……何処《どこ》か、二人で」

別々ではなく、二人でと花矢《かや》は言った。それがまた弓弦《ゆづる》をやるせない気持ちにさせる。

「本当は、普通に学校に行ったり、エニシから離れて旅行をしたり、家に友達を招いたり、そういうことをしても良いと……」

切なげな口調で話す花矢《かや》を見てたまらなくなった。

「みんなが当たり前にしていることを、弓弦《ゆづる》も私もしても良い。そうではないのか?」

目の前に居るのは、弓弦《ゆづる》が敬愛する現人神《あらひとがみ》ではない。

「私は、いつまで経《た》っても自分が神様だなんて思えないよ」

何処《どこ》にでも居る普通の女の子だった。

「……花矢《かや》様」

弓弦《ゆづる》は、いますぐ花矢《かや》を抱きしめてやりたいと思った。

思ったが、それはしなかった。守《も》り人《びと》としてすることではない。

本当はしてやりたい。したい。だが出来ない。

――おれはこの方の苦しみの何をわかったつもりでいたのだろう。

犠牲の上に朝は成り立っている。

花矢《かや》だけではない。世界中に居る巫《かんなぎ》の射手《しゃしゅ》は人生を奪われている。

だからこそ射手は守《も》り人《びと》に依存する。

いかないで、とすがる。

そして守《も》り人《びと》はそんな射手を守り、立ち上がらせ、言わねばならない。

「いいえ、貴方《あなた》が神だ。おれが目撃しています。貴方《あなた》が朝を齎《もたら》している」

――貴方《あなた》が矢を射る時、人々は寝ている。

歴代の暁《あかつき》の射手《しゃしゅ》もきっと不安になったことだろう。

自分達のやっていることに意味がなかったら？

この伝統とは？

祖先が犠牲にしてきた様々なことは？

「私のやることに……意味なんか……」

「そんなことはありませんと、おれ達守《も》り人《びと》は言います」

守《も》り人《びと》は力強く肯定せねばならない。

自分達がしていることは意味がある。

射手がやらねば朝は来ない、と。

「朝が来るのは貴方《あなた》が夜を切り裂いているからです」

最後は鼓舞の気持ちを込めて強い口調で言った。

「……私は必要なのか」

「必要です」

「世界に貴方《あなた》は必要とされている。いいですね」

言い聞かせるように囁《ささや》く。

「弓弦《ゆづる》」

「はい」

「もう一度言え」

「貴方《あなた》は必要とされている」

「……それはお前もか」

「もちろんです。花矢《かや》様」

黒真珠の瞳に薄く小さな海が生まれた。

「おれの命を賭けても良い」

弓弦《ゆづる》の言葉に、海は揺れる。

「じゃあ、信じるぞ……私はみんなに騙《だま》されているわけではないんだな」

「当たり前です。御身こそこの国の『朝』です」

「……うん」

「そしておれの主ですよ」

「……」

「貴方《あなた》だけです」

「…………うん」

弓弦《ゆづる》は摑《つか》んでいた肩から手を放した。柔らかな肌の感触が消える。

「すまなかったな。弓弦《ゆづる》」

彼女はそう言った途端、瞳からひとしずくの涙をこぼした。

「花矢《かや》様……」

弓弦《ゆづる》は手持ちの荷物から手巾を出してすぐに涙を拭ってやった。だが、ひとしずくがふたしずくになり、またポロポロと真珠のような涙が落ちてくる。

泣くのを我慢していたのだろう。

――もっと早く気づいてやれたら。

花矢《かや》は大人達に言われるがまま現人神《あらひとがみ》の生活をこなしている。

そして巫《かんなぎ》の射手《しゃしゅ》としてはまだ若い。

自分のやっていることが何なのかよくわかっていなければ、不安になってしまうのは無理もない。しかも二代目の守《も》り人《びと》に相談する時期を逃し続けてしまったとなれば尚更《なおさら》だ。弓弦《ゆづる》は自分の無能さを歯がゆく思った。

やはりまだまだ、信頼が足りないのだとも。

「……ありがと、もう大丈夫だ」

花矢《かや》のほうは弓弦《ゆづる》の説明で安堵《あんど》したのか、それとも泣いてすっきりしたせいか、落ち着いたようだ。自分でも服の袖でぐしぐしと顔を拭く。

少しだけ照れ臭い雰囲気が漂った。

「本当に、ありがとな」

花矢《かや》は弓弦《ゆづる》の目をちらりと見て、はにかむ。

その様子がいじらしくて、弓弦《ゆづる》はやはりまた胸が痛くなった。

──普段からもっと、おれも素直だったら。

弓弦《ゆづる》は内省した。つい、愛おしいが故にいじめてしまう時があるのだが、花矢《かや》は正面から真心を伝えたほうが良い相手なのだろう。

──旦那様と同じことをしているな。

弓弦《ゆづる》は、構ってほしいが故に奥方に意地悪を言ってしまう花矢《かや》の父親をふと思い出した。

反面教師にしなければならない。

「大体さ……システムが不親切だよ」

気持ちが大分回復してきたのか、闇夜の中で花矢《かや》は口を尖《とが》らせる。

「四季の代行者様《だいこうしゃ》はご自身の意志で権能を使用する為に一年も修行するそうじゃないか。うちなんて次代の神が決まれば即戦力投入だぞ。朝と夜の神は何を考えてるんだか。わけがわからん内に神にされて山に登らされている私の身にもなって欲しい……」

どうやら安堵《あんど》して、その次に怒りが湧いてきたようだ。

「そうですね……。けれど四季は数ヶ月ごとに変わりますが朝と夜は毎日変わるものですから。準備期間を設けてしまうと世界の構造が成り立たなくなります」

「……うちの業界だけ損してる」

「その代わり巫《かんなぎ》の射手《しゃしゅ》は、四季の代行者様《だいこうしゃ》と違って生前退位が多いですし、身の危険も少ない。悪いことだけではありませんよ」

「うん……まあな……そこはな。それにしても私達は四季の代行者様《だいこうしゃ》より装置に近いよな」

「そうですか？　おれはより神に近いと思いますが」

「どこがだよ」

「貴方《あなた》が空に矢を射る姿を毎日見ているのでそう思うのかもしれません。あれほど神々《こうごう》しい光景をおれは知りませんから……」

「……じゃあ動画撮ってくれよ。本当に意識がないんだから、私も見たい」

「記録媒体の使用は一切禁じられています。それに以前一族の者が実験に撮影したことがあるそうですが、映らないと聞きましたよ。暁の神のご意思でしょう」

花矢《かや》は明らかに不満そうな顔をした。舌打ちまでする。

「神め……なんてけちなんだ」

「花矢《かや》様、言葉をお慎みください」

「……」

さすがに今のはまずかったと思ったのか、花矢《かや》は黙った。

それから、おもむろに大きく息を吐いた。深呼吸をしているようだ。

弓弦《ゆづる》から視線を外し、夜空を見る。そして聖域から見下ろせる不知火《しらぬい》の景色を見る。

彼女が動かなければこの風景に暁は灯《とも》らない。

「……やるか」

やがて花矢《かや》は決意したようにつぶやいた。

「はい、お願い致します」

弓弦《ゆづる》は頷《うなず》く。これより、暁《あかつき》の射手《しゃしゅ》の本領発揮だ。

「……」

花矢《かや》はいつもの決まった位置に立ち、また深呼吸をした。

繰り返し深く息を吐き、吸う。

彼女はいま何も手にしていなかった。『巫《かんなぎ》の射手《しゃしゅ》』と言われているが、彼、彼女に弓と矢は必要ではなかった。射手さえ居ればすべて事足りる。

花矢《かや》が深呼吸をしていく内に、鳥も虫も風すら音を潜めた。

山全体が静寂に包まれていく。この場すべてが彼女の為に作り変えられていくような感覚だ。

暗闇の中で段々と彼女の髪が煌《きら》めき始める。

宵闇に溶ける黒壇の髪が真珠の輝きを纏《まと》う。

この儀式に呪文も舞踏も必要ない。必要なものは山と彼女と澄んだ空気。

そして、彼女が安心して自分を任せられる相手だけ。

「弓弦《ゆづる》、来た」

——違う者が入った。

花矢《かや》の声の変化で、弓弦《ゆづる》は察する。巫覡《ふげき》の一族とは神を降ろす者。

彼女の中に、いま異なる者が介入しようとしていた。

それは誰かと言えば、やはり『朝』そのものだろう。

正しく神降ろしをした巫女《みこ》の身体《からだ》は輝きを更に増していく。

髪から放たれていた光の粒子がやがて全身を覆い、同じ煌《きらめ》きの光で出来た弓が段々と形を成していった。光の弓、光の弦《つる》、光の矢。架空の弓矢が象《かたど》られていく。

毎日見守っていることなのに、弓弦《ゆづる》はこの時、いつも緊張してしまう。
──花矢《かや》様。
貴方《あなた》はこの儀式を終えた後も無事でいてくれるのだろうかと。
──花矢《かや》様。
一抹の不安が弓弦《ゆづる》を襲う。大いなる存在は傍《そば》で見守る人間の胸中など考えない。
金の弓を持つ少女が、闇に抱かれた空に狙いを定めた。
「あと、任せる」
花矢《かや》の声で、花矢《かや》ではない者が彼女の唇を使って囁《ささや》いた。
任せる、と言われた弓弦《ゆづる》がすることはただ一つだ。

「放てっ！」

弓弦《ゆづる》の一言で、暁《あかつき》の射手《しやしゆ》が大きく弓矢を引いた。
夜を切り裂く一撃が放たれる。光の矢はそのまま美しい螺旋《らせん》を描き空に飛んでいった。
と同時に花矢《かや》がゆっくりと背中から倒れていく。
弓弦《ゆづる》はすかさず走って近寄り花矢《かや》の腰を支え、そのまま抱きかかえた。
そして天を見る。

空を切り裂く矢が、彼方《かなた》へ消えていった。

「……」

弓弦《ゆづる》はあらかじめ用意していたレジャーシートに主を横たわらせ、彼女が寒くならないよう毛布で包んで、目覚めるのを待つことにした。

巫《かんなぎ》の射手《しゃしゅ》はたった一瞬の為に神降ろしと神通力《じんつうりき》の使用をする。その為、身体《からだ》が耐えきれなくなり意識を失う。しばらくは目覚めることはない。

そこで守《も》り人《びと》の出番だ。

射手の守護者が責任を持って彼、彼女の身体《からだ》を外敵や雨風から守らねばならない。

朝が来る度に一人の少女がこんな状態になっているとは誰も思わないだろう。

弓弦《ゆづる》はこの時間がいつも嫌だった。否、『怖い』が正しい。

解明できない神の力で気絶した娘を眺めて、平然としていられるほど心根が冷たくはない。

それが、自分が朝から晩まで見守っている少女だとしたら余計に怖さは増す。

このまま目覚めなかったらどうしよう、と。守《も》り人《びと》もこの時は孤独だ。

もし貴方《あなた》が息を止めてしまったら、自分は此処《ここ》で正気を保てるだろうか。

そういう恐怖を抱いて過ごさねばならない。射手のことを好いていればいるほど辛《つら》い。

だから、弓弦《ゆづる》は許しも得ずに手を握ってしまう。花矢《かや》の脈を確認していると安心出来た。

――貴方《あなた》は知らないだろう。こんな風に待つおれを。

弓弦《ゆづる》は自分を嘲笑《あざわら》う。

花矢《かや》は弓弦《ゆづる》を、まるで何でも出来る将来有望の青年のように思っているが、此処《ここ》に居る弓弦《ゆづる》はそうではない。大事にしている少女が目覚めなくて怯《おび》え、怖がっている青年でしかない。

年も離れているというほど差があるわけでもない。互いに老いていけば、気にならなくなる程度の数歳の差だ。だから、若い青年である弓弦《ゆづる》はこの時は少し子どもに戻る。

死んだように眠る主を前に、怯《おび》えながら、何とか自分を叱咤《しった》して時をやり過ごす。

――目覚めろ。

朝と、貴方《あなた》。

――目を、開けてくれ。

どちらも目覚めるのを、不安な心地で願っている。

――貴方《あなた》の名誉の為に朝が来てほしい。

貴方《あなた》の頑張りだから。しかし、本当のところは違う。

――貴方《あなた》が健やかでいてくれるなら、朝など来なくてもいい。

もうそういうところまで、心が育っているのだ。

やがて、北のエニシに住まう青年の祈りは聞き届けられる。

翠嵐《すいらん》に暁が灯《とも》るのが見える。

夜が終わる。

すべて、事なきを得た。

このひかりが、海を、山を、里を、世界を照らしていく。

肌を刺すような空気が、やわらかく包み込む温度に変化していくのを身体《からだ》全体で感じた。

瞳に映るのは、宵闇に包まれていた空が少しずつ衣を脱ぐように変わる様。

夜は毎夜死んで、そしてまた生き返るのだ。

いま断ち切られた宵の天蓋も今日の内には蘇《よみがえ》り、また空を星空で覆う。

繰り返し続いていく毎日が、大いなる奇跡と犠牲によって作られていることを皆知らない。

少女神の下僕はそれが少し口惜《くちお》しい。


「朝は来たか」

何時《いつ》の間《ま》にか起きていたのか、花矢《かや》がかすれ声で聞いてきた。

弓弦《ゆづる》は、白くなるほど握っていた彼女の手を離した。

しかし、花矢《かや》は弱々しい手付きでするりと抜けた弓弦《ゆづる》の手を掴《つか》んだ。

まだ、握っていて欲しいという感情が弓弦《ゆづる》にも伝わる。

今度は優しく握り返した。

「ええ、来ました」

弓弦《ゆづる》がそう言うと、花矢《かや》は『そうか』と安心したようにつぶやいた。

「良かった」

本当はそう思っていないはずだ。

朝も夜も彼女を苦しめるものでしかない。

他者の為に朝を齎《もたら》すこと、それに生きがいを感じる人ではない。

なのに花矢《かや》は弓弦《ゆづる》に毎日聞いていた。そうであってくれと懇願するように。

朝は来たか、と。

「本当に良かった」

今度は薄く笑ってそう言った。

弓弦《ゆづる》は主の神らしい姿を見られて敬愛の気持ちが膨らむと共に、無性にやるせなくなった。

——貴方《あなた》がしていることを世界中の人々は知らない。

巫《かんなぎ》の射手《しゃしゅ》がやっていることは民には評価されず、褒められることはない。

だが、朝が来て、夜が来る。
当たり前のように。
射手の犠牲で成り立つ奇跡で。

「……今日、晴れて、たくさんの人が楽しめる一日だといいな」

年相応のあどけない声で花矢《かや》はつぶやいた。いつも凛々《りり》しくある彼女の穏やかな表情。
人には安寧をやるのに、自分はもらえない。
誰かに素敵な一日をあげる為に花矢《かや》は消費されていく。
――花矢《かや》様、貴方《あなた》は世界の犠牲になっているのです。
弓弦《ゆづる》は許されるならば今日花矢《かや》にかけた言葉とは正反対のことを言ってやりたかった。

『花矢《かや》様、貴方《あなた》は人々の奴隷なのです』
『現人神《あらひとがみ》だなんだと言われているが、貴方《あなた》は世界が正しく動く為の供物《くもつ》でしか無い』
『それを貴方《あなた》もわかっているはず』
『こんなことは損だ。やめたほうがいい』
『逃げてしまいましょう。おれだけはそれを咎《とが》めません』

『貴方《あなた》が望むならおれは』

──貴方《あなた》の手を取って何処《どこ》かへ逃げてもいい。

「弓弦《ゆづる》……？」

けれども、花矢《かや》は逃げない。
自分を大事にしてくれた守《も》り人《びと》の息子にすがって、何とかやっている。

行かないで。
逃げてもいいよ。
やはり、行かないで。

その繰り返しに弓弦《ゆづる》も疲弊するが、同時に狂おしいほど愛おしく思える。
どうして愛したとか、何がきっかけでなど、わからない。
ただ、気がついたらこの神様を愛してしまっていたのだ。
何故《なぜ》、もう少し世界が二人に優しくあれなかったのだろう。

花矢《かや》が返事を待っているが、弓弦《ゆづる》はうまく言葉が紡《つむ》げなかった。

久しぶりに、泣き出したいほどに切なくなってしまった。

――花矢《かや》様、おれは貴方《あなた》が愛おしいのです。

自分がいつか死んでしまって、他の守《も》り人《びと》が暁《あかつき》の射手《しやしゆ》に仕えることになってしまったら。

そんな空想で泣いてしまいそうな程には好いていた。

「……弓弦《ゆづる》」

もう一度名を呼ばれ、観念して弓弦《ゆづる》は返事をした。

「はい」

少しかすれていたが、思ったより感情が揺れている声音にはならなかった。

「仰《おつしや》る通り、良い日になるといいですね……」

花矢《かや》はそんな弓弦《ゆづる》を静かに眺めている。敏《さと》い人だから、弓弦《ゆづる》が何かしら思って心を悲しくさせているのに気づいてしまったかもしれない。

弓弦《ゆづる》は湿っぽい雰囲気を自分で吹き飛ばすように明るく言う。

「花矢《かや》様は、何かしたいことはありますか」

「今日、か？」

「はい。おれがお手伝いすることが出来るものだったらいいのですが」

「うん……そうだな」

花矢《かや》は少し思案してから照れくさそうに微笑《ほほえ》み、囁《ささや》いた。

「学校の帰りに、ちょっと良い珈琲《コーヒー》が飲みたいな」

「そんなことですか」

あまりにもささやかな願いだ。

「……そんなことだよ。今日も無事朝が来て、弓弦《ゆづる》が逃げずにそこに居てくれた。それでまあ、十分良い一日の始まりさ。本当は珈琲《コーヒー》なんてなくてもいい」

「……」

「今のは……ちゃんとした仲直りの言葉だぞ」

「はい、花矢《かや》様」

弓弦《ゆづる》は何の乱れもないのに、花矢《かや》の髪を撫《な》でた。彼女は何も言わなかった。

——花矢《かや》様。もっと怒っていいんですよ。

花矢《かや》は結局のところ、ひどく善良で、とても寂しい神様だ。

「花矢《かや》様」

「ん……」

「珈琲《コーヒー》、飲みに行きましょうか」

彼女が自由に少女らしくあれる日はきっと来ない。

「いいのか」

「もちろんです」

好きな人に何の躊躇《ためら》いもなく好きといえる日も来ない。

「眠れなくなってお前を困らせるぞ」

「花矢《かや》様は寝付きが良いから大丈夫でしょう」

同情で始まった関係のせいで、そこに停滞し続ける。

「知らないぞ、いざとなったらお前が私をかついでいけよ」

「はい、もちろんです」

弓弦《ゆづる》が愛している、と言ったとしてもそれは哀れみだと返すだろう。

だが、弓弦《ゆづる》はいつか花矢《かや》にわかって欲しいと願っている。

弓弦《ゆづる》は改まった態度で、彼女の瞳を覗《のぞ》き込んだ。

今日は、少しだけ自分の言葉を信じて欲しい。

「花矢《かや》様。先程のお言葉ですが……おれも貴方《あなた》が居てくれたら、それで良いんですよ」

彼女が願うなら世界から朝を奪ってもいいと、弓弦《ゆづる》は思っている。

「貴方《あなた》が神様でなくとも良い。本当に……おれはそれだけなんです」

突然齎《もたら》された愛の言葉に、花矢《かや》は桃花眼の瞳を大きく見開いた。

優しくて、時に厳しく、そして誰かの偽物《にせもの》の彼。

花矢《かや》の罪悪感の象徴。

その彼から貰《もら》えた温かい言葉があまりにも予想外で戸惑う。

受け取っては駄目なものなのかもしれない。

だがじわじわと、堪えきれないほどの喜びが彼女の顔に満ちていく。

嬉《うれ》しくないはずがない。最も親しい人の子から愛されて、嬉《うれ》しくない神は居ないのだ。

不器用な神様と人の子の間には互いを隔絶する何かがあって、真実近づくことは出来ない。

でも、今日は弓弦《ゆづる》が壁越しに手を振った。

花矢《かや》にもきっとそれが見えた。

貴方《あなた》を好いていても良いという小さな兆《きざ》し、光り輝く赦《ゆる》しに見えたはずだ。

だから花矢《かや》は、まるでただの少女のように微笑った。

北のエニシには朝を齎《もたら》す神様が住んでいる。
神名は暁《あかつき》の射手《しゃしゅ》。
光の弓矢を生み出し、空の天蓋を撃ち落とす巫女《みこ》。
彼女の将来に展望はなく。
霊山とされる御山から離れることは許されない。
恐らくは一生のほとんどを山を登って過ごす。
彼の者の名を『花矢《かや》』と言う。

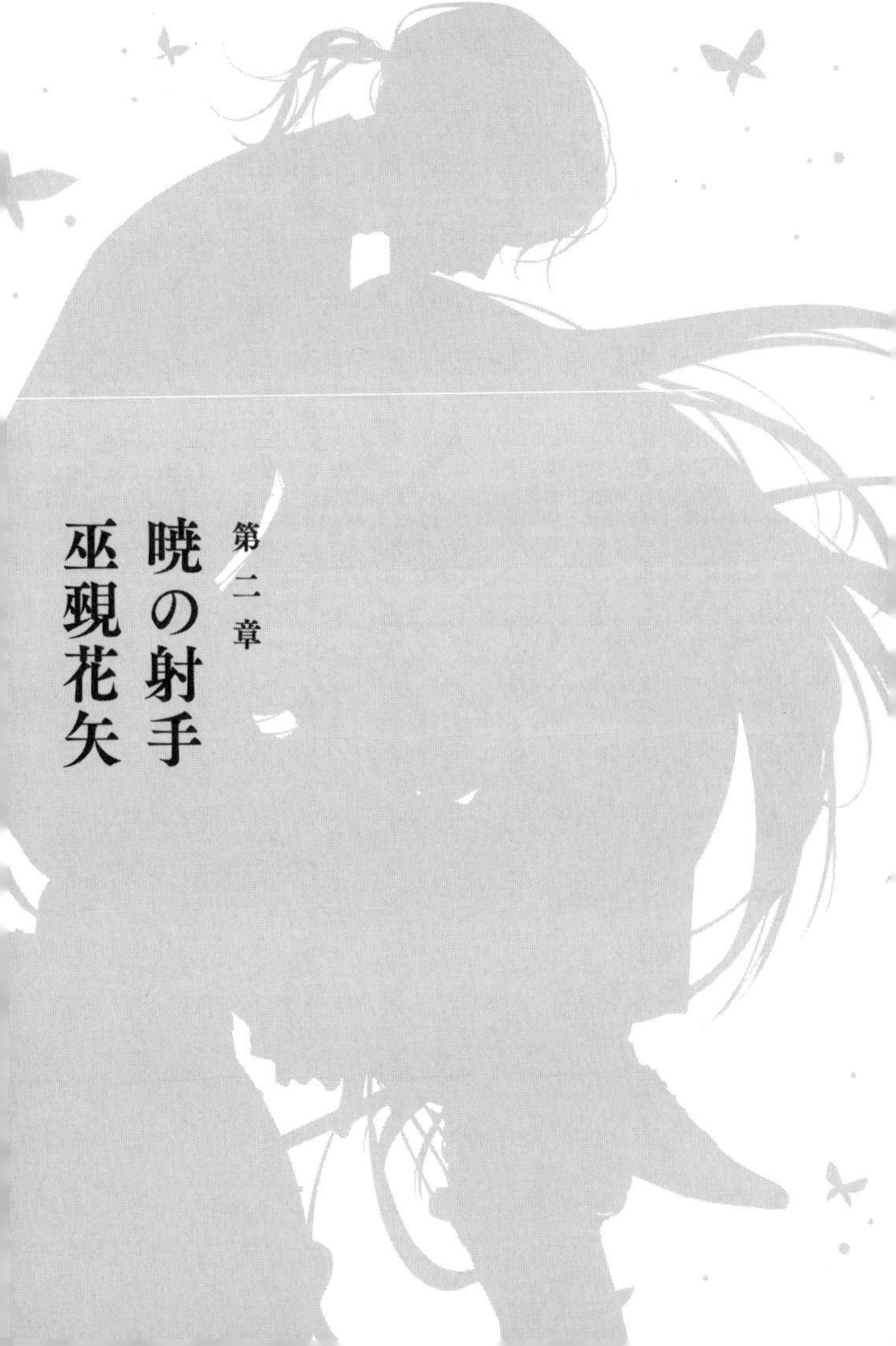

第二章 暁の射手

巫覡花矢

春が来て、夏を越し、秋を迎えた頃。

大和《やまと》では秋雨前線《あきさめぜんせん》が猛威を振るっていた。

大和《やまと》南部だけでなく、エニシを含む大和《やまと》北部も長雨が続き、秋の代行者《だいこうしゃ》が齎《もたら》した銀杏《ぎんなん》と紅葉の景色は露玉に彩《いろど》られることが多くなった。

黎明《れいめい》二十年の秋はそのように雨に濡《ぬ》れる日々だったが、十月末の二十四節気『霜降《そうこう》』を過ぎる頃にはどこも晴れ晴れとし始めた。


そして日々は更に流れ、現在。同年十一月七日、二十四節気『立冬』。


人々は秋雨《あきさめ》があったことなど忘れていた。

大和《やまと》の朝の神様、巫覡花矢《ふげきかや》もその一人だった。

「……」

先程まで寝転がって惰眠を貪っていた寝台から降りて、レースカーテンを開き窓の外の風景を眺めた。エニシでは十一月ともなると紅葉も見頃を終えて裸木が多くなっている。冬支度をした世界は寒々しいが、風情《ふぜい》があった。今日は薄《う》っすらと霜まで降りている。

冬の代行者《だいこうしゃ》がいずこかで季節顕現を行ったのだろう。その余波がこの不知火《しらぬい》にも訪れていた。

花矢《かや》はひんやりとした空気を心地よく感じ、深く息を吸っては吐いた。

今日は休日。朝に起こしに来る人もいない。女子高校生もお休みだ。

休校日の射手の動きは平日とは少し異なる。深夜に矢を放ち、無事朝を齎《もたら》して早朝に帰宅してからまた布団《ふとん》の中に潜り込み二度寝をするのが恒例だ。学校がない日にしか出来ない贅沢《ぜいたく》をたっぷりしてから目覚めていた。二度寝の日は弓弦《ゆづる》も起こしに来ない。よって、いつまでもこの部屋に居て余暇を過ごしていても問題ない。

「…………」

ないのだが、やはり一人ではつまらないし、何か腹に物を入れたいと思ったので部屋から出ることにした。

私室に洗面台と風呂《ふろ》場がついているので簡単な身支度はすべて済ませてしまう。

寝巻きから部屋着に着替えて、階段を降りていく。一階の大広間からニュースを伝えるアナウンサーの声が漏れ聞こえてくる。人の気配もしてきた。

――珈琲《コーヒー》の匂いがする。

時刻はもう昼近いはずだ。誰かが昼食中か、食後の一服をしているのかもしれない。

「花矢《かや》様」

大広間の扉に手を伸ばす前に、自動的に扉が開き、声が降ってきた。

花矢《かや》は驚いて思わずよろける。声の主がすかさず花矢《かや》の手首を摑《つか》んで支えた。摑《つか》まれると、相手の手の大きさが直《じか》にわかる。

「すみません、扉を開けて差し上げようと」

そう言う眼《め》の前《まえ》の人を花矢《かや》は見上げた。

彼女の守《も》り人《びと》がそこに立っていた。普段からスーツの男だが、今日はジャケットとネクタイは身につけていない。

「……いや、大丈夫だ。おはよう」

驚いた衝撃で、寝起きでぼうっとしていた意識が段々と覚醒していく。

まだ少し眠たげな花矢《かや》を見て弓弦《ゆづる》は薄く笑う。

「おはようございます、早いお目覚めでしたね」

「うん……」

朝の挨拶は終わった。花矢《かや》は弓弦《ゆづる》に物言いたげな視線を向けるが、弓弦《ゆづる》は反応しない。

もう通せんぼしている扉の通路をどいてくれても良いはずだ。

そして摑《つか》んでいる腕も放して欲しい。花矢《かや》はそう思ったが。

「寝癖が」

弓弦《ゆづる》がもう片方の手で花矢《かや》の髪に触れた。くるりと半円を描いた寝癖が頭頂部に出来ていた。

目ざとく発見されて花矢《かや》は恥ずかしさがこみ上げてきた。

それから、自分を辱《はずかし》める弓弦《ゆづる》への怒りも。口を尖《とが》らせて言う。

「直そうとしたんだよ。でも……水つけても直らなくて……」

「ヘアアイロンがあるでしょう」

「いいだろ、学校に行くんじゃないんだ。今日は神事までどこにも出かけないんだし……」

「そうですか。では触角が出来ているみたいで面白いですから直さなくても良いかと」

少し意地悪そうな笑顔で弓弦《ゆづる》は返す。

いつも清潔で身綺麗《みぎれい》な男にこの手のことを言われると花矢《かや》はぐうの音も出ない。

花矢《かや》とて学校に行く時なら張り切るのだが、家だと油断しがちだった。

「……直す」

花矢《かや》は渋々そう言った。年頃の男女が顔を合わせるのに、これはどうなのだという気持ちも少なからずあった。弓弦《ゆづる》に今日一日触角がある娘だと思われるのも嫌だ。

「おれが直しますよ。ヘアアイロン持ってきますから座っててください」

弓弦《ゆづる》はそう言うと、二階の花矢《かや》の部屋へ向かった。行動が早い。

花矢《かや》は仕方なく言われた通り大広間の長椅子に座る。スマートスピーカーから聞こえるニュースの音声が自然と耳に入ってきた。

話題はもっぱら立冬についてだ。四季の代行者《だいこうしゃ》の季節顕現は基本的に立春、立夏、立秋、立冬あたりから開始される。

――今年は春の代行者《だいこうしゃ》様が帰還されたせいか、この手の話題が例年より多いな。

大和《やまと》に於《お》いては春と夏は竜宮《りゅうぐう》から、秋と冬はエニシから始まるので、今頃冬の代行者《だいこうしゃ》は同じ大地で神事に勤《いそ》しんでいることだろう。

大人しく弓弦《ゆづる》を待っていると、ややあって彼が戻ってきた。ヘアアイロンの起動準備をしてから、今度は厨《くりや》に行き珈琲《コーヒー》片手に戻ってくる。

「どうぞ」

「淹《い》れたてだ。これお前のだろう」

「いえ、花矢《かや》様のですよ」

「……」

自分は後回しにするらしい。抗議したいが、しても意味がないので花矢《かや》はおずおずと感謝の言葉を述べた。弓弦《ゆづる》は非常に甲斐甲斐《かいがい》しく世話をしてくれるのだが、頑固で我が強いと花矢《かや》は思っている。珈琲《コーヒー》をちびちびと飲みながら花矢《かや》は弓弦《ゆづる》に質問した。

「父さんと母さんは？」

「今日はお二人共、不知火《しらぬい》神社に行っています」

「ああ、立冬だから準備か」

「はい、冬の代行者《だいこうしゃ》様もお立ち寄りになる神社ですからね。巫《かんなぎ》の射手《しゃしゅ》にとっても縁のある神社です。困った時はお互い様ということでお手伝いに向かわれました。色々とお掃除をされるようですよ」

不知火《しらぬい》神社は由緒《ゆいしょ》正しき神社だ。

巫覡《ふげき》の一族にとって霊山近くにある神社は無視出来る場所ではない。

かたや霊山を登り世に朝夜を齎《もたら》す神降ろしの集団。かたや霊山を含め土地全体を敬い、地元での発言力も大きい神社関係者。弓弦《ゆづる》が言うように昔から助け合う協力関係にあった。

不知火《しらぬい》神社があるのは観光地帯。スキー場や登山客が泊まるペンションやホテルからも少し遠いが歩いていける場所だ。その為、観光雑誌にも毎年載っていた。

そんな神社が一時立ち寄りするだけとはいえ、年に四回は現人神《あらひとがみ》の来訪の為に大掃除をせねばならないのは中々に大変なことだった。通常業務に加え、年中行事もある。

しかも、四季の代行者《だいこうしゃ》の来訪予定は賊対策の為に口外は許されない。地元の有志に頼ることも難しいとなると身内だけでやるしかない。

そこに助け舟を出したのが娘の為にこの地に移住してきた夫妻だった。

夫妻が手伝いに行くのも良好な関係を保つ為に本山から下された指示だ。

現人神《あらひとがみ》の娘を持つ夫妻は、神の親族として優遇されている部分もあるが、基本的には他の巫《ふ》覡《げき》の一族と同じく、朝と夜を齎《もたら》す為に派生する様々な仕事を担《にな》っている。

「悪いことしたな。私も行くべきだったか」

「お休みにならないと体力が回復しませんから花矢《かや》様は行かせられません」

「なんだか申し訳ないな。いつ帰ってくるんだろ」

「夕餉《ゆうげ》は神社で親交も兼ねてご馳走《ちそう》になるそうなので、夕方過ぎでしょうか」

言いながら弓弦《ゆづる》は花矢《かや》の横に立ち、ヘアアイロンで寝癖を直し始めた。

「じゃあ今日はお前と二人きりか」

「はい」

「休日だから通いの厨番《くりやばん》さんも居ないよな」

「ですのでご飯は出前になります」

花矢《かや》は段々とわくわくしてきた。

「作ろうよ。厨《くりや》を好き勝手使える」

弓弦《ゆづる》はくくっと堪えきれない笑い声を上げる。

「良いですよ。何を作りますか」

「一緒にホットケーキ作ろう」

「それはご飯ではないですね」

「でも食べたい」

弓弦《ゆづる》は少し葛藤があったようだが、花矢《かや》がもう一度『食べたい』と言うとすぐに折れた。

「……わかりました、おやつにしましょうか。でも、夕餉《ゆうげ》もちゃんと召し上がってくださいよ」

「もちろんだ。私は食べ盛りだぞ。言われんでも食べてやる」

弓弦《ゆづる》はそれを聞いてまた笑う。

「花矢《かや》様、もう少しこちらを向いてください。はい……ありがとうございます」

寝癖を直すだけならすぐ終わりそうなものだが、弓弦《ゆづる》は花矢《かや》の髪の毛先に今度は手を入れ始めていた。

「もういいよ弓弦《ゆづる》」

「まだです。おれが良いと言うまで」

どうやら全部美しく整えたいらしい。こうなると弓弦《ゆづる》は言うことを聞かない。

花矢《かや》は弓弦《ゆづる》の好きにさせることにした。お喋《しゃべ》りを続ける。

「なあ、冬の代行者《だいこうしゃ》様の別荘が不知火《しらぬい》にあるって弓弦《ゆづる》は知っていたか？」

「……それは、どこ情報ですか？」

弓弦《ゆづる》は真剣に髪を整えながら怪訝《けげん》な声を出す。

「輝矢《かぐや》兄さん。ほら、夏に輝矢《かぐや》兄さんがとんでもないことに巻き込まれて……でも、そのご縁で四季の方々と仲良くなっただろう」

「ああ、はい」

今年の夏に現人神界隈《あらひとがみかいわい》を大いに騒がせた竜宮《りゅうぐう》での暗狼事件《あんろうじけん》。そして夏の代行者《だいこうしゃ》が狙われた挿《す》げ替《か》え未遂事件は巫覡《ふげき》の一族にもよく知れ渡っていた。

何せ騒動の中心に花矢《かや》の言う『輝矢《かぐや》兄さん』が存在していたのだから。

「その経緯で知ったんだと。誰から聞いたのかは言っていなかったが。とにかく、そうなんだとさ。どうも四季の方々の別荘は霊脈が上質なところに作るらしい。ほら、神通力《じんつうりき》を使いすぎると疲弊するから保養地も場所を選ぶんだって」

「……」

「不知火《しらぬい》が冬の代行者様《だいこうしゃ》も御用達《ごようたし》の土地、というのは驚きだ。やっぱり此処《ここ》ってそういう場所なんだな。民が言うところのパワースポットってやつか？」

「……」

「弓弦《ゆづる》？」

「それ、他の者に軽々しく話していけませんよ」

「パワースポット？」

「違います、冬の代行者様《だいこうしゃ》の離宮が不知火《しらぬい》にあるということです。あちらは賊連中に害されやすい方々ですから……」

「しないよ。誰に話すんだよ。神様同士の世間話だって」

釘《くぎ》を刺すように言われて、花矢《かや》はむっとした。

「おれに言ってるじゃないですか」

「お前は良いだろう。私の守り人《もりびと》なんだから。お前こそ他に言うなよ」

「おれがそんな失言するとお思いですか」

「しない奴《やつ》だからいま話してるんだろうが」

「……なるほど」

「母さんや父さんには言わん。お前だから言った。輝矢《かぐや》兄さんもそうだ。私だから言ったんだ。会うことはほぼないだろうが、絶対無いとも言い切れん。何か縁を結ぶことがあったら良くして欲しいと頼まれたんだ。神様同士の助け合いってやつだよ。なんかするってなったら私は真っ先にお前に頼る。冬の御方からのご依頼を神社伝えで聞いた時も、協力の決断は私がしたが、根回しはお前だっただろう？」

「確かに……これはおれが失言しました」

「わかったか」

「わかりました。そんなに怒らないでください」

「……怒ってない。でも、ホットケーキに生クリームとはちみつとバナナといちごをつけてくれたら許してやってもいいぞ」

弓弦《ゆづる》は笑った。頼まれなくてもそれくらいする、と優しく言い返す。

少々の言い争いはしたが、また和やかな空気がすぐ戻った。花矢《かや》はちらりと弓弦《ゆづる》を見る。

目が合うと、弓弦《ゆづる》は自然と口《くち》の端《は》を上げた。

「……」

花矢《かや》は何だか照れてしまって黙り込む。

最近、弓弦《ゆづる》と花矢《かや》は前よりも関係が改善していた。

——距離が近くなってる気がする。

互いの距離感が何の感情もない男女より近いのは承知なのだが、そうではなく心の距離が近くなっていると花矢《かや》は思った。今まではどこか、対立している雰囲気があったからだ。

それはもっぱら花矢《かや》が守り人《もびと》を辞めさせたい、弓弦《ゆづる》が守り人《もびと》を辞めたくないという問題についてであり、両者共に互いを思いやるが故に一歩も引かない戦いでもあった。

——あの言葉のやり取りからかもしれない。

花矢《かや》は数ヶ月前の山での会話を頭の中で反芻《はんすう》する。

『……そんなことだよ。今日も無事朝が来て、弓弦《ゆづる》が逃げずにそこに居てくれた。それでまあ、十分良い一日の始まりさ。本当は珈琲《コーヒー》なんてなくてもいい』

『花矢《かや》様。先程のお言葉ですが……おれも貴方《あなた》が居てくれたら、それで良いんですよ』

二人は初夏にそんな会話を不知火《しらぬい》岳の聖域で交わしていた。

花矢《かや》としては勇気が必要なものだった。いつも辞めたほうがいい良いと話題を振っているのにそんなことを言うなんて今更だ。

けれども、あの日は自分の本心を伝えたくなった。

彼に秘密を打ち明けるまで花矢《かや》は怯《おび》えていた。

質問への答えがなんであれ、嫌われるかもしれない。呆《あき》れられるかもしれない。

問いかけをすること自体が心苦しい。本当にそのような状態だった。

そんな花矢《かや》に弓弦《ゆづる》は、見てわかる程度には安心させようと必死だったし、言葉を尽くしてくれた。貴方《あなた》が自分の神だと言ってくれた。

真心をくれたと花矢《かや》は感じた。

ならば自分も返したい。普段は見せない好意をきちんと見せたい。

くれたものに対して、感謝したい気持ちがあったのだ。

気持ちを伝えても、『大げさな』と言われるか、『いつもそれくらい素直でいてください』といなされるか、どちらかになるだろうと予想していたのだが。

『貴方《あなた》が神様でなくとも良い。本当に……おれはそれだけなんです』

予想に反して、弓弦《ゆづる》も自分の思いをちゃんと返してくれた。

目を覗《のぞ》き込んで、真剣に語りかけるように言ってくれた。

そこには確かに、愛のようなものが存在した。

――自分でも単純で馬鹿だと思う。

その愛の種類が何かは不明だが、花矢《かや》は自分がどれだけ大事に想《おも》われているか実感した。

もちろん、花矢《かや》を暁《あかつき》の射手《しゃしゅ》として奮い立たせる為に、守《も》り人《びと》として職務の為に、優しい言葉をくれたのだろうと推測していたが、そうだとしても弓弦《ゆづる》の言葉にはちゃんと心が乗っていた。

花矢《かや》の苦悩を吹き飛ばしてくれるような力強さもあった。

もしかして、自分は思っているより守《も》り人《びと》に主として愛されているのかもしれない。

自分も守《も》り人《びと》の彼を好いている。ならばこの主従関係は正当性がある。

一方的な搾取《さくしゅ》ではない。それならば。

――もうわざと突き放すような真似《まね》はしなくても良いのでは。

そう思ってしまったのだ。

あれから、花矢《かや》は本山から取り寄せた資料を読み、弓弦《ゆづる》が言ったように射手がトランス状態の時に意識があるかないかは個人差であると理解出来ていた。

彼女が抱いていた問題はどんどん片付き、弓弦《ゆづる》との微妙な不和も本人達次第になった。

依然として弓弦《ゆづる》や弓弦《ゆづる》の家族への罪悪感が花矢《かや》の中から消えたわけではない。

だが、無闇に守《も》り人《びと》を辞めるように仕向けるのは、あの日の弓弦《ゆづる》の言葉を考えると彼への向き合い方としては不誠実なのではと、花矢《かや》は思い直していた。

嫌がっているのに続けていたのは花矢《かや》だ。

弓弦《ゆづる》は何度も拒否反応を示している。

そして彼は子どもではない。花矢《かや》より年齢も内面も大人な青年だ。

弓弦《ゆづる》が本当に辞めたいと心に決めたなら、花矢《かや》が促さずとも自分で決断し行動するだろう。

彼が何かあった時に別れを言い出せる雰囲気は十分作れているのだから、もうわざわざ喧嘩《けんか》になることを言うべきではないのかもしれない、と。

弓弦《ゆづる》の行動は確かに花矢《かや》に大きな変化を与えていた。

その結果、花矢《かや》は弓弦《ゆづる》の守《も》り人《びと》引退の話題について触れるのをやめた。

いつかは此処《ここ》を去ったほうがいい人。

だが、少なくともいまは自分と共にありたいと思ってくれている人。

ならば彼の思いに主として自分も応えるべきだ。

もう言うまいと、そう決めた。


「花矢《かや》様、動かないで。少しくらいじっと出来ないんですか」

「……別にそんな丁寧にやらんでいいだろう。お前しか見るやつがいないのだし……」

「だからやっているんでしょうが。気になります」

「……」

「それに、おれがこの道具を使いこなせるよう練習させる義務が貴方《あなた》にはあるんですよ」

「ないよ、んなもん……お前そんなことより自分の権能の練習をしたらどうだ」

「あれは花矢《かや》様の居ないところでちゃんとやっていますから」

「……まあ、お前がそういうならそうなんだろうな」

「はい。貴方《あなた》の知らないところでおれは色々やっています」


そうしたら、弓弦《ゆづる》はこのようにより一層従者業に励むようになってしまった。


どうやら花矢《かや》の心の変化を敏感に察知したらしい。

もう面倒なことを言われることはなさそうだとわかると、前にも増して仕事への積極性を見せるようになった。

元々、自分の職務に誇りを持つ人だ。

こういうものでありたい、という守《も》り人像《びと》も彼の中ではあったのだろう。

だが、花矢《かや》が常日頃から守《も》り人《びと》引退をほのめかしてくるので中々踏み込んでいけなかったのだと思われる。枷《かせ》がなくなった弓弦《ゆづる》は感情をあまり表に出さない従者という面は変わりないが、どことなく自由で軽やかだ。


「なんでヘアアイロンを練習したいんだ？　自分の髪の為か」

「自分のヘアアレンジの練習台に主を使う従者が何処《どこ》に居るんです。花矢《かや》様の為ですよ」

「私の……」

「花矢《かや》様が成人式を迎える時には、どんな髪型を命じられようが完璧に応えられる腕前になる為です。今からなら十分間に合う」

「私、そんな高等技術を要求しないぞ。お前の中で私はそんなに暴君なのか……そんな、やな主……？」

「違いますよ。主の身なりを整えるのは昔から従者の仕事なので、おれがやりたいだけです」

「弓弦《ゆづる》がやりたいのか……」

「はい」

「本当に？」

「はい、おれの沽券《こけん》に関わる問題ですし。花矢《かや》様の晴れ姿を写真におさめ、父に送ってやろうと思っているんです。どうだ、と」

「……」

「着付けは朱里《しゅり》様がされますから。髪だけでもおれが。父に写真送ってもいいですよね」

「いいよ……好きにしろよ」

そして元守り人《もりびと》である父親への対抗意識が何故《なぜ》か増していた。

こんなに従者業に勤《いそ》しんでいる弓弦《ゆづる》に、もしまた『お前は守《も》り人《びと》を辞めたほうがいい』などと言い出したら一体どうなるだろうか。

——滅茶苦茶《めちゃくちゃ》怒られそう。

二人の間に波乱を呼ぶのは確実だろう。

——もう、腹をくくるべきなのかもしれん。

花矢《かや》は心の中でそう思った。弓弦《ゆづる》が花矢《かや》を変え、花矢《かや》が弓弦《ゆづる》を変えた。惑う少女の季節に居る神様も、そろそろ決断の時が来ている。


何かと言うと、巫覡弓弦《ふげきゆづる》という青年を本格的にエニシの盆地の小さな町で飼い殺しにするということについてだ。

弓弦《ゆづる》が守《も》り人《びと》になってから決まっていたことではあるのだが、それは花矢《かや》にとっていつまで経《た》ってもやはり『罪』のままであり、覆《くつがえ》すべきものだった。

弓弦《ゆづる》が人生をくれていることに対して、対価が少なすぎると。

花矢《かや》が弓弦《ゆづる》にしてあげられることは朝をあげるくらいしか今のところ出来ることがない。給与も花矢《かや》が出しているわけではない。巫覡《ふげき》の一族から出されている。

花矢《かや》と弓弦《ゆづる》はやはり奉仕される人と奉仕する人で、変化が難しい。今のところ本当に出来ることがない。だが、それはあくまで現在の話だ。

このまま在位年数を重ねていけば花矢《かや》は一族の中で一角の人物にはなれる。

巫覡《ふげき》の一族は、それまでの功績や在位、勤続年数が物を言うところが少なからずあるからだ。

巫覡輝矢《ふげきかぐや》や、元守《も》り人《びと》の弓弦《ゆづる》の父がその良い例だろう。大きな強制力、支配力はなくともお偉方を含め一族全体に訴えを行うことが出来る。そうした影響力がある人物にはなれるのだ。

もちろん、一人ではなれない。

味方を作ることも大事だ。このエニシから出て行くことが出来ない花矢《かや》の代わりに何かをしてくれる協力者は彼女の人生で必要不可欠だろう。

大きな風が吹いても、その場でしゃがみこまず立ち続けることが出来る力。そうした地盤作りが仮に成功したとすれば、弓弦《ゆづる》や彼の家族が何か困った時に助けになれる。

鶴の一声が求められている場面が発生した時に花矢《かや》が申し出ることが出来る。

力になる、と。

それは、きっと花矢《かや》が出来る数少ない恩返しとなるだろう。

——ならば私は弓弦《ゆづる》にとって良き主であらねば。

彼が守《も》り人《びと》で居たいのなら、そのように。

彼がしたいことがあるなら、そのように。

現在の花矢《かや》はそんな心境だった。

「……弓弦《ゆづる》。雨が降ってきたぞ」

弓弦《ゆづる》が丹念にヘアアイロンで髪を整えるせいで身動きがとれないので、花矢《かや》は目についたことを口にして世間話を続けた。

「本当ですね。久しぶりな気がします」

「今年の秋は雨ばかりだったけど、最近はぴたりと止まって晴れていたからな」

「長雨でしたね。少し心配になるくらいでした」

「……」

花矢《かや》は出かけていったと聞いた両親のことが少し心配になった。

「父さん、母さん、外で作業してるのかな」

花矢《かや》の質問に弓弦《ゆづる》は歯切れの悪い返しをする。

「どうでしょう。落ち葉などは業者に頼んでいると思いますが……。代行者様《だいこうしゃさま》がお通りになる裏道の点検などは外作業ですからしているかもしれません」

「車で行ってたか？」

「警備門から車を出してもらっていましたよ」

「じゃあ帰りは大丈夫か……」

それから花矢《かや》は考えるように黙った。弓弦《ゆづる》はヘアアイロンの手を止めて、手ぐしで花矢《かや》の髪を整える。これで終了、というところで花矢《かや》が口を開いた。

「作業が早く終わるように私も加勢しようか……？　夜までに戻れば問題ないし」

弓弦《ゆづる》は呆《あき》れたように言う。

「ですから花矢《かや》様に神事以外の作業はさせられないと言っているでしょう」

「でも……」

「大丈夫ですよ。お手伝いで来ている人にやたら雨風に当たらせるとは思えません。このまま待ちましょう。花矢《かや》様はご両親に弱いですね……」

これに関しては、花矢《かや》は素直に認めた。

「そりゃあ……娘の為に不知火《しらぬい》に引っ越しさせてしまったからなぁ……。うちは父方も母方もこちらじゃないんだ。私は親に会えて嬉《うれ》しいが、私の親は自分の親に気軽に会えん、というのは心苦しいだろう」

この少女神はいつも誰かのことを考えて『心苦しい』をしている。

「……そうですね」

弓弦《ゆづる》はヘアアイロンを一旦近くの卓に置いて、花矢《かや》が腰掛けている長椅子に座った。

自然と話を聞く姿勢になる。花矢《かや》は自身の横に座る弓弦《ゆづる》に視線を向ける。

「弓弦《ゆづる》……お前は好きな時に帰省しろよ……」

先程まで穏やかだったのに、花矢《かや》の一言のせいで弓弦《ゆづる》は見てわかる程度には剣呑《けんのん》な表情になってしまった。

「……花矢様《かや》」

低い声を出して『まだ言いたいのか』と圧力をかけてきている。花矢《かや》は慌てて否定した。

「待て、早とちりするな。辞めさせたいわけじゃなくて……。事前にわかればその間に補填として入れる人員くらい、本山は用意してくれるんだ。父君がそうだっただろ？」

弓弦《ゆづる》は物騒な空気を引っ込めたが、不服顔はそのままだった。

「……貴方《あなた》は聖域で矢を射《う》つ時に意識を失うんですよ」

「そうだな」

「そんな状態の貴方《あなた》を人柄も知れない誰かに気軽に任せるわけないでしょう」

「……」

至極まともなことを言っている。従者として百点の回答だ。

花矢《かや》はそれを嬉《うれ》しくも思うが、もどかしくも思う。

「……じゃあ父さんか母さんに頼むよ」

食い下がるように言うが、弓弦《ゆづる》は承諾しない。

「お二人共、不知火岳《しらぬい》にあまり登っていないでしょう。聖域への道を覚える為に数回、あとは山菜採りでしか入ったことがない。体力が追いつきませんよ」

「警備門の人」

「駄目ですね。素性はわかりますが、信用しきれません」

「いつも配達の荷物とか出前を預かってくれてるのに？」

「それはそれ、これはこれです」

「どういう条件なら良いんだ？」

尚《なお》も聞き続ける花矢《かや》を、弓弦《ゆづる》は邪険にはしなかった。もし、自分の身に何かあった時に講じておかねばならない策ではあったからだ。弓弦《ゆづる》は花矢《かや》の顔をじっと見ながら答えた。

「百歩譲ってメンバーは単独ではなく複数人。互いに監視し合うこと。神事の間は常におれと連絡が取れる状態を維持してくれることです」

流れるように彼の唇から漏れ出た言葉は重かった。

「結構、厳重な警備体制って感じだな……。いつもお前一人で見てるのに」

「おれは貴方《あなた》の守《も》り人《びと》ですから」

「身分の差か」

「いいえ、覚悟の差です」

弓弦《ゆづる》は花矢《かや》に言い聞かせるように言う。

「貴方《あなた》から花樹を受け取った。その前にも抱きましたが……貴方《あなた》を『守らなければ』という強い思いがあります。他にはおれのような守《も》り人《びと》としての使命感や覚悟はない」

そうでしょう、と言わんばかりの視線を送ってくる弓弦《ゆづる》に、花矢《かや》はタジタジになる。

「それはあれか、巷《ちまた》で噂《うわさ》の神と人の間に生まれる呪いみたいな共依存のことか」

「少し違うかと……。それに……おれは、あれを眉唾ではと感じていますが……」

「そうなのか。私はお前に依存しているよ」

それを聞くと、弓弦《ゆづる》は目を瞬《まばた》いた。

「え……」

今度狼狽《うろた》えたのは弓弦《ゆづる》だった。

「……おれに、依存、してるんですか？」

本当に驚いたのだろう。声が上擦っている。

「してるよ。何だお前……なんでもかんでもしてくれるくせにどうしてそんな驚くんだ。私はどう見たってお前に依存してるだろう」

花矢《かや》は美しく整えられた髪を一房つまんで見せつける。

「それは……でも表面的なことでしょう……。現人神《あらひとがみ》と最も近しい人の子が……互いに想《おも》い合うようになるというのが貴方《あなた》の言う巷《ちまた》の話で……」

「私は弓弦《ゆづる》を想《おも》ってるよ。私なりの方法で守りたいと願っている。まだまだ不出来な主だから、あまりお前に返せるものがなくて申し訳ないが」

「……」

「お前は感じないのなら、まあ……眉唾なのかもしれんが」

「あ、いや……」

まだ衝撃的な様子のまま、弓弦《ゆづる》は慌てて言う。

「……おれも、無いわけではありません。いえ、あります……とても」

弓弦《ゆづる》からすると、花矢《かや》のほうがそんな絆《きずな》を感じていないだろうと疑っていたくらいなので反応が遅れただけなのだが。

「いいよ、取り繕わなくても。私だけが勝手にそう感じているんだ」

花矢《かや》は弓弦《ゆづる》の反応を『話を合わせてくれた』と受け取った。

少し寂しいが、弓弦《ゆづる》に大事にされていない、愛されていないとは思わない。

ただ気持ちに落差があるだけだと肩をすくめて軽く流す。

「話を戻すが、とにかく弓弦《ゆづる》には守り人《もりびと》としての矜持《きょうじ》があるから私の安全を最優先で考えている、という自負がある。他にはそんな責任感がないから任せられんということだな」

二人の間でちゃんと掘り下げて語るべきであろう話題をさらっと元の話題に戻されて、弓弦《ゆづる》は珍しく悔しそうな顔をした。

「…………」

もう少しこのことについて貴方《あなた》と話したい。

どうしてすぐに納得するんだ。そんな行間が彼から滲み出《にじで》ている。しかし、花矢《かや》が『どうした』と次の返事を促すように聞くので、弓弦《ゆづる》は渋々答えた。

「……そうです。おれだけは、貴方《あなた》を裏切らない」

声は意気消沈している。

「まあ、言ってることはわかるな。守《も》り人《びと》とはそういう存在なのだろう。輝矢《かぐや》兄さんと慧剣《えけん》君の……あの暗狼事件《あんろうじけん》も裏切りとはちょっと違うし」

弓弦《ゆづる》の胸中など知らぬ花矢《かや》は頷《うなず》きながら南の守《も》り人《びと》がしでかした大事件を思い出す。

詳細を事細かに教えてもらったわけではないが、大体の話の流れは聞いていた。

輝矢《かぐや》の守《も》り人《びと》である巫覡慧剣《ふげきえけん》が守《も》り人《びと》特有の権能を使用し、主である輝矢《かぐや》に元妻が大怪我《けが》をしている事故現場を幻術で隠蔽。輝矢《かぐや》のことも狼《おおかみ》の幻を見せて襲っていた。非難されても仕方がないことをしたのだが、真相は守《も》り人《びと》が射手を思うが故に起こしてしまった出来事だった。

花矢《かや》は慧剣《えけん》とはもちろん面識がある。慧剣《えけん》が輝矢《かぐや》をとても敬愛していること、彼にはもう輝《かぐ》矢《や》の傍《そば》以外に居場所がないということを加味すると、責める言葉は思いつかず、とにかくみんな命があって良かったという気持ちが事件の内容を聞いた時の素直な感想だった。

「暗狼事件《あんろうじけん》だって、守《も》り人《びと》不在時に射手を守っていたのは国家治安機構《こっかちあんきこう》の要人警護チームですよ。守《も》り人《びと》が居ないのであれば警護は複数チームが絶対です」

輝矢《かぐや》の例を出されると、花矢《かや》も納得する他ない。

「前回、うちの父がおれを次の守《も》り人《びと》にと話をしに来た時も同じく複数人構成だったと聞きました。それくらいしてもらわないとおれ達守《も》り人《びと》は安心出来ません」

「何だか大袈裟《おおげさ》な気がするが……まあ、慣例ならそうすべきなんだろうな」

「……花矢《かや》様。逆におれのほうから聞きますが、貴方《あなた》はおれ以外の者に気絶している間の安全を任せて不安ではないんですか？」

「そりゃ……不安だけど。でも、私は弓弦《ゆづる》が家族に会えないほうが嫌だから……」

「……」

わからず屋の娘を説き伏せよう、そう思っていた弓弦《ゆづる》の気持ちはいまの言葉で一気に削《そ》がれてしまった。忘れがちだがそもそもこの状況は花矢《かや》が作りたくて作っているわけではない。

彼女は鳥籠の中の鳥。

同じく籠に入れられた同胞だけでも外の世界に飛ばしてやりたいと願っているだけだ。

弓弦《ゆづる》の言う『おれではなくても良いのか』という問いに関して、花矢《かや》は『貴方《あなた》が良いから、貴方《あなた》だけでも』という意見を持っているだけで悪気はない。花矢《かや》は自分から派生するあらゆる出来事で、自分ではない人が不利益を被《こうむ》るのを見てきている。

だから嫌なのだ。もう幼かった時に犯した罪の意識のないあやまちをしたくない。

そこで貴方《あなた》も不幸になれ、という思考にならない娘だからこそ、世界の供物《くもつ》に適しているとも言えた。善性を備えた現人神《あらひとがみ》だから、人の為に空に矢を放つ。

「……」

花矢《かや》が複雑な表情で黙ったのを見て、弓弦《ゆづる》は責め立てるような口調をすぐ改めた。

「花矢《かや》様がおれの為に言ってくれているのはわかりますよ」

柔らかい声音で言われて、花矢《かや》はおずおずと弓弦《ゆづる》に視線をやる。

「…………」

「でも、親とは頻繁とは言わずとも連絡を取っていますし……そもそもおれの父が元守り人《もりびと》なのですから帰らないことにも理解があります。だから貴方《あなた》がそう気を遣わずとも良いのです」

「……それが嫌なんだ。お前の家族に我慢をさせている。きっと、私はお前の母君に嫌われているよ。息子を帰してあげられないんだから……」

「……」

今度は弓弦《ゆづる》が黙る。母親のことを出された上で、主に切なげな声音で悔やまれれば心も揺らいだ。しばらく無言の平行線が続いた後に、弓弦《ゆづる》は口を開いた。

「……わかりました」

弓弦《ゆづる》の返事に花矢《かや》はぴくりと反応する。

「帰省はしませんが良き時期を見計らって両親を不知火《しらぬい》に招待します。それでいかがですか」

花矢《かや》はじわじわと表情を明るくさせ、やがて弾む声で言う。

「それは良いな！　うちの屋敷《やしき》に泊まればいい！」

「いえ、そこまでは。父は良いでしょうが、母が気後れしてしまいます。そうしたらあまり楽しめないかと……。スキー場近くのホテルなりペンションを予約しておけば、ついでに観光も出来るでしょう。おれも顔を出せる」

「……そうか。うん、お前がそう言うなら。まとまったお金を渡すから良い所にしてくれ」

「それは遠慮します」

「弓弦《ゆづる》、主として当たり前のことだぞ」

「……花矢《かや》様」

「それにな、言い出したくせに何もしないと、私は言いたい放題なだけの主になってしまう」

「別に構いませんよ。親孝行くらい自分でします」

「金の話じゃない。義理人情の話だ」

「……」

「私が、お前の親御さんの為に何かしたい。……というか、これは私だけの問題ではないな。本決まりになれば、うちの家族がお前の家族に何かしたいという問題になってくると思う」

弓弦《ゆづる》はまた無言になる。どうやら花矢《かや》に言われたことを頭の中で考えているようだ。

弓弦《ゆづる》は花矢《かや》の両親と同居している。夫婦喧嘩《げんか》の仲裁をさせられることもあるが、距離が近い故にそうなっているとも言える。関係性は良いか悪いかと言えば確実に『良い』ほうに分類されるだろう。弓弦《ゆづる》が花矢《かや》の両親の前で好青年でいてくれるから、この日常がどうにかなってている部分が多々あるのだ。前任の守《も》り人《びと》、つまり弓弦《ゆづる》の父のおかげで花矢《かや》の両親は娘と同居が叶《かな》っている。そして、いまはその制度改革を覆《くつがえ》すことがないと言い切れる元守《も》り人《びと》の息子が娘に付いてくれている。花矢《かや》の家族は弓弦《ゆづる》の家族に恩がある。弓弦《ゆづる》にも感謝がある。

恩人一家のおもてなしをしないほうが恥と考えるだろう。花矢《かや》が受け取ってもらえなかったと親に話せば、それはいけないと個別で手当を渡してくる可能性は十分にある。特に、花矢《かや》の母である朱里《しゅり》は不義理を許さないだろう。そういう人だ。

「花矢《かや》様、しかし……」

とはいえ、弓弦《ゆづる》が逡巡《しゅんじゅん》するのも無理はなかった。

花矢《かや》が得ている富は、花矢《かや》の犠牲で得ている。何処《どこ》にもいけない神様は、その代償に巫覡《ふげき》の一族から支援金をもらっていた。供物《くもつ》になった人の対価を自分の家族に注がせる、というのは守《も》り人《びと》の弓弦《ゆづる》からすると非常に罪深く感じられるものだった。

菓子折りを貰《もら》う程度のことなら大体の人間はありがたく受け取ることが出来るが、今回はそうではない。そしてそれとは別にもう一つ弓弦《ゆづる》を悩ませている理由がある。

「それでもおれは……」

巫覡弓弦《ふげきゆづる》は好いた娘に金を押し付けられて喜ぶ男ではないのだ。

彼がもう少し大人だったら、花矢《かや》の笑顔の為にとすぐ割り切れたかもしれないが。

「弓弦《ゆづる》、駄目か……？」

「……」

若い彼は割り切るのに時間がかかった。

「そんな、嫌か……？」

「………」

「私は、弓弦《ゆづる》の為に何も出来ないか……」

遠慮がちに問われ、腕を摑《つか》まれ、そして揺さぶられたところまできてようやく苦渋の決断に至った。

「……では、主のご厚意に甘えます」

悩んだ末に、かなり嫌そうにそう言った。

「ほ、本当かっ」

「……ええ、まあ」

やはり嫌そうだったが頷《うなず》いて見せる。

「そうか、良かった！　嬉《うれ》しいな……私は本当に出来ることが少ないから……」

「……」

「親子水入らずで過ごしてもらうつもりだが、少しだけ私も挨拶させてくれな。特に母君には一度頭を下げておきたい」

「そんなことしなくていいんです……これ、恒例化させないでくださいね……」

花矢《かや》が珍しくはしゃいだ様子で喜ぶので、複雑な気持ちだった弓弦《ゆづる》も段々と彼女の気が晴れるならという気持ちになれた。

その日は二人で街に買い出しに出かけ、ホットケーキの材料を揃《そろ》え、ああだこうだと言いながら作って食べていたら時間はすぐ流れていった。

花矢《かや》はいつもの就寝時間になると体内時計が作用した。

うとうととしている花矢《かや》を弓弦《ゆづる》が手を引いて私室に連れていき、寝台に寝かせて布団《ふとん》をかけると彼女はこてりと眠ってしまった。

習慣的な時間での睡眠というわけだが、今日はたくさん寝ていたせいか、あまり深い眠りにはならない。数時間後には弓弦《ゆづる》に起こされずとも自分で目覚めることが出来た。

「……」

薄暗くなった部屋で眠気まなこをこすりながら窓の外を見ると、外はとっぷりと夜に浸《つ》かっている。さあ、これからが暁《あかつき》の射手《しゃしゅ》の時間だ。

――輝矢《かぐや》兄さんが夜を齎《もたら》した。

お疲れ様、という念を空に飛ばす。まだ弓弦《ゆづる》が起こしにくる時間ではないのに目覚められたのは僥倖《ぎょうこう》だ。そんな自分を褒めてあげたいと思いながら花矢《かや》は階下の大広間に向かった。

弓弦《ゆづる》と花矢《かや》の両親が何か話しているようだ。

大広間の扉を開けると会話が耳に飛び込んできた。

「昼間に猟友会でどうにか出来なかったみたいなの。どうしましょう……」

「どうしようもないだろう……」

「何故《なぜ》そんなひどいことを言うのっ。花矢《かや》が心配じゃないの？」

「そうじゃなく、嘆いてるだけなら意味がないという話だ」

——また夫婦喧嘩《げんか》か。

花矢《かや》は呆《あき》れた顔つきになる。そしてその間に挟まれているのは花矢《かや》の守《も》り人《びと》の弓弦《ゆづる》だった。すかさずフォローを入れている。

「朱里《しゅり》様、英泉《えいせん》様は具体的な策を講じねばと仰《おっしゃ》っているんですよ」

花矢《かや》の母親の朱里《しゅり》は弓弦《ゆづる》の言葉を受けて英泉《えいせん》と呼ばれた壮年の男性に視線を向ける。着物に羽織り姿の彼は一人だけ長椅子に腰掛けてくつろいでいた。

「俺が登山口で待っている。弓弦《ゆづる》君にはビーコンを持ってもらう。花矢《かや》にも。あとトランシーバーを持たせよう。三十分ごとに俺に報告。それでいいだろう」

英泉《えいせん》は頭の回転が速いのか、ゆったりとした口調の割にはズバリと的確な指示をした。顔も、どこか理知的なところがある造形だ。この時点で弓弦《ゆづる》は花矢《かや》に気づいていたが、険悪になりかけている雰囲気の中で娘の登場を切り出せない。

「ねえ、弓弦《ゆづる》さん……ビーコンって何……？」

朱里《しゅり》がおずおずと弓弦《ゆづる》に尋ねる。

「何で弓弦《ゆづる》君に聞くんだ」

英泉《えいせん》は妻に向かって棘《とげ》のある口調で言う。

「あ、あなたに聞いたら馬鹿にするじゃないっ」

「決めつけるな。しかも本人の前で別の人間に質問するのはどうなんだ。俺が話していたのだから俺に聞くのが筋だろう」

「弓弦《ゆづる》さんのほうが優しく教えてくれるもの……」

「じゃあ優しく教えてと俺に言えばいいだろう」

「どうして最初から優しくしてくれない人にそんなこと頼まなきゃいけないの？」

「ああ～……朱里《しゅり》様、英泉《えいせん》様……花矢《かや》様が起床されていますよ」

そこまで会話が展開したところで、両親はやっと花矢《かや》のほうに目を向けてくれた。

「花矢《かや》、おはよう」

「花矢《かや》ちゃん、おはよう。どうしてそんなところに立ってるの。座りなさい」

「おはよう……みんな」

さすがにこの喧嘩《けんか》を放置することは出来ない。花矢《かや》は会話に参加することにした。

「何の話をしてるんだ？　誰か遭難したの？　ビーコンって登山用の探索装置だろう」

朱里《しゅり》が『そうなのね』という顔をしながら答える。

「熊が出たのよ、不知火《しらぬい》で。それで花矢《かや》ちゃんの安全をどうしようって話をしていたの」

花矢《かや》はそれを聞いて合点《がてん》がいった。

エニシは森林豊かで自然資源に恵まれている土地だ。

山には当然様々な動物が生息しており、中には熊も居る。熊と聞いて動物園に存在するゴロンと転がる愛らしい姿を思い浮かべる者も居るだろうが、あれは飼いならされた場合の姿だ。

野生の熊は人を襲う。人を殺す。

そんな生物が人里近くに降りてきたとなると、小さな町では大事件だった。

心配性な母親は、夜に山を登る娘を案じていたのだろう。

「どこに出たの？　いつ、出たの？」

花矢《かや》の矢継ぎ早の質問に朱里《しゆり》は思い返しながらと言った様子で話す。

「……花矢《かや》ちゃんがちょうど眠った頃だと思うわ。スキー場近くの喫茶店の庭に現れたんですって。ほら、あそこって冬季期間以外はハイキングコースでしょう。ペンションやホテルからもそう遠くないところだし……雨で予定が崩れた人達が喫茶店にたくさん居たんですって。お店の人も観光客の人も大騒ぎしてたみたい。熊があそこまで降りてくるなんて珍しいわ。数年ぶりかしら」

弓弦《ゆづる》が頷《うなず》いているところを見ると、事実に相違はないようだ。

「花矢《かや》、今日は父さんが車を出す。それでいいか」

父親の英泉《えいせん》が低い声で尋ねてきた。

「え、大丈夫だよ。だってスキー場って射手の登山口からずっと遠い場所だよ」

「人里に降りてきて、そして逃げ帰ったんだ。どこに移動してるかはわからん。念《ねん》の為だ」

「でも父さん、十二時には寝る人だろ」

「父さんだって頑張れば起きれるさ」

「私と弓弦《ゆづる》は日付が変わる頃に家を出て、神事が無事終わるのは朝日が出る時だよ」

「車の中で寝てる」

「あなた、寝てたら意味ないでしょう」

二人の会話に朱里《しゅり》が横から口を出す。英泉《えいせん》は眉をひそめた。

「仮眠くらいなら携帯端末のアラームをかけておけば起きる。三十分ごとにアラームをかける。それで安否確認出来るだろう。連絡がなければ人を呼んでビーコンで確認する」

「私が行くわ。あなたは家に居てください」

「君は一度寝たらちょっとやそっとじゃ起きないだろう」

「寝なければいいのよ。夜更《よふ》かしくらい出来ます」

「出来るかどうか疑問だね。ビーコンも説明したって使えないだろう」

「どうしてそんな冷たい言い方するのよ」

「君もしただろう。寝てたら意味がないって」

「だってそうじゃない？　連絡役が仮眠を前提で携わっていたら意味がないでしょう」

「だからアラームですぐ起きると言っているだろう」

「アラーム以外で連絡が来たらどうするの」

「着信音で起きる」

「嘘《うそ》よ。私が出先からかける電話にまったく出ないくせに」

この夫婦喧嘩《げんか》の中、当の子どもはどうしているかというと、苦い顔で黙っていた。

——私からするとどっちもどっちなんだが。

自分が論争の種、しかも双方心配しているが故に言い争いをしているとなると親の論争に口を挟むのもやりにくい。さて、どうやってこの不毛な争いを止めようか、と介入の時機を見計らっていたところ、花矢《かや》の背中にぽんと手が当てられた。弓弦《ゆづる》の手だ。

花矢《かや》は弓弦《ゆづる》に目線を向ける。弓弦《ゆづる》から花矢《かや》に注がれる感情には憐憫《れんびん》が交じっていた。

彼はそれから『任せろ』とばかりに頷《うなず》いて、それから口を開いた。

「お二方、もう十分です。花矢《かや》様を想《おも》う気持ちはおれにも伝わりました」

弓弦《ゆづる》の言葉に、朱里《しゅり》と英泉《えいせん》の言い争いはピタリと止まった。

「ビーコンも所持、山に到着次第、三十分ごとに定期報告を入れます。本来なら守り人《もりびと》としてこのお申し出はお断りすべきですが、熊騒動が起きて一日目ですからご息女の安否が心配でしょう。登山口まででしたらどうぞご同行ください。本日は英泉《えいせん》様、明日は朱里《しゅり》様、明後日《あさって》に関しては猟友会の動き次第ですが、続報がなければ同行は解除でどうでしょう」

話の落とし所としてはまずまずな提案だ。

我が子を案ずる親を退けるでもない、とはいえ守《も》り人《びと》の領分にあまり踏み込ませるわけでもない。花矢《かや》もギリギリ頷《うなず》ける提案だった。

「そもそも、何かあってもおれの権能があります。『神聖秘匿《しんせいひとく》』はこういう事態に対応する為に授かっている力ですし、父から指導も受けました。花矢《かや》様のことをお守りする準備はあります」

花矢《かや》は弓弦《ゆづる》が背中に当てたままにしている手から強い愛情を感じた。

弓弦《ゆづる》は自分の心も身体《からだ》も守ろうとしてくれていると。朱里《しゅり》と英泉《えいせん》はそれぞれ喋《しゃべ》りだした。

「先代の守《も》り人《びと》さんの時に見せてもらったわ。確かに……あれは獣を追い払う時などに使うものらしいわね」

「……それを使って身体《からだ》に負担はないのか」

冷静な意見のおかげで夫婦喧嘩《げんか》も鎮火してきた。弓弦《ゆづる》は殊更落ち着かせるように言う。

「『神聖秘匿《しんせいひとく》』は他の現人神《あらひとがみ》と違って攻撃手段を持たない射手の為に守《も》り人《びと》に預けられている力です。日頃から練習をしています。使いすぎると身体《からだ》に影響はありますが、一時的なら問題ありません。突然現れた熊を何処《どこ》かに追いやるくらいのことは簡単に出来ます」

弓弦《ゆづる》の言う『神聖秘匿《しんせいひとく》』とは巫《かんなぎ》の射手《しゃしゅ》の守《も》り人《びと》に与えられた特殊能力のことだ。

他の現人神《あらひとがみ》と違って、という部分は四季の代行者《だいこうしゃ》などを示している。

春の代行者《だいこうしゃ》は『生命促進《せいめいそくしん》』、夏の代行者《だいこうしゃ》は『生命使役《せいめいしえき》』、秋の代行者《だいこうしゃ》は『生命腐敗《せいめいふはい》』、冬の代《だい》行者《こうしゃ》は『生命凍結《せいめいとうけつ》』とそれぞれ季節にちなんだ権能を持っている。彼らの権能は主に外敵への迎撃手段として使われることが多い。四季の代行者《だいこうしゃ》の力はどちらかと言えば攻勢というわけだ。

そして守《も》り人《びと》の『神聖秘匿《しんせいひとく》』は守勢の意味合いが強い。

現実と見紛《みまが》う幻を作り上げ、外敵を化かし、追い払うことが出来る。

使い方によっては外敵を傷つけることも可能だが、幸いなことに巫《かんなぎ》の射手《しゃしゅ》も守《も》り人《びと》もそのような事態に遭うこと自体が珍しい。今回のように、もし熊に遭遇したらという想定なら周りの景色を歪《ゆが》ませて、野兎《のうさぎ》でも見せて追いかけさせてしまえばそれで終《しま》いだ。

本来なら一族の者であっても秘匿されし権能なのだが、朱里《しゅり》も英泉《えいせん》も花矢《かや》の肉親だ。弓弦《ゆづる》の父親が保護者を安心させる為に説明済みだった。

英泉《えいせん》のほうは弓弦《ゆづる》に権能使用で大きな負担がないとわかると、では積極的にそれで防衛を頼むと言って自室に引っ込み外出の準備を始めた。

残された朱里《しゅり》は、それでも自分の娘と守《も》り人《びと》の青年を案じるように見る。

「怖いことが本当に起きたら、朝なんて良いから逃げてきなさい」

そして良い意味で無責任な言葉を吐いた。花矢《かや》は母親の言葉を咎《とが》めるように返す。

「母さん、それは射手の母親としてどうなの……」

すると、朱里《しゅり》は敢《あ》えて腕を組んで刺々《とげとげ》しい様子で言った。

「知ったこっちゃないわよ。私は射手を生んだんじゃないの。花矢《かや》を生んだの」

怒りの矛先は運命か、それとも何処《どこ》かに御座す朝の神様か。

「それで怒るような人が居たら、お母さんが前に出ます。実家にも盾になってもらいます」

「民が困るよ……」

「朝が数時間、半日遅いくらいでごちゃごちゃ言う民なんて知りません。私は自分の子どものほうが大事。時間が遅れてもね、安全が確認されてから改めて神事を行えばいいのよ。弓弦《ゆづる》さんも絶対に無理しちゃ駄目よ。何かあったらご両親に申し訳が立たないわ。とにかく、今日は英泉《えいせん》さんに付き添いしてもらうけど、熊が出たかもとおもったら神事の前でも道を引き返しなさい。命が一番大事よ。お母さん、今日の内に巫覡《ふげき》の一族のお偉方に相談しているの。万が一、危険なことが起きた場合、どういう対応をしてくれるのか、何なら可能なのか。明日には、何かしら回答してもらいます。いいわね、危険を感じたらすぐ逃げなさい」

巫覡《ふげき》の一族の一員とは思えない発言だが、花矢《かや》と弓弦《ゆづる》にとっては勇気づけられる言葉だった。

朝が来るのは当たり前。その当たり前を守る為に犠牲になっている二人には、多少自己中心的でもこんな風に怒り、守ろうとしてくれる者が身近に必要だ。

たとえ根本的な何かが変わらずとも、気持ちの在り方は違う。

花矢《かや》と弓弦《ゆづる》は、朱里《しゅり》に見守られ、英泉《えいせん》が車に同乗しながら本日の神事に向かうこととなった。

「冷えるな……」

不知火《しらぬい》は相変わらず雨雲に包まれ恵みの雨が降り続けていた。

生憎《あいにく》の天気の中、登山口に到着すると英泉《えいせん》は子ども達を見送る為に車外に出てつぶやいた。

山の寒さは堪えるようだ。ぶるりと震えている。普段の着物姿とは打って変わって、彼も登山用の防寒着を纏《まと》っていたが、この時期はいくら着込んでも足りない。

花矢《かや》は心配そうな表情で父親に言う。

「父さん、寒いからいいよ。車の中に居て。雨に濡《ぬ》れちゃう」

「ああ」

「眠かったら寝ていいからね」

「母さんに珈琲《コーヒー》を作ってもらったから大丈夫だ。『寝るな』とさ」

「英泉様《えいせん》、それでは行って参ります」

「弓弦君《ゆづる》、気をつけて。花矢《かや》を頼んだ」

そう言うと、やっと英泉《えいせん》は車の中に戻った。

花矢《かや》と弓弦《ゆづる》はいつも通り、秘密の登山口に入っていく。今日は月明かりが乏しく、地面は雨のせいでぬかるんでいた。一歩一歩が重い登山だ。

「弓弦《ゆづる》、ごめんな」

花矢《かや》は歩きながら弓弦《ゆづる》に謝る。

「何がですか」

「うちの親のこと。別にお前が頼りないと思っているわけじゃないんだぞ……」

考えてもいなかったことを言われたのか、弓弦《ゆづる》は大きく首を横に振った。

「いえ、あれは娘可愛《かわい》さの行動でしょう。そんなこと思っていませんよ」

「……恥ずかしい限りだ。お前はさぞやりづらいだろうな、と思って……」

「花矢《かや》様は気にせずとも良いのです」

「夫婦喧嘩《げんか》の仲裁をいつもしてもらってるし……」

「花矢《かや》様はご両親に遠慮気味ですからね。それに、第三者のおれが何か言えば大抵頭を冷やしてくれる方々なのでそこまで苦労してませんよ」

「……」

「謝罪されるべきことではないので、何か思う所がおありなのであれば、褒めていただくほうがおれは嬉《うれ》しいです」

「そうなのか」

「そうですよ」

「なんか冷笑されそうな気がするんだが……」

「花矢《かや》様の中でおれはどれだけ嫌なやつなんですか……」

「いや、そんなことはないが」

花矢《かや》は足元を懐中電灯で照らしながら隣を歩く弓弦《ゆづる》にちらりと視線をやってから言う。

「弓弦《ゆづる》は仕事が出来る」

「褒めてくださるんですか」

「弓弦《ゆづる》は面倒見が良い」

「有難《ありがた》き幸せ」

「弓弦《ゆづる》はもてる」

「……は？」

「三組の話したことのない女子から紹介して欲しいと頼まれた」

弓弦《ゆづる》は花矢《かや》から手当の話をされた時より嫌そうな顔をした。

「……絶対にやめてください。まさか承諾してませんよね」

「してない。お前が嫌がると思ったから……」

「万が一、接触を図られた場合、適切に処理します」

「処理って言うなよ」

「丁重にお断りします」

「そうしてくれ。可哀想《かわいそう》だよ」

「三組の知らない女子から無遠慮に紹介を頼まれたのにそんなことを思うのですか？」

「……」

「貴方《あなた》がこの国の『朝』であらせられることを伝えられないのが非常に残念です」

「私は普通の女子高生であるほうがいい」

花矢《かや》と弓弦《ゆづる》は普段通り雑談をしながら山を登った。

二人にとってその日の神事で不幸だったのは一日中降っていた雨が更に強い雨に変わり、降水量が増し、かなりの悪天候へと変化していったことだった。

雨雲は依然として退散する様子がない。二人共、防水パンツと雨合羽は服の上から纏《まと》っていたが、それでもこの雨の中外に居続けるのは厳しいものがあった。冷えは身体《からだ》に毒だ。

「弓弦《ゆづる》、今日はテント立てよう」

「はい、木の陰で待っててください。持ってきます」

二人は早々に対策をすることにした。毎日山に登る射手と守り人《もびと》にとって悪天候との付き合い方に革新的なものはない。ただ耐え忍ぶのみだ。弓弦《ゆづる》は聖域近くの茂みに隠してある道具箱から特注のポップアップテントと小型の灯油ストーブを取り出して直ちに設置した。射手は矢を射るまで時間調整をするので、天候によってはこうした物も使用する。

テントを張ると、二人は逃げるように中に避難した。寝転がっただけで幅がなくなるような狭さのものだが、それ故、数秒で展開出来るのがこのテントの良さだった。灯油ストーブも夏までは使っていなかったが、これからは大活躍だ。

「タオルで顔拭いてください」

「うん。弓弦《ゆづる》も」

「英泉《えいせん》様が心配なさるかと思うので、定期報告前ですが先に連絡します」

「頼んだ」

花矢《かや》と弓弦《ゆづる》はテキパキとそれぞれ行動し、テントの中で輝く小さなランタンの明かりを頼りに矢を射る時間までひっそりと待機した。

「風がどんどん酷《ひど》くなってる」

「花矢《かや》様、大丈夫そうですか」

「いけるさ。さっさと終わらせよう」

想定時刻になると、ようやく花矢《かや》は空に光の矢を放った。

放った瞬間、細い身体《からだ》が雨に打たれながらよろける。

弓弦《ゆづる》は倒れる花矢《かや》を抱きとめて、またテントに運んだ。どうして彼女がこんなに雨風に晒《さら》されないとならないのだろう、とどうしようもならないことを思いながら。

射手である限り病知らず、怪我《けが》もすぐ治る。

情報として知っていても、こんな寒さの中、気絶するようなことをさせた上で雨に濡《ぬ》れさせるのは心が痛むものだ。毎度のことながら弓弦《ゆづる》が花矢《かや》の気絶状態に肝を冷やしていると空は段々と朝の面影を取り戻していった。とは言っても、雨風が強く曇り空であることは変わらないので暁天《ぎようてん》もどんよりとしている。しばらくすると、花矢《かや》も目を覚ました。

「朝は来たか」

「はい、花矢《かや》様」

それからはまた慌てて下山の準備だ。

道具箱に使用した物を戻し、動物に荒らされぬようしっかりと鍵をかけ、元来た道を戻る。

天が涙を注いでいるような雨模様のせいか、花矢《かや》の心はずっとざわざわと騒がしく、何かに責め立てられている心地だった。

――仕方がないこととはいえ、今日は熊といい大雨といい、災難続きだな。

もはや、諦めの境地に至るしかない。大自然の中で生きるというのはこういうことだ。

環境を受け入れ、生活にある程度落とし所を見つけなくてはならない。

「花矢《かや》様、地面がぬかるんでいます。気をつけて」

「わかってる……」

「手を繋《つな》ぎましょうか」

神事が終わった後の身体《からだ》は神通力《じんつうりき》使用の弊害であまり力が入らない。

花矢《かや》は少しふらふらしていた。

「……」

普段なら大丈夫だと断るのだが、ひっきりなしに降ってくる雨と横殴りの風に参っていたので、大人しく弓弦《ゆづる》の手を摑《つか》んだ。

「繋《つな》ぐ……」

弓弦《ゆづる》は笑った。

「斜面、気をつけてくださいね。ゆっくりでいいですから」

「うん」

トレッキンググローブ越しではあるが、彼の手に自分の手が包まれているということで少しの安心感が生まれる。

「下まで行ったらお父上が待っていますよ」

「うん……」

弓弦《ゆづる》のことも休ませてやりたい。二人で早く車の中に入りたい、と思いながら重い足を一歩、また一歩と動かす。

「……」

そこで突如、花矢《かや》はとある違和感に気づいた。


ズズズ、ズズズ。


山の中で妙な音がしている。

雨音に紛れているが、確実に普段の山の中で聞くことのない音だった。

「……？」

地響きにも似ているが少し違うように感じる。不審に思い、花矢《かや》は足を止めた。

「花矢《かや》様？」

弓弦《ゆづる》は気づいていないのか、怪訝《けげん》な顔をしている。

「弓弦《ゆづる》、わからないけど、地震かも」

こういう時の勘は花矢《かや》のほうが優れている。弓弦《ゆづる》より自然の中で暮らしてきた年数は長い。

先程までは何もかも怠《だる》くて仕方がなかったのだが、危険の中に居る、という認識が花矢《かや》の五感を急速に研ぎ澄ませた。

——何かがおかしい。

異様なほど心臓が高鳴り始め、花矢《かや》は弓弦《ゆづる》と繋《つな》いだ手を無意識に強く握り直した。

「音がするんだ。お前はわからないか？」

「雨音が酷《ひど》くてあまり。揺れは感じませんが、花矢《かや》様は感じていますか？」

「いや、これから来るかもしれない」

「これから？」

「うん、多分これから」

花矢《かや》は周囲を警戒する。と同時に木々の隙間で雨宿りしていた鳥達が一斉に空へ飛び出した。

その光景に驚いて花矢《かや》は後ずさりする。弓弦《ゆづる》もぎょっとした。

「弓弦《ゆづる》……見て」

花矢《かや》は下ろうとしている斜面から水が溢《あふ》れ出《だ》していることに気づいた。雨水が溜《た》まってそう見えているのではない。一つ一つの事象が、何か特別なことを示唆しているように思える。

「花矢《かや》様、ちょっと大きな木々の下に移動しましょう」

地震が来るなら掴《つか》めるものがあるほうがいい。花矢《かや》も同意した。二人で手近な木の下に移動しようと動く。

「……花矢《かや》様っ‼」

弓弦《ゆづる》が叫んだその時、足元が急に崩落した。いや、滑り落ちた。

それは一瞬の出来事だった。秋に起こった大雨が不知火《しらぬい》岳に徐々に影響を及ぼし、今日という日に【地すべり】を起こすとは誰も予想出来なかっただろう。

「弓弦《ゆづる》っ！」

渦中《かちゅう》に居るとわからないものだ。後で振り返れば自分達がどれほど危険な場に居たか、どう対処すればよかったか理解出来るがその場では気づけない。

「……花矢《かや》様……！」

ただ、この時花矢《かや》があらかじめ立ち止まり不安を伝えたことが弓弦《ゆづる》にとっては大きな助けになった。手も繋《つな》いでいた。足場が崩れてしまった時も一度も手は離れず、むしろ花矢《かや》を引っ張って自分の腕の中に抱きかかえることが出来た。

　だから、大切なものをきちんと守れる体勢のまま転がり落ちた。

「……っ！」

　花矢《かや》の悲鳴は喉奥に引っ込んだ。

　二人の身体《からだ》は投げられた人形のように土の上を跳ね、容赦なく斜面に打ち付けられながらどんどん落下を続けた。それはとどまることを知らぬ勢いがあり、二人にとっては永遠にも思える時間だった。それくらい、長いこと落下した。ぼろ雑巾のような風体になった二人が止まることが出来たのは無惨《むざん》にも大木にぶつかってから。弓弦《ゆづる》が機転を利《き》かせて身体《からだ》を捻《ひね》り、軌道を逸《そ》らしたのだ。

　ズズズ、ズズズ。

　地すべりはしばらく続き、やがて不快感を伴う音は止まった。

「……」

　二人の意識もしばらく停止した。

　突発的に起きたこの災害は、幸いにも山の形状が変わるほど大きな崩壊を招いたわけではなかった。局地的な被害で済んでいる。道の補修は必要だが、山の麓まで土砂が落ちて大惨事、という規模のものには至っていない。

　それよりも問題は、不運なことに地すべりに巻き込まれた青年と少女だ。

　花矢《かや》は早い段階で気絶していた。弓弦《ゆづる》が抱きかかえてくれていたとはいえ、二人して地面を転がり続けたのだ。神事の後、気力体力を失っていた彼女は激しい転倒と落下に耐えられる状態ではなかった。

「……花矢《かや》様、花矢《かや》様……」

遠くで弓弦《ゆづる》の声が聞こえる。

「……花矢《かや》様！……」

花矢《かや》は呼ばれて段々と意識が戻ってきた。

起きねばならない、という気持ちが花矢《かや》の意識を支配する。

どんなに身体《からだ》が悲鳴を上げていても、守《も》り人《びと》を孤独にさせてはならない。

射手にとって守《も》り人《びと》は一蓮托生《いちれんたくしょう》の仲。呼んでいるのであれば応答しなくては。

——身体《からだ》に力が入らない。

弓弦《ゆづる》を安心させたいと思っても、身体《からだ》はそのまま倒れていることを望んでいる。

骨も肉も悲鳴を上げている。動くな、と。

だがこのまま倒れていては、やがて低体温になって死ぬ可能性もある。

「……花矢《かや》様！　起きてください！」

瞬間、切羽詰った弓弦《ゆづる》の言葉と共に天が雷鳴を轟《とどろ》かせた。

花矢《かや》は一瞬、稲妻に身を裂かれたと錯覚した。

遠くではない。かなり近いところに雷が落ちたのだろう。周囲が稲光に満ちる。雷鳴の凄《すさ》まじさに花矢《かや》は驚き飛び起きた。身体《からだ》は痛みを訴えたが、起き上がれたのは僥倖《ぎょうこう》だ。

「弓弦《ゆづる》っ！」

救いを求めるように守《も》り人《びと》の姿を探すと、彼はすぐ傍《そば》に居た。

膝をついて気絶している花矢《かや》を見守ってくれていたらしい。

困ったように笑っている。その笑い方は前の守《も》り人《びと》そっくりだった。

「ああ、よかった……。起きましたね。痛いところはありませんか？」

花矢《かや》を安心させようと、弓弦《ゆづる》は敢《あ》えて普段より落ち着いた声を出していた。花矢《かや》はそんな弓《ゆ》弦《づる》に焦燥感を掻《か》き立《た》てられる。

「……私より、お前、だよ……」

花矢《かや》の口の中は血と砂利と土で汚れていて。かすれた声を出すのが精一杯だった。しばらく咳《せ》き込んでむせる。弓弦《ゆづる》の前だが、唾液を吐いては咳《せ》き込み、吐いては咳《せ》き込みを繰り返した。

「花矢《かや》様……」

弓弦《ゆづる》が背中をさすってくれた。花矢《かや》は恥ずかしいと思いつつも、それで少し気が楽になった。

「……だい、じょうぶ、だ……。弓弦《ゆづる》、は？」

「おれは平気です」

弓弦《ゆづる》ははっきりと言った。

見たところ、確かに彼は無事のようだ。大きな外傷は見えない。花矢《かや》よりもっと前に覚醒してこの状況を見極めていたのだろう。至極冷静だった。

「花矢《かや》様、まずご自分の怪我《けが》の確認を。歩けそうですか。手と足をゆっくり動かしてみてください」

花矢《かや》は言われた通り自分の四肢が動くか確認した。

可動は問題ない。恐らく、身体《からだ》中に痣《あざ》や内出血が出来ているだろうが、花矢《かや》の身体《からだ》は呪いとも言える回復力を持っているので傷が残る心配もないだろう。

「大丈夫そうですね。立ち上がってみてください」

全身の打ち身のせいか、正に生まれたての子鹿のような状態になったが、それは最初の内だけで、少し足踏みをその場で繰り返すと段々と平時の感覚を取り戻せた。射手に付与された身体強化の賜物《たまもの》だ。体力的にはきついが、歩くことは可能だった。

他に支障があるところは、雨合羽も防水パンツも至るところが破れてしまい、身体《からだ》がびしょ濡《ぬ》れということくらいだ。低体温の状態が長引けば、いまの弱った身体《からだ》ではまた気絶しかねない。早々に此処《ここ》を離脱することが求められていた。花矢《かや》は身体《からだ》が冷えて歯の根が合わなくなり始めていたが、弓弦《ゆづる》には気取らせないように振る舞う。

「大丈夫みたいだ。お前が守ってくれたから……ありがとう」

「それは良かった……安心しました」

「なあ、弓弦《ゆづる》は本当に大丈夫なのか」

「なんとか。身体《からだ》はすごく痛いですけどね」

「骨折したか⁉」

「いえ、打ち身程度です」

弓弦《ゆづる》は笑って腕を振る。花矢《かや》は慌ててそれを止めた。

「やめておけ、今は良くても後で響くかもしれない……」

「大丈夫ですよ。おれは貴方《あなた》より鍛えていますよ」

「そうだろうけど、お前は私みたいに化け物の身体《からだ》を与えられたわけではないだろう」

「……花矢様《かや》」

弓弦《ゆづる》は自分が傷ついたような表情をした。

「次から、私のことは庇《かば》うなよ。実験したことはないが、恐らく私は大木で身体《からだ》を潰されようが死なん。そういう風になってるんだ」

花矢《かや》はトレッキンググローブを脱いで見せた。痛いと思っていた手の甲に案の定裂傷が出来ている。こんな事故の後も容赦なく降り続けている雨のせいで血は洗われ、傷口が見えた。

だが、それらの傷口は花矢《かや》と弓弦《ゆづる》が凝視している内にどんどんと閉じていった。

「ほら、気持ち悪いだろ」

花矢《かや》がそう言うと、弓弦《ゆづる》は花矢《かや》の手を摑《つか》んで、無理やりグローブをまた装着させた。

「傷に障《さわ》ります。そして貴方《あなた》はその権能に感謝すべきです」

「……」

「正直、いま身体《からだ》が痛いので御身の奇跡の力を分けて欲しいくらいですよ」

「ごめん……」

花矢《かや》が素直に謝ると、弓弦《ゆづる》は花矢《かや》の手をそのまま握った。

「手はもう痛くありませんか」

「痛くない」

「ではこのまま繋《つな》いで降りますよ」

二人は本来歩くべき登山道を迂回《うかい》しながら下ることにした。

多少時間がかかってしまうが、取るべき安全策がこれしかない。獣道は疲労困憊《ひろうこんぱい》の彼らに更なる試練を与える。足を動かす度に、息が切れた。

「下まで降りたら英泉《えいせん》様に巫覡《ふげき》の一族へ緊急連絡をしてもらいましょう。人を出して此処《ここ》をどうにかしてもらわないと、明日の神事に障《さわ》りが。というか……もうこの道は駄目でしょうね」

「うん。多分専門家を呼んで違う道を指定してもらうことになるだろうな……。歴代の射手も登っていた道がこんなことになるなんて……。弓弦《ゆづる》、恐らく本山からたくさん人が来る。登るのも二人だけではないはずだ。お前、明日は休めよ」

「……そうですね、そうお願いしたほうがいいのかもしれません」

珍しく彼が休みを承諾したので花矢《かや》は驚いた。

「弓弦《ゆづる》……」

もちろん、休んで欲しくてそう言ったのだが不安になる。

「やっぱり身体《からだ》が辛《つら》いんだな……？　なあ、私が背負ってやろうか」

花矢《かや》が心配でそう言うと、弓弦《ゆづる》は笑った。

「おれが背負うならわかりますが、花矢《かや》様には無理ですよ。大丈夫です」

「でも、どこか痛めてるんだろ。私だってお前の力になれるよ」

「……大丈夫ですよ」

大丈夫、大丈夫と弓弦《ゆづる》は言う。それでも花矢《かや》は不安が収まらない。弓弦《ゆづる》に矢継ぎ早に質問をしてしまう。

「弓弦《ゆづる》、父さんにいま連絡しよう。私で頼りないなら父さんに肩を借りよう。すぐに病院に行けるようにしたほうがいい」

「それが、荷物は落下で何処《どこ》かに行ってしまったんです。おれのも……花矢《かや》様のも……見つけられなくて。探すより降りるほうが先決だと判断しました」

「えっ」

言われてみると、花矢《かや》は自分も荷物を紛失していることに気づいた。花矢《かや》はリュックを背負っていたのだが、転がり落ち続けた時にショルダー部分が千切れたのかもしれない。

「……」

花矢《かや》は呆然《ぼうぜん》とした。何もかも弓弦《ゆづる》に頼り切りだということを改めて思い知らされる。弓弦《ゆづる》に言われるまで荷物がないことすら気づかなかった。自分は手を引いてくれる相手が居るが、彼はそうではない。花矢《かや》がしていることはただ後ろをついていくことだけだ。

「花矢《かや》様、ご心配なく。英泉《えいせん》様に関しては万が一、ビーコンを片手に探しに来られてもすれ違うということは恐らくないかと。迂回《うかい》しましたが今は正規の道に沿っています。このまま行けばむしろ鉢合わせする可能性のほうが高いですね」

「………」

「花矢《かや》様、どうされましたか」

「弓弦《ゆづる》、疲れたら私に寄りかかるんだぞ。いいか、降りる時も私の手に力を込めるんだ。あまり自分の力を使うな」

花矢《かや》は下山する足取りを速めた。弓弦《ゆづる》よりも前を歩くことにする。

「おれを助けてくださるのですか」

「ああ、そうだ。身体《からだ》の傷も大分治ってきてる。いまは私のほうが元気だ」

「心強いですね。従者思いの主だ」

「当たり前だ。従者じゃなくったって、お前を守るよ」

ちらちらと後ろを振り返ると、弓弦《ゆづる》は力なく笑っている。

花矢《かや》が想像するよりずっと弓弦《ゆづる》の状態は悪いのかもしれない。

――嗚呼《ああ》、神様。

花矢《かや》は何処《どこ》かに御座す朝の神様に祈った。

彼の怪我《けが》が大きな後遺症を患うようなものではありませんように。

彼が雨風に打たれたせいで病に陥りませんように。

彼がこんな不甲斐《ふがい》ない自分を嫌いませんように。

花矢《かや》は祈ることしか出来ない。

普段より時間が経《た》つのが遅く感じたが、やがて登山口まであと少しという所まで下山することが出来た。


「花矢《かや》ぁー！　弓弦《ゆづる》君！」


ふと、雨音に混じって英泉《えいせん》の声が聞こえてきた。定期報告が来ないことにしびれを切らし、不知火《しらぬい》岳を登り始めていたのだろう。花矢《かや》は父親の声に顔をほころばせた。

「父さんーー！」

大きな声で返事をする。

「花矢《かや》あああっ！」

「父さんっ！」

ザアザアと降る氷雨《ひさめ》も、親子の声の掛け合いまでは邪魔出来ない。二人で声のやり取りを続けていると、やがて互いの方向がわかった。木々の隙間から英泉《えいせん》の姿が見える。花矢《かや》は笑顔のまま振り返った。

「弓弦《ゆづる》、もう大丈夫だぞ！」

彼も微笑《ほほえ》んでいた。

「父さんに助けてもらおうっ！　車を運転出来る人が居て良かった……」

「はい」

「ごめんな、此処《ここ》まで降りるの辛《つら》かっただろ。ごめんな……」

「いいえ……おれこそ、申し訳ありません……貴方《あなた》に謝らなくてはならないことがあります」

「……何だ？」

弓弦《ゆづる》は、また困り眉で笑っている。

――あれ。

花矢《かや》は少し不思議に思った。弓弦《ゆづる》の声が少し遠くに聞こえたからだ。

こんなに近くに居るのに、遠い。雨音のせいではないだろう。急にそんなことを思ってしまったのは、いつの間にか繋《つな》いでいた手を離されていたせいだろうか。

「……本当に申し訳ありません。貴方《あなた》を大切に思うあまり、貴方《あなた》を騙《だま》しました」

花矢《かや》は言葉を紡《つむ》げなくなった。どういうことだ。

彼に色々と問いかけたいのだが、突然のことで狼狽《うろた》えて出来ない。

──そういえば、どうして弓弦《ゆづる》はあんまり服が汚れていないんだろう。

混乱の中、がむしゃらに下山したせいか、花矢《かや》は幾つものおかしな点を見逃していた。

「きっとお怒りになるでしょう」

──あれ。

花矢《かや》の身体《からだ》を悪寒《おかん》がかけ巡る。

「けど、貴方《あなた》はお優しいから……こんなおれでも助けてくださると信じています」

ぞっとして、それから息が出来なくなる。

──嘘《うそ》。

「本当にすみません……」

まさかそうであって欲しくない。

「花矢《かや》様、お願いです」

でも、この困ったように笑う男が次に言う台詞《せりふ》が予想出来てしまう。

「おれの身体《からだ》、後で良いので回収してもらえますか」

また、天雷が鳴り響いた。

花矢《かや》は叱咤《しった》されたように衝撃を受けて、それでなんとか口が回った。

「……ゆづ、る」

愚かな射手に、目を覚ませと言っているかのように。天鼓《てんこ》は轟音《ごうおん》を撒《ま》き散《ち》らす。

「弓弦《ゆづる》、いま、何処《どこ》に居るんだ……」

花矢《かや》の問いかけに、弓弦《ゆづる》はまた笑った。それから、目の前の弓弦《ゆづる》は確かにその手で花矢《かや》の頭を撫《な》でた。感触がある。いつもの彼の手だ。

――嗚呼《ああ》。

なのに、これは彼ではない。花矢《かや》はやっと弓弦《ゆづる》の言っていることが理解出来た。

「英泉《えいせん》様、英泉《えいせん》様、こちらに」

呆然《ぼうぜん》としている花矢《かや》をよそに、駆け寄ってきた英泉《えいせん》に弓弦《ゆづる》は言う。

「はあ、はあ……弓弦《ゆづる》君、どうした！」

弓弦《ゆづる》は英泉《えいせん》の呼吸が落ち着いてから言う。

「英泉《えいせん》様、花矢《かや》様を車に入れてまず保護してください。それから救助を呼んでください。おれの身体《からだ》はいま此処《ここ》にありません」

「……何を言って……」

言葉を失う英泉《えいせん》に、弓弦《ゆづる》は山の上を指さして見せた。

「地すべりが起きました。その付近にいます。もうすぐ、意識が途切れるでしょう」

彼はとても淡々としていた。正気ではない、と疑いたくなるほどに。

恐らく重症か、あるいは瀕死《ひんし》の状態にあるのだろう。

だというのにいま冷静に『自分の身体《からだ》』を処理させようとしている。

「非常に危険な場所です。対応出来る者だけ向かわせてください。頭を打って、血が口にも鼻にも入るくらい流れていまして、足も折れています。担架があったほうがいいですが……運ぶのは困難でしょう。おおよその身長と体重を伝えてください。そのほうが救助する人の選択肢が増える」

花矢《かや》は弓弦《ゆづる》に手を伸ばした。触れることが出来ている。体温もある。

だが、弓弦《ゆづる》は此処《ここ》に居るのに居ない。

「弓弦《ゆづる》……どうして……？」

花矢《かや》が震える唇で尋ねた。

「……どうして、私に幻を見せたんだ……」

答えはわかりきっていた。

「貴方《あなた》を守る為です」

そして弓弦《ゆづる》は当然の如《ごと》く、返した。自然と花矢《かや》は自分で自分の口元を押さえた。

悲鳴が出そうになった。自分が犯した過失に。

──目が眩《くら》みそう。

兆候は、確かにあった。花矢《かや》が見逃していただけだ。

青ざめて、気を失いそうになっている主に下僕は言う。

「花矢《かや》様、『神聖秘匿《しんせいひとく》』はこういう為にも使えると、おれは夏に知りました。黄昏《たそがれ》主従の件は本当に残念でしたが、良い学びでもあったと思っています」

──私はどうして、いつも。

「あちらの守り人《もりびと》の発想には驚かされます。無意識でやったと聞きましたが、本当にすごい。きっとおれは妙に冷静になってしまって、咄嗟《とっさ》に代役を立てるなど思いつかないと感じました。でも、だからこそ今日は出来た。貴方が気絶している間に意図して術式を編みました」

──どうして、いつも。

「毎日、権能の練習を少しずつ寝る前にしていてよかった」

誰かを傷つける側に回ってしまうのだろう。

「これほど、しんどいものとは思いませんでしたがね」

花矢《かや》は、こんなのは嫌だと泣いた。

花矢《かや》はいつもいつも、視野が狭いのだ。

『……花矢《かや》様、花矢《かや》様……』

彼が無事に見えていたこと自体、おかしいと気づけなかった。
弓弦《ゆづる》は花矢《かや》を守って抱きかかえていた。衣服も肌も髪も、もっとボロボロで、泥まみれで、
花矢《かや》がその場で取り乱してしまうような姿をしていないと妙だと言うのに。

『ああ、よかった……。起きましたね。痛いところはありませんか？』

弓弦《ゆづる》を見たら、ホッとして、それで思考が停止した。
花矢《かや》にとって、弓弦《ゆづる》はそういう存在だった。
彼が居るから、大丈夫。彼が居るなら、大丈夫。
だから、考えるのをやめた。

『おれは平気です』

近くには、弓弦《ゆづる》が見せるのも躊躇《ためら》う彼の姿があったに違いない。

それを隠したのは彼の優しさだ。

花矢《かや》の為に、弓弦《ゆづる》は幻の自分を作って彼女を逃した。

『正直、いま身体《からだ》が痛いので御身の奇跡の力を分けて欲しいくらいですよ』

大丈夫なわけがない。守《も》り人《びと》だからといって、何でも出来る超人ではないのだ。

弓弦《ゆづる》は花矢《かや》と数歳しか変わらない若者だ。そんな彼が、主だけをその場から離脱させながら消えていく背中を見守ったというのなら、どれだけ心細かったことだろう。

『手はもう痛くありませんか』

傷ついた状態で、それでも花矢《かや》の心を守った。

『……そうですね、そうお願いしたほうがいいのかもしれません』

彼は花矢《かや》の守《も》り人《びと》だから。

弓弦《ゆづる》は花矢《かや》を勇気づけるように微笑《ほほえ》む。

「でも大丈夫です。まだ生きています。生きているからこうして幻を作れた。貴方《あなた》を無事に山から降ろすことが出来ました」

花矢《かや》にとっては残酷なことを、救いとして囁《ささや》く。

「……何でっ‼」

押し付けの救いをされた花矢《かや》は嘆くことしか出来ない。

「二次災害がどう起きるかわからない状況でした。現場から離れることが急務だった」

「でもお前が取り残されてるだろっ⁉」

「そうですね。しかし何度も言いますが、おれは死んではいない。これからたくさんの大人がおれを助けてくれます」

「私は……？」

「貴方《あなた》はどうか無事で、安全な場所に」

「私が弓弦《ゆづる》を助けるべきだろうがっ！」

花矢《かや》は幻術で作られた弓弦《ゆづる》から離れて元来た道へ足を引き返した。しかし、それを父親の英《えい》泉《せん》が腕を摑《つか》んで制止する。

「花矢《かや》っ!!」

父の怒声に、花矢《かや》は一瞬怯《ひる》んだが、すぐまた走りだそうとする。英泉《えいせん》はけしてそれを許さず、いつもより更に大きな声で言った。

「花矢《かや》！　馬鹿なことをするなっ！　お前が上に行ったって何の役にも立たないっ！」

厳しい言葉は花矢《かや》の胸を刺した。

「でも……！」

「黙っていなさい。いいか、弓弦《ゆづる》君がやったことを無駄にするな」

花矢《かや》の心の柔らかいところは痛みを訴える。

しかしそれは愛する人を失いかけ、我を忘れている現人神《あらひとがみ》には必要な言葉だった。

「いまは弓弦《ゆづる》君の為に時間を割くべきだ。お前の『でも』や『だって』を聞く時間じゃない」

英泉《えいせん》はこの時、花矢《かや》の父として、他の親から弓弦《ゆづる》という青年を預かっている大人として最善の行動をすることが求められていた。

「弓弦《ゆづる》君、俺が今から救急セットを持って向かう。大丈夫だ、こういう時の為に講習を受けている。実践は初めてだが救助が来るまでの間、止血をし、雨風から守ってやることくらいは出来る」

英泉《えいせん》の言葉に、幻の弓弦《ゆづる》は少し泣きそうな笑顔になった。

「助かります」

彼だって早く救助してもらいたい。それがその笑顔でわかる。

「携帯端末で連絡しなかったということは、壊れたのか？」

「いえ……紛失しました。多分何処《どこ》かにはあります。花矢《かや》様のお荷物も……すみません。あの酷《ひど》い状況の中で、花矢《かや》様に探してもらうよりは、無事に下山してもらって救助を呼んでもらうほうが良いと考えました。おれは専門家でないのでわかりませんが、あの道はまた崩れるかもしれません。そうしたら荷物を探す花矢《かや》様まで動けなくなる……」

「……」

「それに、もしおれが動けないから荷物を探してくれと正直に言えば、花矢《かや》様はいつまでもあの場に残り続けたと思います。ああいう時に、おれを見捨てる人ではないからです」

弓弦《ゆづる》は花矢《かや》を見た。そして優しく囁《ささや》いた。

「花矢《かや》様。おれは貴方《あなた》が助けてくれる人だとわかっていますよ」

人を守る優しさだ。

「だから、嘘《うそ》をついたんです。無事にまたお会い出来たら、直接謝らせてください」

こういう青年だから、弓弦《ゆづる》も守《も》り人《びと》になれた。

「弓弦《ゆづる》……ごめん……ごめん……」

こういう人だから、簡単に自分を斬り捨てた。

「花矢《かや》様、謝らないでください。おれが戻ってきたら、よくやったと褒めてくだされば良いんです」

英泉《えいせん》は弓弦《ゆづる》の言葉を聞くと、大きく頷《うなず》いた。それから腹を決めた様子で言う。

「了解した。轍《わだち》と、ビーコンを見ながら行けば場所は特定出来るだろう。事故現場付近に荷物があるはずだからな。……花矢《かや》、お前は車の中に居ろ。これから状況説明だの何だのしなくちゃならん。今度はお前が連絡役になるんだ。これは仕事として言っている。いいな？」

英泉《えいせん》は花矢《かや》に無理やり自身の携帯電話と車のキーを握らせた。花矢《かや》と自分の目線を合わせ、言い聞かせるように言う。

「父さんは今から弓弦《ゆづる》君を助けに行く。お前は母さんに電話して救急と国家治安機構《こっかちあんきこう》を呼んでもらいなさい。あの人ならこういう時にちゃんと立ち回れる。母さんにもこっちに来てもらうんだ。予備のビーコンとトランシーバーもありったけ持ってこさせろ。そうしたら俺との連絡は母さんが出来る。あと、警備門の人をこちらに向かわせるように指示しろ。本山より先にだ」

花矢《かや》は泣きながら頷《うなず》いた。そして復唱する。

「母さんに電話する。救急と国家治安機構《こっかちあんきこう》、警備門に連絡する」

自分がいますべきことをけして忘れない為に。

「そうだ。そして本山は最後だ。射手の身元の隠蔽や登山道の秘匿をごちゃごちゃ言ってくるに決まってる。人命より名誉を重んじる可能性が高い。やれることをやってから連絡しろ」

「……わかった」

今度は花矢《かや》が弓弦《ゆづる》を見た。

「弓弦《ゆづる》、私、助けるから」

弓弦《ゆづる》も花矢《かや》を見ている。

「はい、花矢《かや》様」

「待ってて、弓弦《ゆづる》」

「ええ、貴方《あなた》なら出来る。大丈夫ですよ」

そう言うと、本体が限界だったのか眼《め》の前《まえ》の弓弦《ゆづる》は泡のように消えてしまった。

「弓弦《ゆづる》……！」

花矢《かや》も英泉《えいせん》も啞然《あぜん》とする。それまで確かにその場に居た人が忽然《こつぜん》と居なくなった。

今まで話していた相手が幻であった現実を突きつけられる。

頭で理解していも『神聖秘匿《しんせいひとく》』の精度の高さに驚いてしまう。

と同時に、怪我《けが》をしているのにも関わらず並々ならぬ集中力で自分から遠く離れた花矢《かや》に幻を見続けさせ、遠隔操作した弓弦《ゆづる》の術者ぶりにも驚愕《きょうがく》した。

そして最後に残るのは不安だ。彼はきっと、いま意識がない。

「花矢《かや》、やるぞ」

英泉《えいせん》の言葉に花矢《かや》は涙を手の甲で拭って頷《うなず》いた。

こんな日でも朝は無事訪れる。

たくさんの民がそうであるように、誰かの働きによって誰かの生活が支えられ、また誰かの暮らしに大きな悲しみが訪れようと、その日が最良の者も居る。人の生とは、その繰り返しだ。

巫覡弓弦《ふげきゆづる》の捜索は速やかに行われ、国家治安機構《こっかちあんきこう》や巫覡《ふげき》の一族の要請により不知火《しらぬい》岳周辺は【地すべり】の影響で一時封鎖となった。大和《やまと》にただ一人の朝の現人神《あらひとがみ》を守った守り人《もりびと》は、駆けつけた救急隊により病院へ運ばれた。幻ではない本物の弓弦《ゆづる》の姿は、彼自身が言っていた通り頭部の損傷が酷《ひど》く、生きているというよりかは単なる血まみれの死体に見えた。

医療機関の手に彼の身体《からだ》が渡った時には既に遅く、危篤状態に陥っていた。

弓弦《ゆづる》の家族は息子を看取《みと》るよう連絡を受け、エニシに直ちに向かった。

巫覡花矢《ふげきかや》、並びに花矢《かや》の家族も決断を迫られた。

残酷なことを、娘に言うのを決断したのは英泉《えいせん》だった。

「花矢《かや》、お前、今日も山に登れるか」

何があろうとも、朝と夜の天蓋は撃ち落とさなくてはならない。

嵐が起きても山を歩き。
轟《とどろ》く雷鳴が鳴り響こうとも舞い踊る。
友が死のうと。家族が死のうと。恋人が死のうと。
歌い、踊れ、撃ち落とせ。

それが神の代行者《だいこうしゃ》たる存在なのだからと。

第三章

かけら星見つけた

それが白昼夢であることは、わかっていた。

『花矢様《かや》』

彼が五体満足な姿で駆け寄ってきたからだ。

『弓弦《ゆづる》、大丈夫だったのか』

『ええ、花矢様《かや》、助けてくれてありがとうございました』

何処《どこ》で起きているかもわからない、真白の世界で繰り広げられる都合の良い夢だ。

『……良かった。本当に良かった。心配で、胸が張り裂けそうだったよ……』

『本当にご迷惑をおかけしました』

『迷惑なんて……。弓弦《ゆづる》、こっちこそ迷惑をかけた。もうあんなことしないでくれ。私は化け物だって言っているだろう。助けなくて良かったんだ』

『そんなこと出来るわけないと貴方《あなた》も知っているでしょう……。おれが貴方《あなた》を見捨てられるはずがない。花矢様《かや》……大変な出来事でしたが、二人共無事で良かったです』

『うん……』

吐き気がするほど自己満足な妄想。

『どうして泣いているんです』

『……うん』

『嬉《うれ》しくてですか？』

『………悲しくて』

『おれは無事なのに……』

『お前が少しでも損なわれたことが嫌なんだ。お前の血一滴でも、流れるのは嫌だ』

妄想の中でも彼は優しい。

『それはそれは……花矢様《かや》。そんなに、おれを失うのが怖かったですか？』

優しい。

怖かったよ、と答える。
否、泣きじゃくりすぎて、それはただの嗚咽《おえつ》になってしまった。
彼は自分の為に泣いてくれる主を見て嬉《うれ》しいのか、微笑《ほほえ》む。

『でも、もう大丈夫ですよ』
『本当か……？』

——嗚呼《ああ》、大丈夫になりたい。

『ええ、大丈夫です』
『そうは思えない。これからも怖いことが起こるかもしれない』
『おれがまたお守りします』
『違う、自分のことならいいんだ。弓弦《ゆづる》、お前が失われるような事態が耐えられない』
『……』
『傍《そば》に居てくれ。でも、大切な時は私を見捨ててくれ』

──これが本当なら。

『難しいことを言いますね』

『本心だ。私のせいでお前を失いたくない。馬鹿みたいだよな。私がお前を手放していればこんなこと起きなかったのに』

『花矢様《かや》……』

『弓弦《ゆづる》、どうして見捨ててくれなかったんだ。どうして……』

『そんなこと、当たり前でしょう。おれは貴方《あなた》を守る為に此処《ここ》に居るんです。守らなければ存在意義を失う。木偶《でく》の坊《ぼう》になってしまう』

『……何も出来なくていい。私はただ、お前が傍《そば》に居てくれるだけで良かったんだ。本当だよ。私が守ってもらいたいのは身体《からだ》じゃなくて心なんだ。弓弦《ゆづる》、もう絶対に危険なことをしないで』

『こうして無事だったんです。そんなこと仰《おっ》しゃらないでください』

『お願いだよ、危険なことをしないで。嗚呼《ああ》、でも……帰ってきてくれて嬉《うれ》しい……』

『おれも帰ってこられて嬉《うれ》しいです、花矢様《かや》』

──これが本当なら良かった。

現実はそんなに優しくはない。

「花矢《かや》」

声をかけられて、意識を取り戻す。

休むことなく動き続けた弊害か。それとも救いを求めた祈りのせいか。

花矢《かや》は病院の中でありもしない夢に浸っていた。現実があまりにも厳しすぎて、死を望む心が必死に身体《からだ》を生かそうとしているのかもしれない。

「あちらのご両親が来たようだ。礼儀正しく……な」

抜け殻のようになっている娘に、英泉《えいせん》は遠慮がちに言う。何か少しでも衝撃を与えたら、壊れてしまうかもしれない。そんな様子の我が子に、それでも試練を与えねばならない。

「説明は母さんがしてくれているだろうから、とにかくこちらは誠意を見せる。お前も辛《つら》いだろうが、ご両親はもっと辛《つら》い。それをわかって、ちゃんとした振る舞いが出来るな？」

「……」

花矢《かや》は返事をしたかったのだが、喉が渇きすぎて言葉が出なかった。

「花矢《かや》……？」

何とか意思表示をしたくて俯《うつむ》いたまま頷《うなず》く。自分の手が見えた。爪の中に血の塊がある。弓弦《ゆづる》の血だ。彼女が齎《もたら》した朝の日の光の中で照らされて、赤黒く存在を主張していた。

『これはお前のせいで流れた血だ』と。

胸に痛みが走る。涙腺が刺激された。

無理やり顔を上げてしずくがこぼれるのを防ごうとするが、無駄なあがきだった。弓弦《ゆづる》が自身を庇《かば》ったせいで大怪我《けが》をした。命が危うい。その事実があまりにも重すぎて、悲しすぎて、涙は止まっては流れ、止まっては流れ続ける。

頬肉や舌を噛《か》んで、何とか唾を作って飲み込んだ。ようやく喉が音を発する。

「ごめん、聞いてる。すぐ、反応出来なくて」

心配している父親に花矢《かや》はそう返す。

「ああ、大丈夫だ」

「ちゃんと、する」

「……」

「ちゃんと、出来る」

あまりにも痛々しい姿に、英泉《えいせん》は嘆息した。

やがて花矢《かや》は弓弦《ゆづる》の両親と対面して、深々と頭を下げた。

「申し訳ありません。私のせいです」

それでは足りず、膝をついて額を床につけようとしたが誰かが止めた。

「……申し訳ありません、申し訳ありません……」

謝られている相手は何も言えず泣いている。

「私が御子息を危険に晒《さら》しました……。すべて私のせいです」

弓弦《ゆづる》の父親は泣いている母親の代わりに言った。貴方《あなた》のせいではないと。

「いいえ、私のせいです……」

病室にはもう家族しか入れない。

花矢《かや》は家族ではないので、病院の白い廊下でただひたすら弓弦《ゆづる》の家族に謝るしかなかった。

「申し訳ありません……申し訳ありません……申し訳ありません」

お許しください、とは一言も口にしなかった。

「申し訳ありません……本当に、申し訳ありません。私がすべて悪い。私が何もかも間違っていました。御子息を守り人《もりびと》にと願ったことの罪の重さをわかっていませんでした。本当に申し訳ありません……申し訳ありません……申し訳ありません」

きっと嫌われている、と言った弓弦《ゆづる》の母親に涙ながらに睨《にら》まれながら、ひたすら頭を下げた。

――嗚呼《ああ》、死んでしまいたい。

「申し訳ありません」

不知火《しらぬい》岳で地すべりが起きたことは町であっという間に広がった。

事故発生は暁《あかつき》の射手《しゃしゅ》が光の弓矢で夜の天蓋を撃ち落とした後。東雲《しののめ》の空がお目見えし、曙《あけぼの》を越え、朝を迎えようとした頃だった。

花矢《かや》と英泉《えいせん》が中心となり事故現場対応は速やかに行われたが、弓弦《ゆづる》の容態は想定より悪く、重傷だった。花矢《かや》は元守《も》り人《びと》である弓弦《ゆづる》の父親にも連絡し、弓弦《ゆづる》の両親は飛行機で現住所の帝州《ていしゅう》からエニシへ飛んだ。

エニシの空港から不知火《しらぬい》まで車で二時間半ほどかかる。

花矢《かや》の母である朱里《しゅり》が事故現場対応を途中で切り上げ、即座に空港に車を走らせ、送迎を果たした。そして、花矢《かや》は弓弦《ゆづる》が運び込まれた不知火《しらぬい》の病院で彼の両親と対面していた。

「花矢《かや》様、とにかく御身は一度お休みになられてください……もう、此処《ここ》は大丈夫ですから」

花矢《かや》を気遣うように声をかけてくれたのは元守《も》り人《びと》だった。

花矢《かや》はずっと下げ続けていた頭を上げて彼を見る。

「蒼糸《そうし》……」

弓弦《ゆづる》の父、巫覡蒼糸《ふげきそうし》は弓弦《ゆづる》とはあまり似ていない男だった。

恐らく、顔立ちは蒼糸《そうし》の後ろで肩を震わせて泣いている妻のほうに似たのだろう。

少し猫背で、背はひょろりと高いが身体《からだ》は細い。眼鏡をかけた温厚そうな男だ。

「御身は今日も神事があります。ずっとお食事もとらず対応にあたってくださっていたと聞きました。服を着替えてもいない。泥と血だらけです。一度屋敷《やしき》にお戻りください」

輝矢《かぐや》と共に射手の環境改善をし、花矢《かや》に滅法慕われていた元守り人《もりびと》。

その割に佇まいは平凡過ぎたが、一声発すると不思議と求心力を発揮する人物だった。

「蒼糸《そうし》、弓弦《ゆづる》がどんな状態になるかわからないのに帰れない……」

静かな廊下に響く寂声《さびごえ》が、強制的に他者の耳を傾けさせる。

「息子のことは……あとは家族が看護します」

喋《しゃべ》りかけられると、高僧に説法でも受けているかのような心地になる。

この点は少し巫覡輝矢《ふげきかぐや》と似ているかもしれない。

輝矢《かぐや》は見た者をしばしば圧倒する厳かな空気を纏《まと》っている。

蒼糸《そうし》の場合は見るからに穏やかな男だが、言葉をかけられると背筋がびしりと伸びてしまう。

外柔内剛《がいじゅうないごう》の男と言えた。

「蒼糸《そうし》、でも私は、私は弓弦《ゆづる》の主で」

花矢《かや》も蒼糸《そうし》には強く出られない様子だ。

「……花矢《かや》様、もういいんです」

恐らく、花矢《かや》にとって蒼糸《そうし》は正しく『年長者』なのだろう。

自分を孤独から救い、守ってくれた一生頭が上がらない年上の人。

だからこそ花矢《かや》は深く畏敬の念を払う。二人は主従関係ではあるし、表面上そう振る舞っているが、実際のところ関係の主導権を握っているのが蒼糸《そうし》なのは一目瞭然だった。

「……あと一晩か二晩かで、息子は朝と夜の神の元へ旅立ちます。ですから、もういいのです」

感情を押し殺して言われた諦めの言葉は、とても残酷だった。

とはいえ、それは花矢《かや》の為に吐かれていた。空に矢を射る時以外は、ただの娘でしかない花《か》矢《や》が出来ることは少ない。それ故、平身低頭していた。誰かが『もういい』と言わないと、花《か》矢《や》の謝罪は終わらない。

「でも、何か出来ることが……！」

許してもらえなくても謝ることは花矢《かや》にとって誠意だ。

だがそれは『遺族』になる人々の目にはどう映るだろう。

「花矢《かや》様、これは誓って恨みで言っているわけではありません。予《あらかじ》めご了承を……。どうか、最後は家族で過ごさせて欲しいのです」

自分達だけで悲しみを共有させてくれない、この事件の元凶にどんな感情を抱くか。

目障《めざわ》り。邪魔。

煩わしい。消えてくれ。

今が恐らくそうだ。

言葉を失っている花矢《かや》に、蒼糸《そうし》はぽつりぽつりと雨が降り出すような喋《しゃべ》り方で続ける。

「これから弓弦《ゆづる》の兄達も来ます。親戚も。幼馴染《おさななじみ》にも声をかけました。花矢《かや》様のお傍《そば》で育んだ約三年の守《も》り人《びと》生活……その間に彼らは弓弦《ゆづる》と会えませんでした。ですから、どうかみんなが心静かに弓弦《ゆづる》を見送れるように……。そして花矢《かや》様も、弓弦《ゆづる》のことを受け止められるように、一度病院を離れていただきたいのです」

花矢《かや》はかつて大層慕った相手から、大きな拒絶を受けていた。

いま言われていることは、確かに優しさでもあるのだが排除でもある。

花矢《かや》は弓弦《ゆづる》の家族ではない。この事件の被害者でもあるが、弓弦《ゆづる》を危篤状態に貶《おとし》めた原因でもある。そんな娘が顔面蒼白《そうはく》になりながら泣いて謝罪を続けていれば、親族が心穏やかになれないという蒼糸《そうし》の主張はもっともと言えばもっとも。

もし、弓弦《ゆづる》の口がきける状態であったなら、花矢《かや》の見舞いを歓迎し、自分の家族にも大切な人だ、温かく迎えてくれと頼んだだろう。しかし、弓弦《ゆづる》は意識不明の重体だ。

花矢《かや》に此処《ここ》に居て良いと言ってくれる人は誰一人として居なかった。

弓弦《ゆづる》が花矢《かや》を愛していたこと。花矢《かや》も弓弦《ゆづる》を慕っていたこと。

二人の主従関係は広く知られていない。

「花矢《かや》様……」

蒼糸《そうし》の瞳には、疲れと、絶望と、悲しみと、そして花矢《かや》への憐憫《れんびん》が交じっていた。

食い下がる花矢《かや》に、蒼糸《そうし》は尚《なお》も諭すように声をかけた。

「恨んではおりません。貴方《あなた》には弓弦《ゆづる》が必要でした」

理性的な人だった。自分も大きな不幸に見舞われているのに、花矢《かや》という娘が責めるべき相手ではないとちゃんとわかっている。

「……そして、花矢《かや》様に息子を渡したのは僕です」

起きた出来事はもう仕方がない。

しかも危篤の原因が天災だ。誰にもどうしようもない事件だった。

もし、やり直すとしたら、花矢《かや》と弓弦《ゆづる》の出会いからやり直さなければならない。

それ故、仕方ないとなる。言いたくなくても花矢《かや》の為にそう言わざるを得ない。

「蒼糸《そうし》……」

花矢《かや》はそれでも追い出さないで欲しい、と目で訴えるがやはり蒼糸《そうし》は首を横に振った。

「弓弦《ゆづる》も、電話をくれる度に貴方《あなた》のことばかり話していた。あの子は花矢《かや》様にお仕えするのが生き甲斐《いがい》のようでした」

「………私は、私のほうが、弓弦《ゆづる》を必要としていて……」

「僕が元守り人《もりびと》だからか、対抗心を燃やされてもいましたね。……生意気だと思いつつも僕はそれが少し嬉《うれ》しかった。自分が為せなかったことを息子が頑張ってくれる。花矢《かや》様のお役にも立ってくれる。あの子は自慢の息子でした」

もはや、蒼糸《そうし》の言う言葉はすべてが『過去形』だった。

彼は弓弦《ゆづる》の死を受け止めようとしているのだ。

だから花矢《かや》に頼み込んでいる。


「花矢《かや》様、お願いです。最後は家族で」

神様は何処《どこ》かに行ってくれ、と。


冷たいが、当然の要求でもあった。

その後、花矢《かや》は呆然《ぼうぜん》として立ち尽くしてしまい、朱里《しゅり》と英泉《えいせん》に半ば引っ張られる形でその場から離された。

そして言われるのだ。父である英泉《えいせん》に。

『花矢《かや》、お前、今日も山に登れるか』と。

問われた花矢《かや》は、答えることが出来なかった。

花矢《かや》、朱里《しゅり》、英泉《えいせん》は病院のロビーで互いに黙ったままでいる。

「……英泉《えいせん》さん」

最初に沈黙を破ったのは朱里《しゅり》だった。もう決意した顔で言葉を続ける。

「今日、本当なら花矢《かや》の神事に付き合うのは私だった。でも、貴方《あなた》行けますか……？」

「……行けるが、しかし」

「誰かは病院に残らなくては。貴方《あなた》と私、弓弦《ゆづる》さんのご両親とお話をするなら、きっと私のほうがいいです」

「こっちに残るほうが辛《つら》いぞ……」

「わかってます。でも、貴方《あなた》口下手だから」

「……それは」

「私が弓弦《ゆづる》さんのご家族とお話をするほうがいいわ」

「……」

英泉《えいせん》は黙りこくる。口下手は自分でも自覚しているのだろう。英泉《えいせん》と朱里《しゅり》。指示系統なら英《えい》泉《せん》が上だろうが、こういう時に人を思いやって行動出来るのは朱里《しゅり》だ。【遺族】と時間を共にすることを考えると、やはり朱里《しゅり》が適任だった。

「花矢《かや》ちゃん……山に登りなさい、とはお母さん言わないわ」

朱里《しゅり》はずっと泣いたまま口がきけないでいる花矢《かや》の手を取った。

「いえ、言えないの……。いまの花矢《かや》ちゃんの気持ちを考えたら、お母さん、とてもじゃないけど言えない……」

「……」

花矢《かや》は口を開こうとしたが、言葉が喉を通らなかった。

「でも、行く準備はしましょう。弓弦《ゆづる》さんが大変なことになってしまった。もちろん、あの子は花矢《かや》ちゃんに大層優しくしてたから、ただ好意でそうしてくれたのだと私はわかっているけれど……」

花矢《かや》の手をさすってやりながら言う。

「守《も》り人《びと》だから貴方《あなた》を助けてもくれたというのも事実なの」

どうか娘に降り注ぐ罪が少しでも軽くなりますようにと祈りながら。

「あの子は本当に出来た子だから、今も意識があるならきっと言うわ。『花矢《かや》様、朝を齎《もたら》しましょう』って……」

花矢《かや》は何処《どこ》にも合っていなかった目の焦点を朱里《しゅり》に合わせた。

いつの間にか、朱里《しゅり》も泣いていた。我が子のみならず弓弦《ゆづる》のことも心配しながら送り出していたこの母親が泣かないわけがないのだ。今も声が涙に染まっている。

「少し、休んで……それから、考えて。お母さん、花矢《かや》ちゃんがどっちの決断をしてもそれを尊重するから。無理やり行かせる人が居るなら盾になるわ」

きっと、そんなことは出来ない。巫覡《ふげき》の一族も続々と集まり始めている。

もう次の守り人《もりびと》はどうするか、不在の間の穴埋め、その組分け編成すら本山で検討されているのだ。かつて弓弦《ゆづる》の父である蒼糸《そうし》がしたように。

母親がどれほど優しい言葉をかけても、花矢《かや》は無理やり山に行くことになるだろう。

休みが許される身分ではないのだから。

「英泉《えいせん》さん、それじゃあ二人共一度屋敷《やしき》へ。雨や泥で汚れたままよ。温かいお風呂《ふろ》に入って、気を落ち着かせてきて。少し眠ったほうがいいわ」

「……そうだな。花矢《かや》、行くぞ」

「……」

花矢《かや》はやはり何も答えられなかった。朱里《しゅり》にすがってわんわん泣くこともしなかった。

涙はずっと流れていたが、誰かを求めることは出来なかった。

それをしたい気持ちは少なからずあったが、いまこの時自分だけが『お母さん』と泣いてしまうのは違うと感じた。

——弓弦《ゆづる》。

花矢《かや》の守り人《もりびと》はもうずっと母親に会っていない。会わせようとした矢先に、これだ。

そして弓弦《ゆづる》が家族に会えていない原因は花矢《かや》だ。

彼だって、きっと母親に『ただいま』や『久しぶり』が言いたかったはずなのに。

——間違っている。

弓弦《ゆづる》に起きている何もかもが。

——間違っている。

漠然とそう思った。花矢《かや》は自分が現実を受け入れられないだけだと理解していたが、頭の中ではずっと間違っているという言葉が響き続けた。

心も身体《からだ》も凍りついて黙りこくってしまった娘を、英泉《えいせん》は手を引いて車に乗せ、屋敷《やしき》に連れ帰った。彼も身体《からだ》中血と泥だらけだ。

「……ただいま。ほら、花矢《かや》……靴を脱げ」

そして全身耐え難《がた》いほどの痛みと疲労に襲われていた。

気絶している弓弦《ゆづる》を見つけ出し、応急手当をし、救急隊が来るのに時間がかかると知ると弓《ゆ》弦《づる》を背負って下山。救助を本業としていない男が、それでも青年を救おうとがむしゃらに動いてやっとありつけた休憩だった。

「花矢《かや》、ちょっと父さん休ませてくれ……もう少ししたら、風呂《ふろ》を沸かしてやるから……」

大広間の長椅子に花矢《かや》を座らせると、自分も床に座り込んでそのまま一歩も動けなくなってしまった。はあ、と長いため息が漏れる。

英泉《えいせん》は普段とは違い、熊対策の為に花矢《かや》達に同行していたので昨日から一睡もしていない。

眠っていられる状況ではないという意識が、眠気を吹き飛ばしてはくれていたが、身体《からだ》はどんどん重くなるばかりだ。

ショック状態の娘にかける言葉も浮かばない。

一人にしてやることも考えたが、花矢《かや》の顔を見るとそれも出来なかった。ただ親子で寄り添うように悲しみの中で佇《たたず》む。父親だからといってこんな時に何でも出来るわけではない。

「……何だ？」

腰を落ち着けた途端に携帯端末の着信音がした。英泉《えいせん》の携帯端末だ。花矢《かや》に渡してからまた自分の懐《ふところ》に戻ってきていたそれを震えが混じる手付きで探す。

着信は巫覡《ふげき》の一族の本山からだった。

英泉《えいせん》は舌打ちをする。

「花矢《かや》、父さん廊下で電話してくる。長くなるかもしれない。自分で入れるようなら風呂《ふろ》に入りなさい。シャワーでも良いが、湯を沸かしたほうがいいぞ」

そう言って、悲鳴を上げる身体《からだ》に鞭打《むちう》って立ち上がった。

現場の混乱と悲哀を無視した事務的な会話を、いまの娘に聞かせたくはないという親心だ。

「あと、お前の荷物は全部は回収しきれていないが、幾つか車の中にある。携帯端末だけはここに置いておくから……。落ち着いたら充電しておきなさい。母さんはああ言ったが、今日神事を行わないという選択肢はない」

「……」

「弓弦《ゆづる》君の為に、絶対にするんだ」

そう言い残して、英泉《えいせん》は大広間を出た。花矢《かや》が返事をしなかったことは気にしなかった。

まだやらねばならないことがある英泉《えいせん》に余裕はない。

娘が自死を図る、という想定すらなかった。

「…………」

一人ぼっちになった花矢《かや》は身動きすら出来ずにいる。

静寂の中、頭の中に言葉が浮かんでいた。


――死んだほうがいいのでは。

次々と湧いてくる自殺願望に抗《あらが》えない。


――侘《わ》びて死ぬべきでは。

――弓弦《ゆづる》が死ぬなら自分も死にたい。


これほどまでに自分の死を願うのは初めてだった。

——射手になった時、死にたいって思った。

あれはいま振り返れば『逃げたい』が正しい感情だったと花矢《かや》は悟った。

辛《つら》くてどうしようもないことから逃げたい。

でも、助けてくれる人が居れば頑張れる。

誰か助けて。

だから花矢《かや》は守《も》り人《びと》にすがったのだ。蒼糸《そうし》にすがった。

今回はそうではない。

弓弦《ゆづる》という存在を救えないのであれば、これからの人生で誰かが支えになってくれようがまったく意味がない。

そんなのは意味を成さないとはっきりわかっていた。

——だから死ななくては。

花矢《かや》はこの時になりようやく本当の自殺願望というものがどういうものか理解した。

『したい』ではなく『しなくては』という強迫観念が降ってきてしまうのだ。

——死ななくては。

弓弦《ゆづる》が死ぬ。

この世から居なくなる。

なら自分も消えてしまいたい。

いや、消えなくてはおかしいのでは。そうだ、おかしい。だからそうすべきだ。

本当は死にたくないとしても死なねばならない。

だってそうしなくてはいけないのだから。

冷静に考えれば奇妙な精神構造なのだが、願っている時にはわからない。

「……」

ただ、どうやって死ねばいいのか、どういう方法ならいいのかという問題は宙に浮いていた。

何故《なぜ》なら、巫覡花矢《ふげきかや》は巫《かんなぎ》の射手《しゃしゅ》。

大和《やまと》にただ一人の『朝』。

射手は射手である限り不死のような身体《からだ》となる。

傷ついた血管も血肉も臓器もすぐ回復する。

高所から身を投げても無駄だろう。

無尽蔵に溢《あふ》れる生命力が、花矢《かや》を治癒してしまう。

頭を猟銃で撃ち抜いても恐らく生きている。

首吊《くびつ》りなどもってのほかだ。ただ苦しいだけの時間が延々と続くだけ。

何をやっても、花矢《かや》はやがて運命に無言で提示されるのだ。

どんな時でも、空に矢を放てと。

否応《いやおう》なしに、自分が何であるか思い知らされる。

「……」

涙腺がまた刺激されて、はらはらと涙が溢《あふ》れた。

花矢《かや》は嗚咽《おえつ》をこらえきれず、しかし廊下に居る父に聞こえぬように静かに泣き続ける。

──弓弦《ゆづる》。

彼に会いたい。

──弓弦《ゆづる》。

もう来ないでくれと蒼糸《そうし》に言われたとしても、一目会いたかった。

次は死んだ時にしか顔を拝めないのだろうか。いや、そもそも葬式に入れてもらえるかもわからない。きっと親族は花矢《かや》の立ち入りを良しとしない。表向きは迎えてくれても、死の原因である娘に参列などして欲しくないだろう。挨拶だけして早々に立ち去るのが礼儀だと両親に諭される可能性が高い。そこまで考えたところで、花矢《かや》は吐き気と目眩《めまい》がした。

──もう死んだことを考えている。

弓弦《ゆづる》はまだ病院で命を繋《つな》いでいるのに。

花矢《かや》は拳を握って、自分の膝を叩《たた》いた。弱々しい力。それでも、少しでも自分に痛みを与えたくて膝を殴り続ける。

──本当にもう手はないのか。

今から大きな病院に移送するのは現実的ではない。その間に死んでしまうだろう。

──私の身体《からだ》を使うことは出来ないのか。

弓弦《ゆづる》だってその権能が欲しいとつぶやいていた。

この呪われた不死の身を役立てることは出来ないのか。朝の為ではなく、彼の為に使いたい。

それで自分が死んでしまうと言われたって、喜んで差し出すのに。

──もう、他に手は。

本当にないのだろうか？

「……」

花矢《かや》はもう一度大きく拳を握って、膝を殴った。

きっと、内出血している。だがすぐ治るのだからどうでもいい。

弓弦《ゆづる》のことを後追いすることも出来ない身体《からだ》など気遣う必要はなかった。

「花矢《かや》、まだそこに居たのか」

英泉《えいせん》が廊下から大広間に戻ってきた。電話が終わったのだろう。また泣いている娘を見て、
英泉《えいせん》は何度目かわからないため息を漏らした。

「しんどいな……」

そうとしか言えない。

英泉《えいせん》は視線を花矢《かや》から逸《そ》らした。痛々しくて見ていられなかった。

視線を移した先は大きな掃出し窓から見える外の景色だ。まだ雨は降り続いている。大雨警報は解除されたが晴れ間は見えそうにない。雲が空を覆い、天も花矢《かや》と同じく雨という涙を流していた。日中だというのに部屋は暗い。英泉《えいせん》はたまらず、部屋の電灯を点《つ》けた。

「……電話がな、本山からで…………」

英泉《えいせん》は花矢《かや》に話しかけるが、花矢《かや》は反応を示さない。

それでも、英泉《えいせん》は少しずつ花矢《かや》を日常へ戻す為に語りかけた。

「……単なる連絡事項だった。いまエニシから冬の代行者様《だいこうしゃ》が冬顕現を始めているだろう? 不知火岳《しらぬい》があんなことになった余波があちらにも出ていてな……」

現在の時刻は午後三時過ぎ。あと数時間もすればまた山に登る準備を始めなくてはならない。

「大規模顕現をする場所は事故現場とは違うところだが、念の為に日程をずらして来るそうだ。まあ、そのほうが良いと俺も思う。秋から降っていた雨が地中に溜《た》まり、そして今日の雨がきっかけで地すべりが起きた、というのが現状の見解らしいからな」

きっと今頃、黄昏《たそがれ》の射手《しゃしゅ》も空の天蓋を打ち破る為に竜宮《りゅうぐう》の山を登り始めている。

「地すべりというのはいつ起きるかわからないらしいんだが……それにしたって近日は避けたほうが良い。せめて雨が止《や》むまでは。現場の声としてそう伝えておいた」

巫《かんなぎ》の射手《しゃしゅ》は毎日、朝と夜を齎《もたら》さなくてはならないのだから。

「……花矢《かや》」

英泉《えいせん》は、また花矢《かや》の様子を窺《うかが》う。少しは現実を見てもらわなくては困るのだが、彼女はやはり何処《どこ》を見ているかわからないままだった。

「花矢《かや》、父さんに何か出来ることがあれば言いなさい」

「……」

花矢《かや》は答えない。

「何かして欲しいことはないか」

「……」

答えない。

「……わかった。とりあえず、風呂《ふろ》を沸かすぞ。二階のお前の部屋の風呂《ふろ》にしていいな？　父さんは一階のほうを使うから……」

依然として、答えない。

しかし、そんな彼女に少しずつ変化が訪れ始めた。

「……冬」

ぽつりと、声を漏らしたのだ。二階へ行こうとしていた英泉《えいせん》は立ち止まった。

「冬顕現のことなら、不知火《しらぬい》は延期されたからこの天災の中で更に雪も追加……なんてことにはならない。大丈夫だぞ」

そう言って振り返ると、先程とは打って変わって感情を露《あら》わにしている花矢《かや》が居た。

彼女はひどく焦《あせ》っていた。

「違う、父さん……冬だ……！　携帯っ！」

花矢《かや》は急に身体《からだ》を動かし始めた。英泉《えいせん》は最初自分の携帯端末を貸して欲しいのかと思い、それを差し出したが、花矢《かや》は『違うっ』と切羽詰まった様子で言う。

「お前のか？　これがそうだ。電池の残量少ないぞ」

「じゅ、充電、今すぐっ！」

その時にはもう花矢《かや》は長椅子から立ち上がっていたが、慌てて充電器を探したせいか、その場で転んだ。英泉《えいせん》はぎょっとする。恐らく、膝の皿が割れてもおかしくない転倒だったが、花《か》矢《や》は自分の足などどうでも良いのかそのまま這《は》って辺りを見回した。

「充電器っ!!」

悲鳴のように花矢《かや》は叫ぶ。仕方なく英泉《えいせん》は床に放っていた自分の鞄《かばん》から端末充電器を取り出してやった。コンセントに挿して、花矢《かや》の端末に繋《つな》げて渡す。

「花矢《かや》、お前膝から血が……」

「私は化け物だからすぐ治るっ！」

父親の心配をよそに、花矢《かや》は端末を操作し始めた。どこかに電話をかけている。

端末の名前表示には『輝矢《かぐや》兄さん』と記されていた。

南の島に住んでいる花矢《かや》の唯一の同僚。

尊敬している先輩。幼い後輩の為に奔走してくれた信頼出来る大人。

花矢《かや》の人生で、大きな影響力を及ぼした人だ。

「お願い、出て、お願い、お願い、お願い、お願い、お願い」

手が震えている。声も、震えていた。

英泉《えいせん》は娘が気が触れてしまったのかとその姿を唖然《あぜん》として見続ける。

「お願い、出て、お願い、お願い、お願い」

花矢《かや》は祈りを込めて言い続ける。

「お願い、お願い、輝矢《かぐや》兄さん……出てっ！」

気が狂わんばかりに叫ぶ花矢《かや》の悲痛な願いは、やがて聞き届けられた。


『花矢《かや》ちゃん？』


花矢《かや》の耳に、優しくて、しかしどこか寂しい大人の男の声が響く。

『花矢《かや》ちゃん……？　どうしたんだ。俺、いま竜宮岳《りゅうぐうだけ》なんだけど……』

「輝矢《かぐや》兄さん、お願い助けて」

花矢《かや》の切羽詰まった声音に、輝矢《かぐや》が一瞬息を呑《の》んだ。その音が端末越しに花矢《かや》にも聞こえる。

「弓弦《ゆづる》が死にそうなんだ。お願いだ、助けて欲しい。輝矢《かぐや》兄さん……」

『ちょっ……初耳だぞ！　どうしたんだ』

「助けて、お願いっっ……」

『俺が出来ることで弓弦《ゆづる》君が助かるのか？』

「わからない、でも何でもしたい……！　弓弦《ゆづる》の為に何でもしたい！」

花矢《かや》はいま、一縷《いちる》の望みにかけていた。

春が終わり、夏が来て、秋が過ぎ、そして冬。

花矢《かや》はこの駆け巡る四季の中で、ある行動をしている。

今こそ、それを使うべきだった。


「冬の代行者《だいこうしゃ》様に取り次いでくれないか」

どんなに侮蔑されようが構わない。

「夏の貸しを返してくれるか、お伺いを立てたい」

名誉も恥も、彼を守る為ならいくらでも捨てられた。

第四章

神様会議

黎明《れいめい》二十年、十一月八日。午後三時台。大和《やまと》最南端竜宮《りゅうぐう》、巫《かんなぎ》の射手《しゃしゅ》の聖地『竜宮岳《りゅうぐうだけ》』。

彼の地では夜を司《つかさど》る現人神《あらひとがみ》、巫覡輝矢《ふげきかぐや》が登山をしている最中だった。

あと数時間で日の入り時刻となる。射手はそれまでに聖域に到達していなければならない。

本来ならこの登山も邪魔を許されない神聖なものではあるのだが、聖域がある場所まであと少しという所で突然の電話着信が入り、輝矢《かぐや》の歩みが止まった。


「花矢《かや》ちゃん？」


携帯端末片手に、驚いた表情を浮かべている輝矢《かぐや》。その傍《そば》には少年守《も》り人《びと》の巫覡慧剣《ふげきえけん》の姿もあった。紆余曲折《うよきょくせつ》を経て主の御下へ戻った少年は、夏より大分顔色が良くなっている。

慧剣《えけん》は輝矢《かぐや》に『大丈夫ですか？』と目で訴えるが、輝矢《かぐや》もわからず肩をすくめた。

「花矢《かや》ちゃん……？　どうしたんだ。俺、いま竜宮岳《りゅうぐうだけ》なんだけど……」

『輝矢《かぐや》兄さん、お願い助けて』

聞いたことのない声音で救いを求める花矢《かや》に、輝矢《かぐや》はまた驚かされた。

——助けてって。

どうやらのっぴきならない状況なのだということは察せられた。

そもそも、同じ巫《かんなぎ》の射手《しゃしゅ》である彼女が恐らくは登山中であろう輝矢《かぐや》に電話をかけてくる事自体が異例なことではある。かけては駄目というわけではないが、礼儀作法としては正しくないからだ。それを知らない娘ではない。そして知っていて破る娘でもなかった。

そんな彼女が不敬を承知で連絡をしてきたのなら、それ相応の理由があるのだろう。

『弓弦《ゆづる》が死にそうなんだ。お願いだ、助けて欲しい。輝矢《かぐや》兄さん……』

次に告げられた言葉で、どうして彼女が先輩現人神《あらひとがみ》に緊急の連絡を取ってきたかわかった。

輝矢《かぐや》の頭の中には端末越しで会話をしたことがある青年守《も》り人《びと》の顔が浮かんだ。

「ちょっ……初耳だぞ！　どうしたんだ」

巫覡《ふげき》弓弦《ゆづる》は輝矢《かぐや》から見ても若くて健康的な青年だった。突然、死の危機に陥るような年齢ではないはずだ。花矢《かや》の言葉の端々から滲《にじ》み出《で》る焦《あせ》りが輝矢《かぐや》にもすぐ伝染した。

『助けて、お願いっ……』

——冗談だと思いたい。

あまりのことにそう思ったが、頭の中の冷静な自分がすぐにその不謹慎な考えを否定した。

花矢《かや》は人の死を冗談に使うような娘ではない。輝矢《かぐや》はとりあえず問いかけた。

「俺が出来ることで弓弦《ゆづる》君が助かるのか？」

これは単純に何が出来るかの確認だった。

輝矢《かぐや》は花矢《かや》と同じく囚《とら》われの身で、どんなに可愛《かわい》がっていても遠くに居る同僚の娘に直接何かをしてやることは難しい。だからまずその問いが出た。

『わからない、でも何でもしたい……！　弓弦《ゆづる》の為に何でもしたい！』

花矢《かや》の悲痛な叫びは輝矢《かぐや》の耳をつんざく。

花矢《かや》は、それから一呼吸置いてかすれ声で尋ねてきた。

『冬の代行者《だいこうしゃ》様に取り次いでくれないか』

いつもの彼女と違う雰囲気。たった一人の先輩現人神《あらひとがみ》に大層気を許して話しかけてくる少女神ではなかった。覚悟が決まっている者とでも言えば良いだろうか。

『夏の貸しを返してくれるか、お伺いを立てたい』

聞いてもらえなければその場で死ぬ勢いを感じた。

「か、花矢《かや》ちゃん……夏の貸しってあれか」

衝撃的なことを連続で言われすぎて、うまく働かない頭をなんとか回転させる。

「四季の代行者《だいこうしゃ》様達が音信不通の瑠璃《るり》様とあやめ様を助ける為に……花矢《かや》ちゃんを通じて俺に連絡してもらった……あれのことを言っている？」

今年の夏、輝矢《かぐや》も大変なことに巻き込まれていた。竜宮岳《りゅうぐうだけ》を中心に起きた大騒動は現人神《あらひとがみ》界隈《かいわい》を大いに揺るがした。自身を脅《おびや》かした暗狼《あんろう》は守り人《もりびと》の慧剣《えけん》で、輝矢《かぐや》の心を守る為に彼自身が心を壊した結果、人の道から外れていた。

四季の代行者《だいこうしゃ》達は春に起きたテロ事件を経て今度は内部から攻撃を受け、その過程で輝矢《かぐや》と夏の代行者《だいこうしゃ》が出会い、春と秋と冬も駆けつけ、現人神《あらひとがみ》を私欲の為に殺そうとした者達と戦い、大捕物へと発展したのだ。

その経過で、冬が夏と黄昏《たそがれ》の協力陣営に連絡する為に一度も関わったことのない花矢《かや》へ間接的に接触を試み連絡を頼んだ。その甲斐《かい》あって春夏秋冬の共同戦線は合流出来ていた。

『そう。私から輝矢《かぐや》兄さんに危機を知らせた。あれは少なからず四季の代行者《だいこうしゃ》様方の御役に立ったんだろう？』

輝矢《かぐや》も事のあらましを後に冬の代行者《だいこうしゃ》とその護衛官《ごえいかん》から聞かされていた。

大きな『貸し』が出来たと確かに彼らは言っていた。

——だが、それをいま返せというのは如何《いかが》なものか。

同じ現人神《あらひとがみ》同士。本来なら善意でやるべきものだった。強請《ねだ》るように何かを要求することは、少なくとも輝矢《かぐや》の中では受け入れられない。

「そりゃそうだけど……具体的に何をお願いするんだ。内容によっては通せないぞ」

輝矢《かぐや》は釘《くぎ》を刺すように言った。

彼女がいま大変な事態にあるとしても、理性を失わせてはならない。

『輝矢《かぐや》兄さんは冬の代行者様《だいこうしゃ》への連絡先を教えてくれるだけでいい。そこから私が通してみせる。弓弦《ゆづる》の為にも……！』

「通して見せるって……ちょっと待って。まず状況を整理したい。弓弦《ゆづる》君が死にそうだというのは何で？　病気か何かか？」

『………今日の神事の後、不知火《しらぬい》岳を下山している途中で地すべりが起きて弓弦《ゆづる》が私を守って重症を負った』

「……」

『危篤状態で、もうご家族も看取《みと》りに来てる』

——最悪だ。

想像の何十倍も悪い状況が出来上がっていて、輝矢《かぐや》は口を開けたまま閉じることが出来ない。

立冬が来たとはいえまだ秋の状態のままの竜宮《りゅうぐう》は他地域と比べて温暖なのだが、輝矢《かぐや》の体温は一気に下がった。血の気が引いたとも言える。

「一刻を争う事態というのは理解した……」

輝矢《かぐや》はちらりと慧剣《えけん》を見る。彼の息子のような守り人《もりびと》はきょとんとした顔を見せたが、輝矢《かぐや》は彼の健在を見てほっとすると共に胸が抉《えぐ》られる思いを抱いた。

輝矢《かぐや》も、慧剣《えけん》が失われるとなったら正気ではいられない。

「だから神社や本山経由じゃなく、俺に電話したのか」

『そう。輝矢《かぐや》兄さんに頼るのが一番早いと判断した』

――家族が看取《みと》りに来てる状況で、あとは何が出来るんだ？

輝矢《かぐや》は疑問をそのまま口にする。

「……冬の代行者様《だいこうしゃ》と花矢《かや》ちゃんを繋《つな》げるのは構わないが、それからどうする？」

『秋の代行者様《だいこうしゃ》をご紹介いただく』

「秋って……撫子《なでしこ》様か」

輝矢《かぐや》は嫌な予感がした。もう何を言うかもわかっていたが、咎《とが》めたくて名前を呼ぶ。

「……花矢《かや》ちゃん、それは」

『……秋の御方のお名前は知らない。でも輝矢《かぐや》兄さんから夏の事件のあらましは聞いてる。秋の御方がどんな権能を所有しているのかも』

それは禁忌ではないか、という言葉はいま絶望を味わっている人の前では言葉にすることが難しい。

『生と死を操作出来ると聞いた。私は……どんな代償を払ってもそれをお願いしたい』

その時には、慧剣《えけん》も輝矢《かぐや》の近くに寄って会話を聞いていた。慧剣《えけん》は驚いて叫びそうになり、慌てて口元に手を当ててそれを防いだ。輝矢《かぐや》も叫びたい気持ちではあった。

「………通してもいいが、難しいと思う」

『どうして』

「撫子《なでしこ》様の権能は万能というわけではない。聞いた話によると色々制限や使用条件がある。そもそも、四季の代行者《だいこうしゃ》様は四季《しき》条例《じょうれい》というやつで無闇に権能を使用出来ない。それはそうだろう……俺達と違って使いようによっては世の中をひっくり返すことも出来る代物だ。それを破って行動させるなら、あちらはきっと何かしらのしっぺ返しを食う」

『……』

「何より、巫《かんなぎ》の射手《しゃしゅ》の守《も》り人《びと》とはいえ、まったく関わり合いのない者を癒やすなどご法度《はっと》だろう。彼女に迷惑がかかる」

輝矢《かぐや》の言っていることはすべて正論だった。冷静になれば、花矢《かや》も自分がどれだけ無理難題を口にしているかわかるはず。

『迷惑は承知だ』

だが、すがらずにはいられない。

『出来ることをすべてしたい。弓弦《ゆづる》は私を守って死にかけてるんだ』

「……君を守ったのか」

『守ってくれた。必要ないのに……守ってくれたんだ』

「あの子のことは、まだあまり知らないけれど……端末越しに話していても花矢《かや》ちゃんのことばかり気にかけているのは伝わっていたよ……」

『……弓弦《ゆづる》は良い守《も》り人《びと》なんだ』

「そうだね」

『私は悪い主なんだ』

「……それは違う」

『私は悪人でいい。他の神様に……何て無礼なやつだと思われてもいい。嫌われても……いま、この時……輝矢《かぐや》兄さんに嫌われても……それでも、いい』

花矢《かや》はもう捨てる物など何もない様子で言い募った。

『輝矢《かぐや》兄さん。冬の代行者様《だいこうしゃ》を紹介してくれ。秋の御方に私の願いを届けてもらいたい。何でもするから、弓弦《ゆづる》の命を繋《つな》いで欲しい……お願いだ、何でもする、何でもするから……』

「……」

輝矢《かぐや》はその場で座り込んだ。考える時間が少し欲しかった。一刻を争う状況なのはわかっている。だが、これは良くないことだ。

――今年はどうしてこんなに試練が多い。

実際は昨年から輝矢《かぐや》の厄は続いているのだが、今年の夏の事件が大騒動だったのでそのような印象になる。

――見捨てることも出来ない。

どんな形でもいい。帰っておいでと元妻と守り人《もりびと》の帰還を待ち望んでいた輝矢《かぐや》には、花矢《かや》の気持ちが痛いほどわかった。

「花矢《かや》ちゃん、待ってくれ。いま守《も》り人《びと》にも相談する……慧剣《えけん》」

輝矢《かぐや》は端末を一度耳元から離して、それから自身の守《も》り人《びと》に問いかけた。

「お前の意見を聞きたい。弓弦《ゆづる》君が危篤。花矢《かや》ちゃんは秋の代行者《だいこうしゃ》様にお目通りを願いたいらしい。延命をしたいんだと……」

「はい」

彼は主と目線を合わせる為に自分もその場でしゃがみ込んだ。

「……俺は、これはしてはいけないと思う」

「……」

慧剣《えけん》は唇をきつく結んだ。そうしたくなる言葉だったのだろう。

「撫子《なでしこ》様の権能はただでさえ利用されやすい。春の事件でも賊に拐《かどわ》かされたのは人の生死を操作する力をお持ちだからだと俺も聞かされている」

「……現人神《あらひとがみ》の力を悪用するのはあってはならないことだと思います」

「そうだな」

「でも、強要ではない人助けなら……」

「『人助け』という言葉でこちらの意見を押し通すなら賊と大差ないぞ」

「……」

「それに、話を通すだけでもあちらにご負担をかける。誰も彼もが彼女の権能を頼りにして、断られたら逆恨みする。そういう危険性を増やす行為だ。ここまで聞いてお前はどう感じた？」

　間接的に、この会話は花矢《かや》の耳に届いているだろう。風や葉音、鳥の声は山に満ちているが騒音というほどではない。つまり、輝矢《かぐや》は敢《あ》えて聞かせていた。

　――ごめんな、花矢《かや》ちゃん。

　それを呑《の》み込んでも頼むということを自覚して欲しい気持ちが輝矢《かぐや》にはあった。

「撫子《なでしこ》様、とってもお優しい方だったので……そうなったら傷つくでしょう……でも……」

　でも、と言葉を一度切ってから、慧剣《えけん》は懇願するように輝矢《かぐや》に言う。

「花矢《かや》様の為に……せめてお伺いを立てるくらいは駄目でしょうか？」

「……」

「おれは気丈な花矢《かや》様しか知りません。こんな風にお電話してこられるということは、いま大変お心を乱されています。おれは守《も》り人《びと》です。輝矢《かぐや》様が一番大事ですが、同じく射手であらせられる花矢《かや》様も敬愛しています。お守りしたい。お電話を……するくらいは……」

　どうやら慧剣《えけん》の気持ちはもう決まっているようだった。

「……そうか。お前はそういう気持ちか」

　彼は何か言いたそうな顔をしていたが、輝矢《かぐや》の言葉でまた表情が変わった。

「なら話は別だ。俺も、本当は……花矢《かや》ちゃんの為にお伺いくらいは立てたい。でも秋のお二人にもご迷惑がかかるし、お前にも迷惑がかかるから、ちょっと意思確認がしたかった」

慧剣《えけん》は話の流れが変わったことに喜んだが、すぐ首をかしげた。

「おれの意思確認ですか？」

「ああ」

「どうして確認するんですか」

慧剣《えけん》は無垢《むく》な顔つきで『何で？』という顔を晒《さら》す。

「どうしてって、お前……」

自分の守《も》り人《びと》があまりにも現人神《あらひとがみ》に対して盲目的なので輝矢《かぐや》は苦言した。

「お前と俺はいついかなる時も一蓮托生《いちれんたくしょう》。共犯になるからだよ」

「……共犯」

「……そう、俺がまずいことしたらお前も一緒に非難される。俺達は二人で一つと言える主従だから。正直、この流れは確実に巫覡《ふげき》の一族のお偉方と喧嘩《けんか》するだろう。俺はいいよ。もう本山とは喧嘩《けんか》しまくる仲だから。花矢《かや》ちゃんと弓弦《ゆづる》君に関することなら、喧嘩《けんか》の一つや二つしよう。でもお前は……」

「おれは構いません」

「構うことだ。お前の将来にも関わる。いいか、俺はお前より確実に先に……」

死んでしまうのだから経歴に傷をつけたくない。輝矢《かぐや》はそう言おうとしたのだが、慧剣《えけん》が言葉を封じ込めるように被《かぶ》せてきた。

「むしろ嬉《うれ》しいです」

その先のことを聞きたくなかったのだろう。二人は年の差が離れていて、いつかは別れが訪れる。恐らく、確実に輝矢《かぐや》が慧剣《えけん》を置いて逝《い》ってしまう。

「………慧剣《えけん》、嬉《うれ》しがっちゃいけない」

少年守《も》り人《びと》からすれば聞きたくない話だ。

「いいえ嬉《うれ》しいです。二人で一つの主従。嬉《うれ》しいです」

「あのな……」

「そもそもおれの評判など地に落ちていますよ」

「……いや、それは、な……」

夏の暗狼事件《あんろうじけん》の犯人にそれを言われると言葉に窮するものがある。

慧剣《えけん》は本来の彼が有する人懐《ひとなつ》っこい笑顔を見せながら続けた。

「輝矢様《かぐや》……」

「主の御心に従います。輝矢《かぐや》様はおれについてこいと言うだけでいいのです」

「……慧剣《えけん》」

「それに、おれ自身も暁《あかつき》の射手《しゃしゅ》様と弓弦《ゆづる》様をお助けしたいです。同じ立場なら、きっとおれも同じようにお頼み申し上げるでしょう」

その言葉には説得力があった。

夏の事件では狼《おおかみ》になって山で暴れ回った少年ではあるが、慧剣《えけん》の行動の起点はいつも輝矢《かぐや》だ。

輝矢《かぐや》の心が壊れそうになったから嘘《うそ》をついた。

輝矢《かぐや》が自分を見捨てたと勘違いしたから狼《おおかみ》になった。

輝矢《かぐや》が戻っておいでと言ってくれたから狼《おおかみ》から人に戻って帰ってきた。


——この子は何でもかんでも俺のことばかりだな。


それに呆《あき》れもするが、だからこそ嘘《うそ》偽りない言葉だと信じられる。慧剣《えけん》は、輝矢《かぐや》の絶対的味方だ。輝矢《かぐや》はそれを咎《とが》めたくもなるのだが、やはり嬉《うれ》しくも思う。

——完全にほだされてるな、俺。

こういう子だから、可愛《かわい》くて仕方がないというところを認めざるを得なかった。

「お前は馬鹿だなぁ」

照れ臭くなって、笑いながら少年守《も》り人《びと》の頭に手を乗せてぐしゃぐしゃと乱暴に撫《な》でた。

慧剣《えけん》は疑問符を顔に浮かべながらも喜色をあらわにする。

「おれは確かに主馬鹿です」

「阿呆《あほう》」

手を離したらもう少し撫《な》でて欲しそうな顔をするので、輝矢《かぐや》は慧剣《えけん》の頭に手を置いたまま話した。

「わかった。花矢《かや》ちゃん。こちらの話はまとまった。協力しよう。一旦電話を切る」

『……いいの？　二人に……迷惑がかかるよ』

花矢《かや》の声は泣きすぎたせいでかすれていた。先程までの勢いも削《そ》がれている。輝矢《かぐや》と慧剣《えけん》の話し合いで、少し冷静さを取り戻したのだろう。意気消沈している様子も感じ取れた。

「うまくいくかはわからない。そこはまず了承してくれ」

『わかった……』

「でも、出来ることをするから。俺も弓弦《ゆづる》君に死んで欲しくない」

いまこの瞬間、輝矢《かぐや》は慧剣《えけん》が居る幸せを胸に抱いているが、花矢《かや》は絶望に陥っているのだ。

彼女の先輩としてなんとかしてやりたい。その気持ちは本当だった。

『……うん、ごめんね……本当に、ごめんね……』

「良いんだ。頼ってくれたことは嬉《うれ》しい。花矢《かや》ちゃん、それより少しお水でも飲んで落ち着きなさい。さっきの状態だと、秋の代行者《だいこうしゃ》様とお話が通じたとしても紹介出来ない」

『……うん』

「祝月撫子《いわいづきなでしこ》様は七歳なんだ。とても大人びた方だが、知らない女の子が取り乱して会話を求めれば驚いてしまうだろう」

『うん、うん……本当にそうだ』

「話を通す為にも、まず君がしっかりしないといけない。辛《つら》いと思うが、踏ん張るんだよ」

『うん……輝矢《かぐや》兄さん、本当にごめんね……』

泣き声まじりの謝罪に、輝矢《かぐや》は胸を痛める。

「謝るな。待ってろ、花矢《かや》ちゃん」

そう言って輝矢《かぐや》は携帯端末の通信を切った。

輝矢《かぐや》と慧剣《えけん》は立ち上がる。

「慧剣《えけん》、まだ時間に余裕あるよな」

少年従者は腕にしていた時計を見せる。

「まったく問題ありません。ここで三十分喋《しゃべ》っていても間に合います」

「わかった。上に行っても電波はあるが、先に電話する」

やると決めたら早かった。輝矢《かぐや》は端末を操作する。

「冬の代行者様《だいこうしゃ》におかけするんですか？」

「いや、もう直接秋にかけるよ。寒椿《かんつばき》様も寒月《かんげつ》様もいま季節顕現の最中だぞ」

言いながら輝矢《かぐや》は自身の少ない電話名簿から阿左美竜胆《あざみりんどう》を選んだ。慧剣《えけん》は同意する。

「あ、そっか……しかも、冬の方々は賊に襲われやすいと言っていましたもんね……。いつ何時襲撃があるかわからないのに急にお電話してはいけませんよね」

「そうなんだよ。あらかじめ打診してるなら問題ないだろうが……日中だしな。いま正に季節顕現をしているかもしれないと思うと躊躇《ためら》われる。そもそも、あれは冬への貸しというよりかは夏の代行者《だいこうしゃ》様に連絡を取りたかったすべての方々への貸しだろうし、わざわざ遠回りすることないんだ」

「皆さんと連絡先を交換しておいてよかったですね」

「ああ。とはいえ、まずは撫子《なでしこ》様をお守りしている護衛官《ごえいかん》様への打診なんだが……」

話している内に端末からコール音が流れ始めた。一回、二回。

さあ、彼はこの電話に応答してくれるだろうか。

やがて、端末の向こう側から声が聞こえた。

「あ、阿左美《あざみ》様ですか？　お久しぶりです。黄昏《たそがれ》の射手《しゃしゅ》巫覡《ふげき》輝矢《かぐや》です」

秋の美青年従者、阿左美《あざみ》竜胆《りんどう》は突然の電話に大層驚いていたがすぐに用向きを聞いてくれた。背後では幼子の愛らしい声がする。秋の代行者《だいこうしゃ》祝月《いわいづき》撫子《なでしこ》の声だろう。

輝矢《かぐや》が持ちかけた内容は更に竜胆《りんどう》を驚かせたのだが、事の次第を聞くと彼は主の了承を得た上で一度花矢《かや》を交えて話をしようと提案してくれた。

それから十数分後、竜宮岳《りゅうぐうだけ》聖域。

輝矢《かぐや》と慧剣《えけん》はまだ秋色が残る木々に囲まれながらレジャーシートを敷いて腰を落ち着け、慧《え》剣《けん》の所有物である軽量のタブレット端末を覗《のぞ》き込んでいた。

もはやあらゆるトラブル対応に慣れてきてしまった秋の代行者護衛官《だいこうしゃごえいかん》阿左美竜胆《あざみりんどう》による提案で、『朝』と『夜』と『秋』の三陣営面談をしようとなったのである。弓弦《ゆづる》が危篤ということで、速やかに話し合うべきだという意味合いもあった。

このような神様会議は電子機器が発達した現代だから実現出来るものだろう。

「なんというか、すごく昔の現人神《あらひとがみ》様に『今は何処《どこ》に居ても他の神様と喋《しゃべ》れます』って言ったら驚くでしょうね」

慧剣《えけん》が子どもらしい感想をつぶやき、それに輝矢《かぐや》も苦笑した。

タブレットの画面にはそれぞれの現在位置を示す背景が映っていた。

輝矢《かぐや》と慧剣《えけん》は前述した通り腰を落ち着けて話せる聖域。花矢《かや》は変わらず自分の屋敷《やしき》だ。秋主従は移動中だったのか車の中からの通信会談となった。

突然召喚された秋の代行者《だいこうしゃ》祝月撫子《いわいづきなでしこ》は、おっかなびっくりという様子だ。

『あの、えっと………かぐやさまは、お空に夜をあげるまでお時間はまだだいじょうぶですか？』

「ええ、まだ大丈夫です」

『よかった……。えっと……か、かやさま……も、朝をあげる時間までは、お時間があるのですよね……？』

『はい、私が矢を射るのは深夜なので……。この度は大変申し訳ありません……。護衛官《ごえいかん》様にもご迷惑をおかけしております……』

『いいえ、いいえ。わたくし達にできることでしたら』

それぞれ顔合わせをし、自己紹介を終えたところでようやく本題に入る。

基本、会話は輝矢《かぐや》と花矢《かや》、そして撫子《なでしこ》が主導だ。それぞれの護衛官《ごえいかん》はすぐ傍《そば》に居る。花矢《かや》のほうは、背後に状況についていけず混乱している英泉《えいせん》の姿があった。

『まず、たんとうちょくにゅう……に、もりびとさまの傷を治すことができるかおつたえします。これにかんしてはできる、できないかでいうと、できます』

撫子《なでしこ》は喋《しゃべ》り始めると何かのスイッチが入った。

『ただし、わたくしはなんでもできる神ではないのです。わたくしの生命腐敗《せいめいふはい》にも色々とじょうけんがあります。たとえば、おそばにいないとまず癒やせません。いまわたくしは創紫《つくし》にいるのですが、そこからエニシの……ええと、ゆづるさま……？　ゆづるさまを癒やすことはできません』

恐らく、この少女神はこと自分の領域の話になると、自然と神に近づいてしまうのだろう。

花矢《かや》も輝矢《かぐや》も、固唾を呑《の》みながら撫子《なでしこ》の言葉に耳を傾ける。

『あと、病気を治すことはできません。たとえば、病にかかったひとをそせいすることはできますが、病そのものを治すことはできないです、なので……そういうかたを治そうとしても、けっきょくまたつらいことに……』

『祝月様《いわいづき》、弓弦《ゆづる》は頭を打ったのと、出血が多すぎて問題が起きているようです。それは？』

『そのばあいは治せます。なんねんもかけてできた病のもととはちがいますし。出血やだぼく、そうしたことでうまれたそんしょうを治すのはわたくしのおはこです』

花矢《かや》が父親のほうを振り返って希望を見出《みいだ》した顔を見せた。だが、そこで撫子《なでしこ》は申し訳なさそうに言葉を続けた。

『でも、治すにはじんつうりきをしようします。わたくしは、春に夏のだいこうしゃさまであらせられる、るりさまをそせいしましたが、あれはとてももとてもとくべつなことでした。るりさまが亡《な》くなられたおやまがとってもじょうけんにてきしていたんです』

『と言うと……？』

花矢《かや》の疑問の言葉に、撫子《なでしこ》は紅葉のような小さな手を片方挙げて、条件を言う度に指先で数を示した。

『まずひとつ。おやまに霊脈がありました。霊脈があると、とってもたすかります。秋のけんげんをする時のように、自然のちからを借りることができるので、たくさん、じんつうりきをつかってもわたくしがたおれることがありません』

『不知火《しらぬい》岳は霊脈があります！　あ……でも、弓弦《ゆづる》はいま病院にいます……どうしよう』

『ゆづるさまの病院は霊山からとおいのでしょうか？』

『いえ、不知火《しらぬい》は盆地で……』

撫子《なでしこ》が疑問符を顔に浮かべた。難しい言葉も使う七歳だが、盆地はわからなかったのだろう。花矢《かや》は慌てて説明する。

『山に囲まれた土地ということです』

『ああ！』

撫子《なでしこ》はわかった、という顔を見せる。

『ぐるりと囲まれていて、病院は霊山である不知火《しらぬい》岳から少し距離はありますが見える範囲にあります』

『……うーん、でしたら……少しとおいですが霊脈をたどることじたいはかのうだとおもいます。いってみないと、わからないのですけど……。あと、ふたつめのじょうけんとして……霊脈があってもそせいにちかいことをするならげんきがたりません。るりさまのときはたくさんのひとからげんきを吸い取っていたんです。それも、とびきりげんきなひとたちからです』

これには補足が必要だった。

横に控えていた竜胆《りんどう》が、【凰女《おうめ》】という土地で起きていた状況を輝矢《かぐや》と花矢《かや》に話した。

そもそも、その土地には血気盛んな改革派賊集団【華歳《かさい》】のアジトがあり、竜胆《りんどう》が誘拐された撫子《なでしこ》を救う為、たくさんの人間を率いていた。四季庁《しきちょう》保全部警備課夏職員と秋職員、国家《こっか》治安機構《ちあんきこう》の機構員、国家治安機構《こっかちあんきこう》特殊部隊【豪猪《やまあらし》】。これらの人々が乱闘を繰り広げている最中、撫子《なでしこ》は彼らから彼女の言う『げんき』を吸って、それを死亡した瑠璃《るり》の蘇生《そせい》の力に転換させていた。この『げんき』とは言わば生命力だ。

『生命腐敗《せいめいふはい》』は腐葉土の在り方を体現している。秋になり、地面に落ちた葉はやがて土となり、生命を育む。撫子《なでしこ》のやっていることは実際は一つで、人から生命力を吸うことだ。それを自分に取り込むか他者に取り込むか、違う形に放射させるかは撫子《なでしこ》のさじ加減となる。

輝矢《かぐや》は話を聞いて苦い顔をした。

「そりゃ、確かに特別な条件だな……。筋骨隆々の戦闘職種の人達から生命力を吸ったってことだろう？　撫子《なでしこ》様が今からエニシに向かわれたとして、それまでに同じ条件の人を揃《そろ》えることは出来るだろうか」

『いや、むしろ私から吸えばいいだけの話だ、輝矢《かぐや》兄さん』

言われて、輝矢《かぐや》は確かにとなった。

巫《かんなぎ》の射手《しゃしゅ》である輝矢《かぐや》も花矢《かや》も、強制的に毎日山に登れる身体《からだ》にされている。撫子《なでしこ》は射手のこうした特性を夏の事件で少々聞いてはいたので『あっ』という顔を見せた。

『あやめさまのだんなさま……れんりさんを治そうとした時に……おはなししていたことですか？』

「ああ、そうだね。射手は射手である限り病も怪我《けが》もすぐ治る。疲労も睡眠をとれば大分解消される。だから射手から吸い取るというのは一番現実的な答えかもしれない。恐らく、俺達の身体《からだ》に流れている生命力は無尽蔵だから」

『ではひとつめとふたつめのじょうけんはもんだいありません……。むしろ、かやさまから吸ってもいいのならそれがいちばんです。かやさまはおそらくしばらくきぜつしてしまうかもしれませんが……その後もなじませた生命力……げんきをあんていさせるためにもゆづるさまのおそばにいて欲しいです。ゆづるさまを回復させたとしても、ゆづるさまがながした血がもどるわけではありません。波長があうかたがひきつづきおそばにいたほうがいいんです』

今度は花矢《かや》が撫子《なでしこ》に質問した。

『祝月《いわいづき》様、波長とは……』

『うんと……ぴったりあうことばがないのですが……えっと……気が合う、みたいな……仲のよいかたどうしはたましいも共鳴していて、じしゃくみたいになっているんです』

これは生と死を扱う現人神《あらひとがみ》特有の抽象的な何かなのだろう。だが、言いたいことは花矢《かや》も輝矢《かぐや》も理解出来た。

『で、では私と弓弦《ゆづる》なら？』

『あらひとがみともりびとなら、まさしくちかしいひとです。ごかぞくのかたもあてはまりますが、かやさまのとくしゅなおからだのことを考えると……やっぱりかやさまがおそばにいて、その後もしぜんとゆづるさまがかやさまからげんきをもらえるようにするのがいいです。だって、とってもとくべつなげんきが、かやさまのなかにあるってことですもの。ただ、かやさまのおからだはとってもつらいことになるかと……』

花矢《かや》は口元を手で覆った。もしかしたら本当に弓弦《ゆづる》は助かるかもしれない。希望が見えてきた。感極まっているようにも見える。

『でしたら、やはり私から……！　私はそれで死んでも構いませんっ！』

横で彼女の父親である英泉《えいせん》が呆然《ぼうぜん》とした。

『花矢《かや》っ！』

それから咎《とが》める声を出した。身内には堪える言葉だろう。

『……大丈夫だよ父さん。実際には死なない。いや、死ねない。そういう身体《からだ》なんだ』

英泉《えいせん》はそれでも苦い顔をした。

輝矢《かぐや》はしばらく黙ってやり取りを見守っていたが、此処《ここ》で口を開いた。

「……整理しよう」

闇を切り裂くような輝矢《かぐや》の鳳声《ほうせい》は、みんなを少しだけ冷静にさせた。

「撫子《なでしこ》様の権能で弓弦《ゆづる》君が助かる道筋は見えた。けど、撫子《なでしこ》様に意思確認をしていない。いま、流れで撫子《なでしこ》様が弓弦《ゆづる》君を治癒してくれる方向性になっているが、そもそも撫子《なでしこ》様はエニシに向かうことが可能でしょうか？　かなりの越権行為になります。そちらも里からうるさく言われるかと……撫子《なでしこ》様の護衛官《ごえいかん》であり、保護者の立場である阿左美《あざみ》様もお許しいただけますか？」

まず、一つずつ物事を確認しなければ。これに対しては竜胆《りんどう》が答えた。

『問題ありません、輝矢《かぐや》様』

竜胆《りんどう》は撫子《なでしこ》と目と目を合わせて頷《うなず》き合いつつ口を開く。

『いま、既に創紫《つくし》空港に向かっているんです』

「……は？」

輝矢《かぐや》は驚いたまま、口を開けてしまう。会話が続かないので竜胆《りんどう》がまた言った。

『ですから、空港に』

「空港に？」

『はい』

「……え、もう、動いてるんですか？」

『ええ。俺の秋の命で』

竜胆《りんどう》は困り眉になりつつも、少し誇らしげに言った。

『本当なら四季庁《しきちょう》のプライベートジェット機を使用して創紫《つくし》からエニシへ直行便で行きたかったんですが……そもそも俺達が使い終えた後に保管場所の帝州《ていしゅう》に戻っていまして。近日、冬の使用に備えて帝州《ていしゅう》からエニシへ移動予定なんですよ。じゃあそちらを一旦エニシ行きに使わせていただくとなっても創紫《つくし》に戻すほうが時間がかかる。なので俺達は普通に民間の飛行機に乗っていこうかと。警備班に飛行機予約をさせていますので、ちょっと会話を中断していいですか？　前の席にいるので予約を取れたか聞きます』

「ええと、はい……その、ありがとうございます。ぜひお願い致します……」

先程まで人を冷静にさせていた輝矢《かぐや》だったが、このやり取りですっかり落ち着きを欠いてしまった。花矢《かや》も驚愕《きょうがく》で口を開けたままだ。

──決断と行動が早すぎる。

場に限定されている神である輝矢《かぐや》は撫子《なでしこ》達の行動に舌を巻いた。

これが移動する神の行動力かと。この会談にこぎつけるまでも早かったが、いま空港に向かっていると言うなら連絡を受けてすぐ車に飛び乗っていないと時系列としておかしい。

最初に電話した時に移動中だったのではなく、会談に至るまでに既に乗車していたのだ。

遥《はる》か年上の美青年従者に命令したとされている撫子《なでしこ》は、画面に一人残されると慌てた様子を見せた。神様寄りの状態から、普段の大人しくて恥ずかしがり屋な七歳の女の子に戻っている。

やがてはにかみながらみんなに向かって話した。

『りんどうから、かぐやさまのおねがいのないようをかんたんにきいて……わたくし、その場でじゃあもうエニシにいきましょうとりんどうにいったんです』

「俺が電話してすぐってことですよね。阿左美《あざみ》様もそれを承諾したんですか？」

『はい。わたくしとりんどう、いま秋のけんげんを終えておやすみきかんちゅうですし。りんどうは……わたくしのすることをいつもそんちょうしてくれるので……まよってはいましたけど、おねがいをたくさんしたら叶《かな》えてくれました』

輝矢《かぐや》は竜胆《りんどう》の反応が難なく想像出来た。まず、撫子《なでしこ》の安全を考えて苦悩する。しかし面倒見が良い青年なので、夏の貸しも考えると即座に話を切り捨てることはしない。

如何《いかが》致しましょう、と撫子《なでしこ》に聞き、彼女が即行動を提案してまた苦悩。そこに、愛らしい少女神の『おねがい』攻撃をたくさん受けて現在に至る、という形だろうと。

――阿左美《あざみ》様、申し訳ない。

撫子《なでしこ》にもすまないと思うが、実作業として大変なのは七歳の少女を守りながらエニシに護送する竜胆《りんどう》のほうだ。輝矢《かぐや》はいま画面外に居る竜胆《りんどう》に自然と感謝の念を送った。

『祝月様《いわいづき》、そして護衛官《ごえいかん》の阿左美《あざみ》様もありがとうございます……』

花矢《かや》も画面越しに頭を何度も下げている。弓弦《ゆづる》の容態は刻一刻と悪くなっている。早く来てもらえればもらえるほど、生存率は高まるだろう。

「仲介した俺が言うのもあれなんですが……良かったんですか？」

輝矢《かぐや》の問いに、撫子《なでしこ》は大きく頷《うなず》いた。

『もちろんです』

撫子《なでしこ》は頬を上気させて言う。

『わたくし、ぜひともと』

彼女はどうやらこの救出作戦に使命感を抱いているようだった。

小さな手のひらをぐっと握りしめて言葉を続ける。

『夏にかやさまがおでんわしてくれたから、るりさまとあやめさまとごうりゅうできたんですもの……。わたくしとってもしんぱいしていたから……あのときのこと、ほんとうにほんとうにかんしゃしていたんです……。それは、りんどうもおなじはずです』

少女神の善性が眩《まぶ》しい。花矢《かや》はさすがに悪いと思ったのか、ぎこちなく言う。

『祝月様《いわいづき》……でも、私……その、実際は大したことをしていなくて……。貸しを返して欲しいと言いましたが……そもそも、そんな願いを申し出るのは不敬なことなんです……』

『どうしてですか？』

『……お会いしたこともない方に、エニシに来て自分の守り人《もびと》を治療して欲しいなんて、対価と言えど不釣り合いですし……そもそも秋の代行者様《だいこうしゃ》に対して大変失礼で……。私はそれを承知で貴方《あなた》にこんなご迷惑をかけて……』

撫子《なでしこ》は首をかしげる。少し困っている様子すらあった。

『それをおっしゃるなら……かやさまもお会いしたこともないのに、おでんわをつないでくれましたよね……？』

どうして、なぜ、と幼子特有の疑問状態になっている。

『それは……』

『ろうせいさまも、いてちょうさまも、よくひきうけてくれたといって……』

『いえ、だってそれは……電話を繋《つな》ぐだけですし。そもそも輝矢《かぐや》兄さんにも関わることで……』

『わたくしもおなじです。エニシにいくだけです』

『つ、創紫《つくし》からエニシは遠いですよ』

『わたくし、ひこうきにのるのはなれっこです。エニシも秋をもたらすためにこのまえいったばかりです。しらぬいもいきました』

『……貴方達《あなた》、四季の代行者《だいこうしゃ》様は賊に狙われやすいと……』

『りんどうがいます。わたくしをかならず守ってくれます』

『……』

来て欲しい気持ちは変わらない。だが、やはり花矢《かや》は罪悪感に濡《ぬ》れた状態から脱却出来ない。

撫子《なでしこ》は益々《ますます》困り眉になった。可愛《かわい》らしい彼女の眉が更に下がってしまう。

『どうしてそんなにえんりょされるのですか？　かやさまは、わたくしにも大和《やまと》のたみのみなさまにもまいにち朝をくれるのに……』

『え……』

これには花矢《かや》も虚を衝《つ》かれた。

『わたくし、もうすぐ八歳ですが、いま七歳です。つまり……七年間まいにち朝をもらってい
ている……で、合っていますよね……？　かやさまのざいいねんすうはわかりませんが、かぐ
やさまならきっとわたくしのじんせいすべての夜をくれています。それだけのご恩があります』

撫子《なでしこ》の言葉を黙って聞いていた輝矢《かぐや》だったが、段々と胸が熱くなってきた。

『おふたりからのおねがいをことわるりゆうがありません』

自分達のしていることを、そんな風に思ってくれているとは予想もしていなかった。

『わたくし、まいにちくださる朝と夜のご恩をおかえしします』

民と同じように朝夜は当然来るものだと撫子《なでしこ》は感じていない。

『うまれてから、かんなぎのしゃしゅさまにはたくさんのご恩があります』

誰にも感謝されない三百六十五日を、こんな風に労《いたわ》ってくれる人も居る。

――そういえば、こういう方だった。

輝矢《かぐや》は撫子《なでしこ》と初めて会った時を思い出した。撫子《なでしこ》は言ったのだ。

黄昏《たそがれ》のしゃしゅさま、いつも夜をくださってありがとうございます、と。

確かにそう言っていた。

『わたくし、エニシに行きます。まにあってほしいです』

花矢《かや》はまた泣き出してしまった。花矢《かや》が泣くので撫子《なでしこ》は益々《ますます》慌てた。

そうこうしている内に、竜胆《りんどう》が画面内に戻ってきた。

『お待たせしました。現時刻から最短のルートを叩《たた》き出《だ》しました。……結論から言うと創紫《つくし》空港からエニシへの直行便は既に終わっている時間なので帝州《ていしゅう》を経由してエニシの空港に向かいます。予想到着時刻は本日の二十三時過ぎです。そこから更に陸路で不知火《しらぬい》へ移動をすると明日の午前二時頃になるかと思われます』

『午前……二時頃……』

花矢《かや》は歓喜から一転してまた絶望へと落とされた。

何故《なぜ》かというと、その時間帯はちょうど花矢《かや》が神事の為に不知火《しらぬい》岳へ出かける頃だからだ。

初夏の時から比べ日の出時刻はどんどん遅くなっている。

秋主従の到着に合わせ、病院を無理やり開けてもらい弓弦《ゆづる》の病室へ行き、そこから花矢《かや》を人柱に生命腐敗《せいめいふはい》の力を使用、その後も経過観察の為に弓弦《ゆづる》の傍《そば》から離れられないことを考えると、どう考えても聖域で矢を射る義務を果たせない。

花矢《かや》は弓弦《ゆづる》を助けたい。しかし助けるには彼女は病院に居なくてはならない。

『神事が、出来ない……』

花矢《かや》の顔が目に見えて青白くなっていった。花矢《かや》は救いを求めるように英泉《えいせん》を見るが、彼も唇を噛《か》んでいた。言葉を失う花矢《かや》の代わりに英泉《えいせん》が言う。

『一族の者も本山から移動を開始しているでしょう。本日中には到着します。神事を抜きに守《も》り人《びと》の治療をするなど許されないかと……』

これに撫子《なでしこ》が答える。

『わたくし達はかやさまがおもどりになるまでびょういんにいますが……ゆづるさまのようだいは……』

『今日か明日には……と、医者から聞いていますので……もしかしたら神事の後に駆けつけても間に合わないかもしれません。うちの娘が病院に行けたとしても、最短で朝八時半頃かと』

『……なくなられて、すぐでしたらまだそせいできるかのうせいはありますが……』

間に合わない可能性もあるということだ。

花矢《かや》は困窮し、父親と端末の二画面に映っているそれぞれの神様をたまらず見た。

意味のない行為だ。誰もこれに対する答えを持っていない。

けれども神様だって、誰かに助けてもらいたい。救って欲しいのだ。

どうしようもないと理解すると、花矢《かや》はまた落涙した。

『父さん……神事をしなきゃ、駄目……？』

責任と愛する人の救命。いま、天秤《てんびん》にかけられた。

『弓弦《ゆづる》が助かるかもしれないんだよ……。それでも……？』

そして追い詰められている。英泉《えいせん》は花矢《かや》の言葉を聞いて、それまでずっと気丈に振る舞っていたのに、片目から一滴涙を零《こぼ》した。

『父さんだって、そうしてやりたいが……』

英泉《えいせん》の言葉には、彼の苦悩と悲痛の気持ちが溢《あふ》れていた。何も冷たい父親ではないのだ。花矢《かや》のことも弓弦《ゆづる》のことも大切だから、彼も昨日の夜に山へ同行した。弓弦《ゆづる》の身体《からだ》をおぶって下山し救急隊へ届けた。傷ついた娘をずっと労《いたわ》ろうとしている。

だが、神の娘を持つ親として、彼には使命を果たさせる立場というものがある。

性格的なものもあるが、無責任な男ではないからこそ、ここで神事などどうでもいいとは言えなかった。朱里《しゅり》のように愛を優先することが出来ないのも、もしそうした場合、自分の家族がどうなってしまうかわからないからだ。英泉《えいせん》は現実を見ている。

みんなが一斉に黙ってしまった。花矢《かや》の問いかけを否定することも憚《はばか》られた。

輝矢《かぐや》は親子の会話を聞いて心痛が酷《ひど》くなった。

——これを親に言わせるのも、子に言わせるのもあんまりだな。

現人神《あらひとがみ》であり、自分の子どものように可愛《かわい》がっている守《も》り人《びと》がいる輝矢《かぐや》からすると、花矢《かや》と英泉《えいせん》、どちらの言葉も切り捨てることが出来ない。

現人神《あらひとがみ》としては、最も愛する人の子を助けたいと思う気持ちを。

成熟した大人としては、心を鬼にしても一族が神代に朝と夜の神から託された使命を果たすべきだという意見も。

――俺達は何でここまで、苦しめられなきゃならんのだ。

かつての自分の姿を重ねてもいた。輝矢《かぐや》は妻と守り人《もびと》が自分の元からある日去ってしまった時、それでも泣きながら矢を放った経験がある。

「輝矢《かぐや》様……」

輝矢《かぐや》の隣に居た慧剣《えけん》が、輝矢《かぐや》の服の袖を引っ張った。

矢を放つ時刻が近づいている。そのことを言いたいのかもしれない。

「待ってくれ、慧剣《えけん》。いま考えている……なんとかしたい……」

しかし矢を放てば輝矢《かぐや》は意識を失う。それまでに出来ることを考えておきたかった。

尚《なお》も慧剣《えけん》は輝矢《かぐや》に声をかける。

「輝矢《かぐや》様、あの、でも……」

「待ってくれ」

強く言われて、慧剣《えけん》は肩が小さくなったが、やはりどうしても伝えたいのか今度は輝矢《かぐや》の腕を揺すった。

「慧剣《えけん》……」

「違います。時間のことじゃありません！　時間はまだありますし。あの……いまから出来ることを思いつけば良いんですよね？　輝矢《かぐや》様、なんとかしたいんですよね？」

それまでずっと大人しく黙っていた少年守《も》り人《びと》がおずおずと発言の許可を求めた。

慧剣《えけん》以外の者は目を瞬《まばた》いた。正直なところ、みんな彼に現状を打破する思いつきを期待していなかったからだ。役職故に同席して話を聞いてくれているだけ。悪い言い方をすれば、彼は当事者でもなく、この状況をひっくり返すような知恵者でもないと思っていた。

「多分、出来ますよ」

慧剣《えけん》に対する評価は低いというよりはひよっ子の守《も》り人《びと》だから、に尽きる。

普段の様子からしても何か特別なものを持っている少年には見えない。恐らく彼の【発想力】というものをきちんと評価していたのは、正に彼のした行為を真似《まね》た弓弦《ゆづる》くらいだっただろう。

「ずっと計算をしてましたが、多分、これで問題ないと思います」

慧剣《えけん》は輝矢《かぐや》の元妻の悲劇を偽装する為に、神聖秘匿《しんせいひとく》でその場を幻で覆い、もうひとりの妻を作るという荒業をしていた。自分は冷静になってしまうからあんなことは思いつかない、と弓《ゆ》弦《づる》は口にしていたがそれは少しだけ違う。

確かに彼は冷静沈着な少年ではないが、それと発想力はまた別物だ。

心の中でたくさんの事象を浮かべて現実に展開させる神聖秘匿《しんせいひとく》は、行使するなら冷静さや集中力と言ったものは必須ではあるが。

しかし、それより必要なのは子どものように無邪気な考え方だった。

慧剣《えけん》は物事をそのまま受け取る素直さがある。

本当に朴訥《ぼくとつ》で純粋で、まだあどけない少年だ。同年代の少年少女より幼いかもしれない。

大人達が持つような常識で思考を武装しておらず、空のように自由な発想を持っていた。

真白の紙を渡したら、喜々として自分の中に広がる物語や幻想を描くだろう。それがどんなに現実とは違っても。

人を襲う巨大な狼《おおかみ》を描いたとして、こんなものは絵空事でありえないと咎《とが》められたら。

慧剣《えけん》は首をかしげて言うだろう。


別に良いじゃないですか、巨大な狼《おおかみ》がいても、と。


空想に常識を突きつけないでください、と。

芸術肌の者に、掟《おきて》破りの称号は付き物。発想にルールは要らない。

こうしたら素敵だ。こうしたらもっと良い。

それは問題があると言われようが、思考は止まらないし止めることが出来ない。

だってそのほうが効果的だから。人の感情を掻《か》き立《た》てるから。

どうして駄目と言われるのかわからない。

弓弦《ゆづる》にはなくて、慧剣《えけん》にはある、というのはそういう部分だ。

自由な発想がありえない世界を現実へ展開させる。

だから、彼は『想像する』という分野ではとても秀《ひい》でていて、弓弦《ゆづる》をも驚嘆させた。

そんなこと、自分は出来ない。きっと考えもつかないだろうと。

「おれ、思ったんですけど……」

そして何より、神聖秘匿《しんせいひとく》は神の為の術だ。それが突出しているのならば、神への愛が深い。

慧剣《えけん》は輝矢《かぐや》が望むなら、何でもする少年に育っていた。

元々、親の為に年齢を詐称して守《も》り人《びと》に立候補した子どもだった。

いまは輝矢《かぐや》を親代わりにしている。もう誰にも捨てられない為に、彼は献身を厭《いと》わない。

子どもというのは、親の為なら時に狂愛とも言える歪《ゆが》みと盲目さを持って動くことがある。


「輝矢《かぐや》様が行けば良いのでは……？」


だからいまこの時、自分の主をエニシに出向させるという斜め上の案が口から出た。

彼の親である輝矢《かぐや》が、花矢《かや》を助けたいと言ったからだ。

神への愛が深い慧剣《えけん》は、いつも通り輝矢《かぐや》の心を守る為に考えた。

それは問題があると言われようが、思考は止まらないし止めることが出来ない。

だってそのほうが効果的だから。輝矢《かぐや》の望みが叶《かな》うから。

「時間的に、頑張ればいけますよね？」

天啓が此処《ここ》に降りたことを、みんなが理解するには少しの時間を要した。

第五章
快刀乱麻の狼

エニシに居る花矢《かや》は、遠い竜宮《りゅうぐう》の守《も》り人《びと》が語る言葉を只々《ただただ》驚いて聞いていた。

『いま……えっと、もう午後四時過ぎじゃないですか？　本当なら五時台に矢を放ちますけど、前倒ししてこれからすぐに神事をしちゃえばよくないですか？　輝矢《かぐや》様、大体三十分くらいで気絶から目覚めますから五時くらいには移動開始出来ますよね。いや、もう待たないでおれが背負っていけるとこまで降りたら更にタイムが縮まるな。おれ達、普段は二時間くらいかけてゆっくり下山しますけど、早歩きで爆速で下りれば一時間半で麓までいける。これで六時半でしょう。おれ、竜宮《りゅうぐう》に戻る時に幻術使って飛行機に密航したから竜宮《りゅうぐう》と帝州《ていしゅう》間の大体の運行時間覚えているんですよ。さっきも検索したんですけど……ちょっと待ってくださいね……。ほら！　九時台のがありますよ。輝矢《かぐや》様気絶してる間におれタクシーを麓に呼んでおきますから、二人でダッシュで下りてタクシー乗ったら九時台の飛行機乗れますよ。予約席まだあるみたいです。無理でも最悪幻術で密航……。二人分の体重くらい大丈夫じゃないかな？』

隣に居る輝矢《かぐや》はそれ以上に驚いているように見える。

『そしたら帝州《ていしゅう》空港に着くのが午後十一時台でしょう。もう飛行機は翌日まで動かない。でも、さっき阿左美《あざみ》様が言ってましたよね。帝州《ていしゅう》に冬に使われるのを待っている四季庁《しきちょう》のプライベートジェットがあるって。動かすことは可能だが、という話でしたよね。ということは要請さえすれば、緊急ではあるが対応出来る人員も現時刻なら居るということですよね。これ、すごく厚かましくて申し訳ないんですが、おれ達用に動かせませんかね。だって近日中にエニシに移動するんでしょう？　すこーし予定が早まるだけということで……何とかなりませんか。これこそ冬の代行者《だいこうしゃ》様にお頼み申し上げることだと思います。帝州《ていしゅう》の保管場所からエニシに動かしていいですかって……。そうしたらおれ達、帝州《ていしゅう》からエニシへは渡れます。フライトは仮に民間の飛行機会社の飛行時間を参考にしても大体一時間半です。帝州《ていしゅう》空港からエニシ空港までスムーズに移動出来たら翌日の午前二時とか三時になります。エニシ空港から不知火《しらぬい》までの移動手段、おれも話を聞きながら携帯端末で検索かけましたけど、車で二時間半くらいですよ。タクシー使いましょう。個人タクシーだったら押さえたら深夜でも対応してくれますよ。お金かかるけど人命に代えられませんし、輝矢《かぐや》様お金持ちだから大丈夫』

みんなが驚愕《きょうがく》の視線を注いでいるが、慧剣《えけん》は気づかず携帯端末を凝視しながら喋《しゃべ》り続ける。

『それで向かったらまあ……午前五時くらいですよね。不知火岳《しらぬいだけ》の聖域の場所はわからないし……そもそも地すべりが起きてるんですから麓で矢を射《う》ったらどうですかね』

自分の計算方式を披露するのに精一杯で他の者を見る余裕がない。

『いまの時期のエニシの日の出は五時台ですから問題ないでしょう。輝矢《かぐや》様、霊脈をたどれば麓からも射つことは出来るって前に言ってましたし。多分、聖域から力をもらえないから普段より長い気絶になっちゃうと思いますが、おれが責任持って背負ってまたタクシー乗せますからそこで射《う》ちましょう』

無垢《むく》な子どもが頑張って考えたことを話しているだけなのだが、少し恐ろしさすら感じる。

『それで不知火《しらぬい》からエニシの空港にまた戻るでしょう？　ほらほら、ここまで来たら余裕ですよ。昼近くに竜宮《りゅうぐう》直行便の飛行機がありますもん。乗り継いでも帰れますよ。また竜宮岳《りゅうぐうだけ》で神事をしなきゃいけませんが、おれが輝矢《かぐや》様をおぶりますよ。万が一設定時刻までに聖域まで行けなくても、近づけるだけ近づいて矢を射《う》ちましょう。そしてまたおれが輝矢《かぐや》様を背負って下山します。ね、いまから頑張ればいけるでしょう？』

慧剣《えけん》だけがまだ絶望せず、希望に満《み》ち溢《あふ》れていた。

――とてもすごいことを言っているのだろうが、何を言っているかわからない。

そしてまだ絶望の淵《ふち》に居る花矢《かや》はたくさんの言葉を浴びせられて混乱していた。

花矢《かや》にとって、現在の竜宮《りゅうぐう》や帝州《ていしゅう》の飛行機事情、四季の代行者《だいこうしゃ》の顕現の旅に関するあれこれ、何もかもがわからないことだった。幼い頃に場に限定された現人神《あらひとがみ》にされてから花矢《かや》はエニシに縛り付けられている。そもそも、飛行機に乗ることがないのでよくわからない。

わかるのは、慧剣《えけん》が真剣にこの状況をどうにかする方法を考えてくれたということだけだ。

しかし、最初の段階で空に矢を射る設定時刻を無視するという前代未聞《ぜんだいみもん》の説明が始まったので頭に情報がまったく入って来なかった。そこで思考が止まっている。

そんなことは許されるのかと。

秋主従もぽかんとしている。輝矢《かぐや》は唖然《あぜん》としていた。

慧剣《えけん》だけは『いける』という顔をしている。

『ね、輝矢《かぐや》様。これなら輝矢《かぐや》様のお望みを叶《かな》えられますよね』

色々突っ込みどころが多い発言だったが、言葉を解体してみれば慧剣《えけん》は正しく守《も》り人《びと》業をしていた。守《も》り人《びと》は主の憂いを断つことが最重要課題だ。何しろ巫《かんなぎ》の射手《しゃしゅ》は心で空に矢を射る。現在の輝矢《かぐや》の憂いは何かというと花矢《かや》だ。弓弦《ゆづる》を助けることが出来れば花矢《かや》の憂いは晴れる。すると自動的に輝矢《かぐや》の憂いも晴れる。とても簡単な図式だった。

だから、慧剣《えけん》は静かにみんなの話を聞きながらちゃんと考えていたのだ。

目的達成が第一なので、膨大な計算の中でリスクとルールは無視した。要所要所、問題があっても気にしない。主がしたいことが叶《かな》えばそれでいい。

そういう倫理観の欠如が薄《う》っすらと見え隠れする中、いま彼は微笑《ほほえ》んでいる。


ほら、これなら出来る。褒めてくださいと。


時に狂愛とも言える歪《ゆが》みと盲目さを発揮するのは主の為。

夏の御山で狼《おおかみ》を大暴れさせた少年が彼であるという納得感だけは全員にひしひしと伝わった。

——輝矢《かぐや》兄さん、どうお受け止めになっているのだろう。

花矢《かや》は輝矢《かぐや》のほうに注目する。

『慧剣《えけん》、お前……』

彼はというと、自分が育てている少年に若干恐れをなしていた。

慧剣《えけん》が、主を守る為なら狂気に走る人物であるということは既に実証済みだというのに、普段が子犬のように愛らしいので忘れてしまう。

『駄目ですか、輝矢様《かぐや》？』

彼は夏に狼《おおかみ》になった。

『いや、駄目って言うかさ……』

愛が彼を人に戻した。子犬ではない。首輪がついた狼《おおかみ》なのだ。

しかし小首をかしげる姿だけはやはり愛らしい。

『冬の代行者様《だいこうしゃ》にお願い出来ないでしょうか……。阿左美《あざみ》様のお話しぶりだとプライベートジェット機の所有権はいまは冬主従のほうにあるということですし。動かしてもらえるかどうかでこの作戦が決まります。あ、でも……輝矢《かぐや》様はとにかくすぐ矢を射《う》って欲しいから、おれが交渉すべきですね。出来るかな……いや、頑張ります……』

『いやいやいや、ちょっと待て。お前の中ではもう完成された計画なのかもしれんが、俺がついていけてない』

『あ、わかりました。もう一度説明します』

『説明はいい。お前、本気か……？　設定時刻を守らないのは掟《おきて》破りだぞ』

慧剣《えけん》は途端に傷ついた顔をした。

『だって、輝矢《かぐや》様が花矢《かや》様を助けたいと言ったから……』

主の為に頑張って考えたのに。何だか責められている、悲しい。

大変わかりやすく顔に思考の流れが出ていた。

『にしても掟《おきて》破り上等すぎるだろう。あと、さらっと密航経験を語るんじゃないっ』

輝矢《かぐや》は慧剣《えけん》の顔を見て躊躇《ためら》いが生まれてしまったが、それでも言った。

『だ、だってそれは、おれ……あの時は病院に監禁されてて……やっとのことで脱走したんです。逃げてからも巫覡《ふげき》の一族に追われて、捕まったら殺されちゃうかもって思ってたし……お給料も引き出せない状況の中、輝矢《かぐや》様のもとに戻るのには密航しかなかったんです……』

『慧剣《えけん》、お前……お前……』

こんな返しをされて、きつく言い返せる者は中々居ないだろう。

そして巫覡輝矢《ふげきかぐや》という男は特にそういう人間だった。

何か言いたげな様子だったが、しばらく苦悶《くもん》した後に、ぐっと言葉を呑《の》み込んだ。

『いや、お前を責めるのもお門違いだな。俺の監督責任だ……』

輝矢《かぐや》はとりあえずあるがままの慧剣《えけん》を受け入れることにした。

少し常識から外れた考えをする、このいとけない狼《おおかみ》を。

『わかった、一旦お小言は横に置こう……お前は俺の為に考えただけだもんな……』

『はい……怒ってますか……おれがでしゃばったから……?』

『いや、違う。そこじゃない』

『密航……』

『それもそうだけど、ルール破りを気にしない全体的な思考だ……。でも、お前がそうなったのは……俺が原因の一端を担《にな》ってるから……これから道徳と規律を教えようと思う……』

『おれのこと嫌いになりました……?』

『なってない、ならないよ……なるわけないだろ……。そこは一生ならんから安心しろ』

良くも悪くも、いまの慧剣《えけん》を作り上げているのは周囲の大人達の行動の結果だ。

そして現在の発言に関しては輝矢《かぐや》の為に『最短』を考えただけ。

作戦内容もすべてが他人頼りで統一されているわけではない。輝矢《かぐや》は日に二回も空に矢を射《う》って気絶しなくてはならないが、そんな輝矢《かぐや》を背負って移動させ介護するのは慧剣《えけん》になる。

ここで彼を責めるのは確かにお門違いではあるし、可哀想《かわいそう》だろう。

まだ少しいじけている慧剣《えけん》を視界の端にとらえつつも、花矢《かや》は輝矢《かぐや》に尋ねる。

「……あの、輝矢《かぐや》兄さん……浅学なもので尋ねたいんだが……設定時刻を守らないこともそうだけど……そもそも巫《かんなぎ》の射手《しゃしゅ》って持ち場を交換してもいけるの？」

花矢《かや》の問いかけに、輝矢《かぐや》が鈍い反応ながらも答える。

『…………いけるよ』

これには花矢《かや》のみならず竜胆《りんどう》や撫子《なでしこ》も驚いた。

『俺達は空に矢を放つという行為を北と南でしているだけだから。それに、神話でも言っているだろう。神様は俺達の祖先に【光と闇の弓】を渡したと。……区別されたものを譲渡されたわけじゃない。歴史上たくさんの分岐点があって今の形になっただけだ。四季の代行者様《だいこうしゃ》みたくそれぞれ別の季節を操ってるわけじゃないからね。ただ、季節も最初は力の行使に区別がなかったという話をお偉方の爺《じい》さんから聞いたけど』

慧剣《えけん》も横で頷《うなず》いている。最年長現人神《あらひとがみ》との生活は彼に知識を与えてくれているようだ。

『設定時刻より前後することについては……その土地の状況によって変動は許されている。たとえば春がなくて冬が大和《やまと》を覆っていた時、俺は冬時間で矢を射《う》っていた。日の入りと日の出は季節と連動してるからそうせざるを得ないんだ。俺達の頭上には見えない天蓋があって、切り裂いたら自分達の頭上には次の天蓋がお目見えする。でも切り裂けなかったところはそのまま朝か夜の天蓋が張り付いてて、光と闇が訪れない。他の射手と協力して世界の空を切り裂いている……というのは間違いないんだが、俺達は同じ神の加護を持つというだけであって、やってることは個人プレー。わかるかい？』

「理解出来た、と思う……」

輝矢《かぐや》は喋《しゃべ》りながら少し落ち着いてきたのか、顎に手を添えて難しい顔をしながら言う。

『慧剣《えけん》の言ってることは、無謀だが確かに一考の余地がある。問題は、射手が持ち場を交換したという事例を聞いたのは海外なんだよな……理論上は出来るはずなんだが……』

「海外……」

話のスケールが大きくなってきた。

『二種類ほど聞いたことがある。飛行機が発明されてからのものだけど』

「一日で移動したってこと？」

海外は花矢《かや》がけして行くことは出来ない世界だ。弓弦《ゆづる》を助けられるかもしれない新たな希望の光に、自然と聞く姿勢は前のめりになる。

『いや、俺が知っている事例は日をまたいでだよ。黄昏《たそがれ》の射手《しゃしゅ》の夢見がうまくいかず、次代の射手が見つかっていない状態で黄昏《たそがれ》の射手《しゃしゅ》が死亡。狭い島国だったので数日ごとに暁《あかつき》の射手《しゃしゅ》が移動して対応したというものだ』

巫《かんなぎ》の射手《しゃしゅ》の特性。人間が神の代行をしているが故に万能ではないこと。

それらを考えると確かに歴史上あり得るだろう事例だった。

『あとは、白夜《びゃくや》や極夜が一ヶ月くらい続くようなもっと寒いところだと、片方の射手に会いに行き、交流を図るらしい……。相手側の土地で矢を射ることもあると』

白夜《びゃくや》とは太陽が沈んでも薄明の空である現象を言う。

そして極夜は反対に日中でも暗い。完全なる昼夜は訪れない。

『天蓋が不安定で少し明るくなったり暗くなったりする時もあるようだが、それでも基本放置するんだと。そういうもんだからと昔から決まっていると俺は聞いたよ』

「そう、なんだ……」

花矢《かや》は自分が射手について何も知らないことを改めて思い知った。

そして巫覡輝矢《ふげきかぐや》という男が自分よりずっと物知りな先輩であるということも。

『おれ、それ月燈《つきひ》さんから聞きましたよ。海外の射手様、わりとゆるくやってるって』

『慧剣《えけん》、ゆるくとは違うと思うぞ……』

花矢《かや》の知らない人物の名前が出たが、恐らく信頼がおける仲間のような人なのだろうと花矢《かや》は推測する。敢《あ》えて尋ねずにそのまま会話を聞いた。

『あと大和《やまと》は時間に厳しいって。確実性にもこだわるって。輝矢《かぐや》様も矢を放った後、気絶して目覚めても一応その場で空の様子を見守るじゃないですか。あそこまでやるのは偉いそうです』

『それは俺が心配性なだけだから偉くはないな。神事を終えたらそれで帰るのが普通だから。何の為に観測所が至る所にあるんだって話になるし。………………ああ……その、ちょっと、話を軌道修正するが……慧剣《えけん》の言う作戦は出来るかどうかという点で言えばこの子が口にしたように、すごく頑張れば出来るギリギリのところを突いていると思う……。問題は冬だ』

やり取りを見守っていた竜胆《りんどう》が口を挟んだ。

『もし任せていただけるのであれば、冬主従への交渉は俺がしましょう。場合によっては……そうですね、春の御力を借りれば更に盤石かと。事情はお伝え出来ませんが、そういうことを出来る方が春主従を庇護《ひご》されているので、頼ってみる価値はあるかと。花矢《かや》様もこの方向性でいいですか？　御身がそれでやってくれと言ってくだされればすぐ取り掛かります』

「阿左美《あざみ》様……」

うち砕かれた希望が、また少しずつ戻ってきていた。

花矢《かや》は輝矢《かぐや》のほうを見た。すると、輝矢《かぐや》は苦悩している様子はあったが笑ってくれた。

『花矢《かや》ちゃん。とりあえずやってみるか』

短い言葉。だが、その中にたくさんの親愛と救いが込められている。

「輝矢《かぐや》兄さん、すごく大変なことになるよ……」

花矢《かや》は唇が震えた。自分ががむしゃらにやった行動が結びつき、一人一人の純然たる厚意と善意により、いま形になろうとしている。

『いやいや、それを言うなら花矢《かや》ちゃんだよ。俺と慧剣《えけん》はやれるところまでやってみるが、実際うまく繋《つな》がるかわからない……。飛行機のことがある。最悪、君は気絶した状態でも誰かに山に連れてってもらって、無理やり起こしてもらい、麓で矢を射《う》つしかないぞ』

「うん……」

『そしてまた弓弦《ゆづる》君の容態の為に病院へ戻る。夜になったらまた矢を射《う》つ。出来そうにも思えるだろうが、これだと弓弦《ゆづる》君の命がどうなるかはわからないし、君もどうなるかわからない』

花矢《かや》はただ頷《うなず》く。輝矢《かぐや》がリスクを話しているのは、意地悪ではないとわかっている。危険性を加味した上で最善の行動を取れと『共犯』として言っているのだ。

何せ掟《おきて》破りの出発を始めるのは輝矢《かぐや》なのだから。

『おまけに現地で最終的に本山から来た人達からの質疑応答、弁解をするのは君になる。大人達はこぞって君を責めるだろう。もしたどり着けなかったら、その時は俺が前に出るが……君はただ大切な守り人《もりびと》を助けたい為だというのに、悪人扱いされるのは間違いない。花矢《かや》ちゃん……それでも弓弦《ゆづる》君の為に行動出来るか？』

本来なら、花矢《かや》を諌《いさ》めるべき立場の人がすべて呑《の》み込んで君も覚悟を決められるかと意思確認をしている。ここで日和るならやるべきではない。

「……やる」

花矢《かや》の返事には、輝矢《かぐや》が求めたような覚悟がちゃんと込もっていた。

「何としてでもやります……。皆様、どうか御力をお貸しください……」

選択肢は最初から一つしかなかった。

『……よし。なら、俺もやろう。そもそも俺だけ安全圏に居るのは卑怯《ひきょう》だという気がしてきた。四季の代行者《だいこうしゃ》様側に掟《おきて》破りを要求してるのにこっちは無傷はおかしい……』

これには竜胆《りんどう》は苦笑した。『そんなことはありませんよ』と言う。

そこまで話したところで、英泉《えいせん》が花矢《かや》に話しかけた。

「……花矢《かや》」

花矢《かや》は英泉《えいせん》を見る。

「お前、今から急いで病院に戻れ」

驚いて、花矢《かや》は何度か目を瞬《まばた》いた。『戻れるか』ではなく『戻れ』という命令口調。

しかしその言葉に険はない。淡々と為すべきことを為そうとしている感情が伝わってくる。

花矢《かや》と同じくやるせなさを感じていた彼はもう居ないようだ。英泉《えいせん》は娘の肩を掴《つか》んで言う。

「もうすぐ屋敷《やしき》に本山の連中が来てしまう。俺が嘘《うそ》をついて対応しよう」

巫覡英泉《ふげきえいせん》は神様ではない。

「父さん、嘘《うそ》って……」

神の従者でもない。只人《ただびと》だ。何処《どこ》にでも居る普通の人。そして娘が一人いる平凡な父親だ。

これは彼にとって、相当勇気が必要な行動のはずだが、もう腹を決めているようだった。

「お前はひどく傷心で、部屋で泣き疲れて寝ていると嘘《うそ》をつく。不知火岳《しらぬい》に登る時間まで放っておいてやってくれと。父さん、あまり良い役者ではないがやれんことはないだろう。本山からの支援は蒼糸《そうし》さんと同じく命令されてただ来ているだけの者達だ。守《も》り人《びと》を失いかけている射手の部屋をこじ開けて、無理やり事情聴取をする奴《やつ》らではない」

あの時と同じく、いますべき事を考え娘に伝えようとしていた。

「いいか、雨の中だが警備門の目を盗む為に歩いて行け。通りに出たらタクシーに乗ればいい。この事を母さんと蒼糸《そうし》さんに話して相談するんだ」

もう『でも』や『だって』を言う時間ではないと。

「蒼糸《そうし》さんは……息子の為に黄昏《たそがれ》の射手《しゃしゅ》様と四季の代行者《だいこうしゃ》様が動いた、花矢《かや》が嘆願して叶《かな》ったと聞いて無視する人じゃない。説得すれば……きっと大丈夫だ。けど、蒼糸《そうし》さんの親族はどうかわからん。あの人にだけこっそり相談しろ。問題なく秋主従のお二人が病院にたどり着いたらお迎えして、病室に入れてもらえるように頼み込め。そしてお前は夜まで何処《どこ》かに隠れていろ。弓弦《ゆづる》君を治す為に、お前はお前に神事をさせようとする者に絶対に捕まってはならない」

「……わかった」

「他の神様を巻き込んでやることだ。失敗は許されないぞ、花矢《かや》」

花矢《かや》はあの時と同じように、自分のやるべきことを復唱した。

「……病院に戻る。母さんと蒼糸《そうし》に相談する。どんなことをしても、秋のお二人を弓弦《ゆづる》に引き合わせる」

悲愴《ひそう》感はなかった。代わりに強い決意が瞳に宿っていた。

「絶対に、捕まらない」

逃げられない運命に絡《から》め取られた少女は、今日という日だけは運命と戦うことを決めた。

「そして弓弦《ゆづる》を助ける」

後追いで死ぬよりは、ずっと良い。

『じゃあ、作戦を実行しよう。それぞれ常に連絡が取れるように端末を所持して。問題が起きたらすぐに相談し合うこと。健闘を祈る』

輝矢《かぐや》が号令をかけると朝と夜と秋の三陣営会談は終了した。


その数分後に、黄昏《たそがれ》の射手《しゃしゅ》は空に矢を放った。

空の動きは古今東西にある天体観測所でも毎日見守られている。

竜宮《りゅうぐう》にある天体観測所でも、その日の空の移り変わりを見ている者達が居た。

普段より早く夜が訪れようとしている。そのことに観測所の者達が気づいて議論をしている時には慧剣《えけん》が足をふらつかせながら輝矢《かぐや》を背負って下山を開始していた。

設定時刻より早い夜が訪れていることについて、ほとんどの民は気にもしていなかった。

忙しい現代の人々は空を見上げること自体が少ない。

本日も問題なく訪れた夜を何の疑問も抱かず受け入れる。それは仕方のないことだ。


みな、それぞれの人生を生きているのだから。


生まれたばかりの赤子は本日もよく食べてよく寝ていた。

学校に通い始めた子どもは友達がおらずとも学舎へ向かい、ちゃんと帰ってきた。

企業に勤める仕事人は朝から晩まで働いていて、自分の手元しか見る余裕がない。

釣り銭を手渡し忘れた飲食店の店員は慌てて外に出て、そこでようやく『嗚呼《ああ》、もう夜が来たのか』とふと思う。

今日も人々は与えられた時間を精一杯生きている。

そしてエニシに居る朝の神様は、雨の中病院へと走るのだ。

空の色を見て、涙しながら。

第六章
水に燃え立つ蛍

花矢《かや》がずぶ濡《ぬ》れの状態で病院に戻った時は午後五時過ぎになっていた。

警備門から目を盗んで屋敷《やしき》を出る為に、傘を差せなかったからだ。

途中から携帯傘を持ってきたほうが良かったと気づいたが、新たに所持していた物は携帯端末と、父親に困ったら使えと握らされた万札とクレジットカードのみだった。

タクシー運転手にシートが濡《ぬ》れることを謝罪し、緊張しながら乗車した。

もうずっと管理される日々を送っている花矢《かや》にとって、一人でタクシーに乗ること自体も大きな冒険だ。行き先を運転手に伝える声も震えた。

若い娘。ボロボロの登山姿。焦《あせ》った様子。

目的地は病院ということもあり、運転手は色々と察するものがあったのか話しかけてくることもなく静かに運転をしてくれた。

花矢《かや》はしばらくは黙って車窓から外の景色を見つめていたが、病院に到着するまでのわずかな時間だけ目を瞑《つぶ》ることにした。神事を終えてからろくに休憩というものをとっていない。

蒼糸《そうし》に会うまでに理路整然と意見を述べられるよう心を落ち着ける必要があった。

だが、黙って視界を閉ざしても、辛《つら》い記憶ばかり頭に浮かぶ。

彼の頭から大量の血が出ていたことへの恐怖。

ぷらん、と力なく垂れていた手。

意識がない人間の身体《からだ》は支えるだけでもこれほどまでに重いのかと思い知らされたこと。

名前を呼んでも一切反応せず半開きになった口からも血が溢《あふ》れていたこと。

すべてが苦しい記憶だった。

自分が代わってやれたらどんなに良かったか。

いやそもそも弓弦《ゆづる》が守り人《もびと》でなければ。

フラッシュバックは花矢《かや》に度々目眩《めまい》や吐き気を齎《もたら》した。既に吐く物はないが胃液は出る。

思考が強制的に自己防衛を図り、記憶の再生を中止させた。

弓弦《ゆづる》のことしか考えられないとしても、彼の傷ついた姿を思い出し続けるのは心身が持ちそうにない。

——いいことを。

希望が芽吹いたのだ。なら、悪い方向に思考を傾けたくない。

——いいことを考えよう。

そう思って最初に頭に浮かんだのは昨日作ったホットケーキのことだった。

直近であった幸せな記憶だ。

——あれ、美味《おい》しかったな。

花矢《かや》が取り戻したい日常でもあった。

弓弦《ゆづる》のホットケーキは完璧で、まるで売り物のように綺麗《きれい》だった。

逆に花矢《かや》は下手というほどではないのだが、ひっくり返す時に失敗してぶちまけられた水たまりのような形になってしまった。

どうしてそんなにうまく出来るんだ、どうして、と悲しげに嘆く花矢《かや》が面白かったのか、弓《ゆ》弦《づる》がくっくっと喉を鳴らしていたのを思い出す。


『大変前衛的ですね』

『へたくそならへたくそと言えよ』

『伸び代があります。それにこれからうまくなれば良いじゃないですか』

『練習する機会があんまりない』

『二人でお留守番の日は、ホットケーキの日にするのはどうでしょうか』

『弓弦《ゆづる》、ホットケーキ好きなのか』

『貴方《あなた》と一緒にやっていて楽しいから』

『ふうん、じゃあいいけど……』


楽しい時間だった。

何の不安も悲しみもなかった。

『弓弦《ゆづる》、そっちは私のだぞ』

『花矢《かや》様はおれが焼いたやつを。おれはこちらをもらいます』

二人で好きな果物や生クリーム、チョコソースをトッピングしようという段階で、弓弦《ゆづる》はホットケーキを交換した。そっちはきっとまずいぞ、と花矢《かや》が言っても聞かなかった。

『わからない人ですね。主が焼いてくれたのが食べたいんですよ』

そう言って聞かなかった。

「……」

いま思い返せば、あれはなんと愛情深い行為だったんだろう。

——弓弦《ゆづる》。

暗くならないように、頑張る力を養う為に良い記憶を呼び起こしたはずだったが、花矢《かや》は目を瞑《つぶ》りながらまた涙を零《こぼ》した。寄せては返す波の如《ごと》く、切なさが増した。

タクシーの運転手に泣き顔を見られたくない。困らせたくない。

こっそり涙を拭っている内に車は病院に到着した。

病院に到着すると、母親の朱里《しゅり》が正面玄関入り口に待ち構えていた。英泉《えいせん》が連絡してくれていたのだ。病院を出発した時より更に酷《ひど》い風体になった娘を見て、朱《しゅ》里《り》は痛ましさに顔を歪《ゆが》ませたが、すぐに蒼糸《そうし》へと取り次いでくれた。

花矢《かや》と蒼糸《そうし》、そして朱里《しゅり》だけの話し合いは長い時間を要した。

いくら花矢《かや》の守《も》り人《びと》とはいえ、親族に無断でそんな強硬手段を取るとは非常識だと、まずそこを責められた。弓弦《ゆづる》は助かるかもしれないが、花矢《かや》の損害が大きすぎる、とも。

「私の評判が下がること自体は問題ないよ」

「問題なくないでしょうっ……！」

蒼糸《そうし》は珍しく声を荒らげた。花矢《かや》に帰ってくれと言った時もそんな様子は見せなかったのに。聞かされた情報が衝撃的過ぎたせいもあるだろう。言ってから、ハッとして口元を手で覆う。話し合いの場は人通りが少ない病院の廊下だったが、まったく無人というわけではない。検査終わりで部屋から出てきた入院患者が怪訝《けげん》な顔でこちらを見ている。まだ本山から人が来たわけではないが、会話を誰かに聞かれてはまずい。

蒼糸《そうし》は声を小さくして言った。

「……弓弦《ゆづる》を助けようとしてくれた花矢《かや》様の気持ちは嬉《うれ》しいです。けれど、あまりにも無謀過ぎます……。それに評判を下げる行為だというのは花矢《かや》様に限ったことではありません」

息子が助かるかもしれない、というのに蒼糸《そうし》はこの話にすぐ頷《うなず》く気がないようだ。

花矢《かや》はやきもきした。だが、心を乱せばすぐ蒼糸《そうし》に看破される。

冷静な状態で考えられた作戦ではないと思われてはまずい。特に蒼糸《そうし》のような理性的な人間には話を頷《うなず》かせる為にもこちらが落ち着いている様子を見せなくてはならなかった。

三年間寝食を共にし、山へ登った時間の中で、彼に要求を通すならそうしたことが必要だというのは花矢《かや》も理解していた。花矢《かや》は努めて平静な態度で話した。

「わかってる。でも、それは私のせいにしてもらいたい。他の方々は私を守ってくれようとしているが、いざ責められたら私は全部自分が脅してやってもらったことだと言うつもりだ」

「……花矢《かや》様っ！」

叱責が飛んだ。

「ねえ……場所を変えましょう」

朱里《しゅり》に言われて、三人はもっと人通りが少ない廊下の奥へと移動した。改めて花矢《かや》は言う。

「蒼糸《そうし》……お前にもきっと迷惑がかかるだろう。二代に渡って守《も》り人《びと》を輩出した家とはいえ贔《ひい》屓《き》が過ぎると。言われたら……何も知らなかった、勝手にやられた。そう言ってくれていい。いまお前に秘密を共有しているのは、実行する時に止めないでもらいたいからだ……」

蒼糸《そうし》は皮肉げというよりかは、悲しげに言った。

「……僕に木偶《でく》の坊《ぼう》でいろと……？」

「違う。黙認して欲しいとお願いしている。馬鹿で我儘《わがまま》な暁《あかつき》の射手《しゃしゅ》が他の神様に無理難題を要求して寵愛《ちょうあい》している守《も》り人《びと》を助けた。そう言えばみんな信じる。最大限、手助けしてくれる方に火の粉が飛ばぬよう配慮したいんだ……そういう協力をお願いしたい……」

——私の代償が悪評と何かしらの罰なら安すぎるくらいだ。

花矢《かや》はこのことについては、考えなしに言っているわけではなかった。

ある程度自分に下される罰も予想している。

高校は退学にさせられるかもしれない。

もしかしたら、両親との同居も解除させられる可能性もある。お役目を解かれるということはシステム上あり得ないので、孤立させられ死ぬまで冷遇される可能性が一番高い。

——でもそれで、弓弦《ゆづる》が助かるなら。

自分を道具のようにしか扱わない守《も》り人《びと》が新たに派遣されてもいい。

——安いもんだ。

とにかく、彼が生きていてくれるならそれでいい。弓弦《ゆづる》が死んだら後追いしたいと思っていた娘からすれば、どんな仕打ちも叱責も軽く感じられた。

——安すぎる。

残りの人生、灰色に染められたとしても、遠くで弓弦《ゆづる》の幸せを祈り、彼が元気に暮らしていると便りだけでも聞けるのならそちらのほうが断然良いに決まっている。

しかし、さすがに母親の朱里《しゅり》が口を挟んだ。

「……花矢《かや》ちゃん。それは駄目よ」

娘を大事にしている朱里《しゅり》からすれば作戦自体は大賛成だが、その後寄ってたかって自分の娘が批判されるのは我慢がならないことだろう。

「……母さん、もうみんな協力してくれてるんだ。引き返せない」

二対一の論争になりかけている雰囲気を感じて、花矢《かや》は強く言い返した。

ここで負けるわけにはいかない。

「父さんも了承した。病院に行けと言ったのは父さんだ」

朱里《しゅり》もそれは理解しているようだった。頷《うなず》いて同意する。

「ええ、それはわかってる……」

なら何だと言うのか、という花矢《かや》の視線に朱里《しゅり》は大真面目に答える。

「……そうではなくて、お母さんが指示したことにしましょう、と言いたかったの」

突拍子もない発言に、数秒、三人の中で沈黙が流れた。

「……母さん？」

花矢《かや》は牽制《けんせい》するような声音で問いかけ、蒼糸《そうし》はまた怒り出した。

「朱里《しゅり》様まで何を言うのですかっ！」

二回目の叱責が飛ぶ。

「じゃあ子どもに全部押し付けろって言うの！」

朱里《しゅり》は腰に手を当てて、言い返す。

「そう言える材料はあるわ。だって、私の子どもは大人しい女の子なの」

「……母さん？」

花矢《かや》は二度も同じことを言ってしまう。

「実際の貴方《あなた》とは別。素行の話よ。これまで大きな問題も起こしてない。そんな子が突然反乱みたいなことして、全部自分のせいです、なんて言って信じる人はあまりいないと思わない？」

蒼糸《そうし》は朱里《しゅり》に向かって言う。

「朱里《しゅり》様、やはり無理があります。花矢《かや》様が不穏分子とは思われないというのは頷《うなず》けますが、だとしても朱里《しゅり》様の指示ということは芝居が過ぎます」

「でもね蒼糸《そうし》さん、私は上の人にずけずけ物を言うから花矢《かや》よりは適任だと思うの」

「それは朱里《しゅり》様のご実家がお偉方の一人だからでしょう……。それなら、ご実家に頼って、最大限花矢《かや》様を庇《かば》ってもらえるようにしてもらうほうがよほど建設的だ」

「……それは、そうだけど」

「あまり言いたくはないですが……事がすべて露見すれば、見せしめで花矢《かや》様がもっとも苦しめられる可能性が高いです。十代の少女神の言葉をまともに取り合うな、という風にはなればいいですが、恐らくそうはならない。時代錯誤な管理体制に戻したい、という派閥が根強く居ます……」

花矢《かや》は蒼糸《そうし》と視線が合い頷《うなず》く。花矢《かや》も既知の事実だった。反対派が居るのだ。

いま生きている人より、形式を愛する。これは巫覡《ふげき》の一族に限ったことではない。

もちろん、伝統を保つことも必要であり、形骸化されたとしても『あった』という事実として保存に努めるというのは歴史を忘れない為にも良いことだ。

ただ、明らかに人権侵害であることすら伝統的な美しさと言い切ることは、現代の価値観を持つ人間からするともはや異様に映る。

蒼糸《そうし》や輝矢《かぐや》はその転換期の狭間《はざま》の世代とも言えた。

「今回は良い餌ですよ。終わった後にどんな罰が下されるか……。せっかく射手の孤立を防いできたのに……」

我が子や、それに近い存在が出来た時に未来を慮《おもんぱか》っていま生きる人を守ろうとする。

そういうことを蒼糸《そうし》はたくさん苦労しながらやってきた人だった。

そして花矢《かや》は、恩恵を受けた側だ。

花矢《かや》は蒼糸《そうし》の言葉を聞いて、思わず下を向く。

「ごめん……。蒼糸《そうし》や輝矢《かぐや》兄さんがやってくれたことに傷をつけること、すまない……」

「花矢《かや》様、違います……そういうことではなく……」

蒼糸《そうし》の歯切れが悪くなる。

「わかってるよ。お前が……自分がしたことが台無しだ、と悔やんでいるわけじゃないって。私のことを考えてくれているから、それじゃあ射手の扱いが悪くなるって心配してるんだろ」

「……」

「いつも、迷惑をかけてばかりだ……本当に申し訳ない」

そこまで言って、やはり顔を上げた。これは目を逸《そ》らさず言うべきだからだ。

「私に思う所がきっとたくさんあるだろう。すべて終わったら、いくらでも責めてくれて構わない。だが、弓弦《ゆづる》の救命に関しては頷《うなず》いてくれ。私の行動に、みんなの協力に……弓弦《ゆづる》の未来がかかっているんだ。蒼糸《そうし》だって、息子が生きられるなら、そうしたいだろ……？」

「………」

蒼糸《そうし》はすっかり黙り込んでしまった。

「終わった後のことはその時また対応させてくれ。私は自分がやる事の責任は取るつもりでいる。逃げも隠れもしない。覚悟の上だ。どうかこの件、任せて欲しい」

花矢《かや》の弁舌は達者だった。本人の言うように言葉に覚悟が滲《にじ》んでいる。

「母さんも。わかって欲しい」

花矢《かや》は朱里《しゅり》にも向き直って言った。

「花矢《かや》ちゃん……」

「弓弦《ゆづる》のこと、母さんだって大事なはずだ。同じ立場ならどうする。絶対にやるに決まってる。いまは弓弦《ゆづる》のことを最優先に考えて……」

朱里《しゆり》はやはりまだ言いたげな顔をしていたが、最終的には頷《うなず》いた。

「そうね……」

娘が苦しい思いをするのは見たくはないが、救える生命をしがらみや損益で見捨てることなど出来る人ではない。朱里《しゆり》の説得は出来た。では後は蒼糸《そうし》に頷《うなず》いてもらえれば話は進む。

花矢《かや》は黙ったままでいる蒼糸《そうし》の返事を待った。

蒼糸《そうし》は顔を苦悩の色に染めている。

──何ですぐ頷《うなず》かないんだ。

花矢《かや》がやきもきし始めたその時。

「………花矢《かや》様、一つお聞きしたい」

蒼糸《そうし》は沈黙を破った。

改まった態度で問われ、花矢《かや》も姿勢を正す。

「何だ」

「何故《なぜ》、急に他の神に頼られたのですか」

面と向かって『何故《なぜ》』と問われて、花矢《かや》は言葉に窮した。

花矢《かや》からすれば、弓弦《ゆづる》を助ける方法が見つかったのに今もこうして長考している蒼糸《そうし》のほうに『何故《なぜ》』と問いたい。

「え、だから……弓弦《ゆづる》が」

貴方《あなた》が承諾さえしてくれれば自分はいくらでも犠牲になれるのにと。

正直、ここまで話がうまくまとまらないとは思わなかった。

きっと喜んでくれると、弓弦《ゆづる》の為に同意してくれると、そう思っていたのに。

蒼糸《そうし》の声は、先程より一段深く苦衷《くちゅう》で濁っていた。

「僕が貴方《あなた》を追い詰めましたか……？」

この時、花矢《かや》は蒼糸《そうし》を見誤っていた。

巫覡蒼糸《ふげきそうし》という男は非常に摑《つか》みどころがない人物だ。

「……僕は冷たく『家族だけで』と言いました」

人の為に動く男だが、彼の本心自体は内に秘められているので多くを語らない。

関わり合いがある者からも、もしかしたら心根は冷たいのだろうかと思われることもある。

深く会話してようやく『その時そんな風に思っていたのか』と驚かれるような人。

「邪魔だ、と聞こえたかもしれない」

感情を表には出さない人。それが蒼糸《そうし》という男だった。

蒼糸《そうし》は恐らく意図して日常生活で仮面をつけているのだろう。

人間、誰しも他者に見せる為の顔というものはある。彼は人よりそれが分厚くて、本当に仲が良い人にしか仮面の裏の顔を見せない。

だからこそ、一度その仮面を外して彼本来の優しさに触れると強く惹かれてしまう。

「そう言ったことが、貴方《あなた》を追い詰めましたか……？」

花矢《かや》は、嗚呼《ああ》と声が出そうになった。

「……貴方《あなた》を傷つけましたか……」

蒼糸《そうし》の仮面を外させてしまったと感じた。

花矢《かや》が計画を話した時から外れかけていたのかもしれないが、いまは完全に失われていた。

「花矢《かや》様……」

蒼糸《そうし》の顔は傷ついていて、そこには剝《む》き出《だ》しの感情があった。瞳は悲しみを訴えている。


「……本当に貴方《あなた》の意志でやったとは思えない」

自分の考えなしの行動で彼が傷ついていることを花矢《かや》は知った。

善良な大人である彼は思ったのだろう。

自分が追い詰めたから、この子はこんなことをしでかしたのだと。

喜んでもらえない理由がようやくわかった。

「言い訳に聞こえるでしょうが、僕は貴方《あなた》を隠したかった。あれ以上、傷ついて欲しくなかったんです……。傷つけるのは、きっと僕の家族になるでしょうから……見たくもなかった」

「蒼糸《そうし》……」

「僕は花矢様《かや》がいまどんな気持ちでいるか……」

花矢《かや》はすがるように蒼糸《そうし》の腕を掴《つか》んだ。

「違うよ！　言葉を選んでくれていたよ……。蒼糸《そうし》に言われたことは当たり前のことなんだ」

ますます罪悪感を抱いた表情になっていく蒼糸《そうし》を見て、花矢《かや》は言い募る。

「蒼糸《そうし》こそ、そう思わないでくれ。私が弓弦《ゆづる》を助けたいと他の神様に頭を下げたのは単純に私の欲望だ。蒼糸《そうし》がそうさせたんじゃないっ」

「……」

蒼糸《そうし》は尚《なお》も自分の言葉が花矢《かや》を追い詰めたのではという可能性を捨てきれないようだ。

――私のほうが、蒼糸《そうし》を追い詰めてる。

一緒に暮らしていた時も、息子を欲しいと言った時も、蒼糸《そうし》は困ったように笑うばかりで花《か》矢《や》に心の内側を曝《さら》け出《だ》しはしなかった。きっとそれは蒼糸《そうし》が『大人』であることにこだわっていたからだ。花矢《かや》は子どもで自分は大人だからと。分別のある人だった。そう振る舞える器の大きさと仮面も持ち合わせていた。今は、只々《ただただ》苦しそうにしている。

「蒼糸《そうし》」

花矢《かや》は掴《つか》んだ腕を揺らす。自分のほうから無意識に目を逸《そ》らす蒼糸《そうし》に見て欲しかった。

嘘《うそ》をついてないと、わかって欲しい。

「本当だよ。蒼糸《そうし》は知らないかもしれないが……私と弓弦《ゆづる》は……喧嘩《けんか》もするけど、ちゃんと二人で射手と守《も》り人《びと》をしていたんだ……。私が彼を助けたいと思うのは……私が……蒼糸《そうし》の息子を人として好いているからだ……」

「……」

「私達、うまくやっていたよ……」

花矢《かや》は元気だった頃の弓弦《ゆづる》を思い出す。たった十数時間前のことだ。

「喧嘩《けんか》もあるけど、一緒に寄り添っていることのほうが多いんだ。昨日だって弓弦《ゆづる》と一緒に料理をしてご飯を食べた。ホットケーキを作ったんだよ……」

喋《しゃべ》る度に、弓弦《ゆづる》への思いが積み重なってしまう。

「休日なのに、綺麗《きれい》にしていろって髪もいじられた」

その時どんな顔を見せてくれていたか。触れられた手がどれくらい温《あたた》かったか。

目を覆いたくなるほど酷《ひど》い状態になる前の彼のことを思い出す。

「私が成人式に行く時に、髪をやってあげたいって言ってくれて練習してたんだ……。お前に私の写真を送りたいとも言っていた。弓弦《ゆづる》は私のことをすごく熱心にしてくれるんだ……」

何の不安もなく過ごしていたあの休日がもう懐《なつ》かしい。

──昨日のことなのに。

弓弦《ゆづる》が無事だった昨日に帰りたい。

「大切にしてくれるんだ。いつも気遣ってくれるんだ。でも、弓弦《ゆづる》がそうしてくれなくても私は弓弦《ゆづる》が大切だよ。みんなが知らないだけで…………」

過去に帰って、すべてやり直したい。

「みんなが知らないだけで、私達は……」

声が裏返りそうになって、花矢《かや》は一度言葉を止めた。

私達は何なのだろうという疑問もあった。

主従ではあるが、友達のように傍《そば》にいることもあるし、家族でしかしないようなこともする。

定義が出来ない関係の中で、こうだと言えるものがない。

お互い思い合っているのだけは確かで、それに嘘《うそ》はない。ただ、大切だ。

「嘘《うそ》じゃないよ……」

そう言ったきり、言葉に詰まっている花矢《かや》に蒼糸《そうし》が見かねて声をかけた。

「……弓弦《ゆづる》と、仲良くしてくださっていたんですね」

「うん……本当だよ」

「花矢《かや》様が仰《おつしや》っていること、嘘《うそ》だとは思いません」

「本当に本当なんだ」

「わかっています。弓弦《ゆづる》のほうが貴方《あなた》に執着していたことも……」

「執着なんて、そんな……」

「……あの子はどうも花矢《かや》様との出会いを運命的に感じていたようです」

花矢《かや》は目を大きく見開いた。

「……嘘《うそ》」

思わず、説得していたことも忘れて素の反応を出してしまう。

「どうして花矢《かや》様のほうが嘘《うそ》だと言うのですか」

「だって」

「何となくそうなる気がしていたと僕に言ったことがあります」

花矢《かや》は困惑した。そんなこと聞いたことがない。

「諦めで言ったんだよ。そうに決まってる」

彼は仕方なくエニシへやってきた。父親の代わりに。だから花矢《かや》はずっと罪の意識があったというのに。

「蒼糸《そうし》だって私に言われて仕方なく弓弦《ゆづる》を差し出してくれたんだろう。それは後付だよ……。もしくは気を遣ってそう言ってくれたかだ」

信じられない。しかし蒼糸《そうし》は、はっきりと言った。

「そんな様子で言ったなら、僕は花矢《かや》様に大事な息子を差し出しておりません」

言い切られて、花矢《かや》はたじろぐ。

「花矢《かや》様、ここは勘違いして欲しくありません。僕も……本山の言いなりになる守《も》り人《びと》に貴方《あなた》を預けたくはなかった。色々考えて、息子に打診をしました。それだけです。貴方《あなた》の命でそうしたのではないのです」

花矢《かや》は蒼糸《そうし》をまじまじと見てしまう。

「息子を指名されたことについて、しこりがまったくないかと問われると嘘《うそ》になりますが……それも一つの手だと思いました」

「……」

「そもそも貴方《あなた》はあの時も子どもです。大人が子どもの言うことを真に受けるわけがない」

「でも私は暁《あかつき》の射手《しゃしゅ》だ……」

「確かに貴方《あなた》は身分の高い方ですが、僕にとっては三年間一緒に暮らして守ってきた小さな女の子です」

蒼糸《そうし》は言い聞かせるように言葉を続けた。

「お父上やお母上に会いたいと泣いていた姿は今でもありありと思い出せます」

本来なら弓弦《ゆづる》に割くべき時間を、花矢《かや》に注いでくれる。

「僕は貴方《あなた》のその後に対して、責任がありました。情もあった。あれは貴方《あなた》の決断ではなく、あの時大人だった僕の決断です。僕が離れるなら、せめて肉親をと……」

淡々としている人だが、花矢《かや》への愛情は間違いなくあったのだ。

「……」

花矢《かや》は、蒼糸《そうし》がしてくれたことや弓弦《ゆづる》の思いが只々《ただただ》、申し訳なかった。

「ごめん、なさい……」

口をついて出るのは謝罪の言葉だけ。

何度も言われて相手もうんざりしているかもしれない。

だが、花矢《かや》にはそれしか出来ない。

射手ではない時の彼女は、単なる十六歳の少女でしかないのだから。

「何故《なぜ》謝るのですか……」

「蒼糸《そうし》にたくさん、我慢させてるから……」

「……我慢を一番しているのは誰か、僕はよく知っていますよ、花矢《かや》様。貴方《あなた》がそんな風に、僕が居なくなった後でたくさん思い悩んでいたとは知らず……こちらこそ申し訳ありませんでした……。花矢《かや》様が人より考え過ぎてしまう性格だというのを、失念していて……」

——蒼糸《そうし》。

庇《かば》って言っているわけではないのだろう。

彼は幼い主を自分の息子に任せた後は伝え聞くことしか知り得ていない。ようやく再会して、自分がしたことの結果を目の当《まあ》たりにした。そして彼自身も戸惑っているようだった。

「……違う、私が悪い」

蒼糸《そうし》が言うように、花矢《かや》は少し考えすぎなところがあった。もしくは、自罰的とも言えるのかもしれない。

「……花矢《かや》様。小さい頃からお変わりになりませんね」

花矢《かや》は蒼糸《そうし》の言っている意味がわからず、目を瞬《まばた》いた。

「射手に選ばれた時に花矢《かや》様が僕に言ったことを覚えていますか」

覚えていなかった。花矢《かや》は数秒考えたが、本当にわからなかったので自分が言いそうなことを口にした。

「……よろしく？」

蒼糸《そうし》は苦笑いをした。

「違います。貴方《あなた》はこう仰《おっしゃ》ったんですよ。『私が悪い子だから神様に選ばれたのか』と」

花矢《かや》はそういえばそんなことを言った気もするとぼんやり思う。

朱里《しゆり》は口惜《くちお》しそうに唇を噛《か》んでいた。

「違います、と僕は言いました。そう思うことが花矢《かや》様の中で納得する理由になったのかもしれませんが……」

不自由さをどうにかして呑《の》み込む為の精神構造。

きっと、それは射手に必要なものなのかもしれない。

「………今の貴方《あなた》の姿を見ると、どうしてもあの時の花矢《かや》様を思い出してしまいます。弓弦《ゆづる》を助けていただけるなら嬉《うれ》しい……。しかし、貴方《あなた》の何かを犠牲にして、というのは……やはり違うと思います……。弓弦《ゆづる》が喜ぶとも思えない……」

「蒼糸《そうし》」

眼《め》の前《まえ》の大人は、まだ確約した言葉をくれない。だが心は傾いているようには見える。

「私がすること、全部愚かに見えるかもしれない。すべてが不明瞭で、不安にさせてる。私も何も約束することが出来ない。でも、どうか……努力することだけ許してくれないか……」

花矢《かや》は蒼糸《そうし》に語りかけた。

「弓弦《ゆづる》を助けたい、私も弓弦《ゆづる》が生きていてくれたら嬉《うれ》しい」

――ありがとうとごめんねを言いたい。

「お前が私を責めたとかじゃない……本当に、違うんだ……」

――言えるなら、もうこれ以降の人生がどうなってもいい。

「他の方や、もちろんお前やお前の家族、弓弦《ゆづる》にも火の粉が飛ばないように振る舞う。もう秋の代行者様《だいこうしゃ》と護衛官様《ごえいかん》がこちらに向かっているんだ。輝矢《かぐや》兄さんも慧剣《えけん》君も協力してくれている。お前が承諾してくれたら、あとは私が何とかする。お願いだよ……」

――弓弦《ゆづる》に、会いたい。

もうどれだけ涙を流したかわからないのに、海はまた瞳に広がる。

「許可してくれ……お願いだ……蒼糸《そうし》……」

弓弦《ゆづる》に関することなら、一生泣けるだろう。

彼が彼女を弱くした。愛してくれたから弱くなった。

弱くなったから。

「お願い……蒼糸《そうし》……」

いまこの時、彼の為に強くありたい。

蒼糸《そうし》はしばらく黙っていたが、やがて自分に触れていた花矢《かや》の手を摑《つか》んだ。

「蒼糸《そうし》……」

そしてそのまま手のひらを温めるようにして握り直してくれた。

「……」

しばらく黙っていたが、やがて彼も腹が決まった。

「わかりました。花矢《かや》様……やるならば、諸共に」

迷うところがあっただろうに。

「妻にも話します。彼女の協力なしには出来ません」

利権や面子《めんつ》の為ではない。仲良くしてくれた男の子を救いたいという単純な動機。

自分の息子を好いてくれている娘への愛おしさが最終的に勝った。

「花矢《かや》様のお言葉を聞いて……息子に聞かしてやりたいとも思いました」

「……何を」

「お前は主に好かれているぞ、と」

そんなこと、言うまでもないのに。花矢《かや》はそう思うが、もしかしたら弓弦《ゆづる》は弓弦《ゆづる》で花矢《かや》の気持ちで知らないことがたくさんあるかもしれない。なら、自分も伝えたいと花矢《かや》は思った。

「僕も、息子ともう一度喋《しゃべ》りたいです……。分不相応な立場ではありますが、弓弦《ゆづる》の救命をお願い出来るでしょうか……」

蒼糸《そうし》が深々と頭を下げる。

その姿は花矢《かや》と過ごしていた時に見ていた彼より、随分と小さく見えた。

花矢《かや》は握られた手を揺らして『うん』と返事をした。

「任せて欲しい。弓弦《ゆづる》の為なら私は何でも出来るんだ。証明する」

かくして、朝と夜と秋の作戦が本格的に始まった。

第七章
北の大地にて

朝と夜と秋の神様会議が終わった後、事態は至る所で大きな展開を見せた。

北の大島エニシでは、花矢《かや》が病院に向かう一方で冬の代行者護衛官《だいこうしゃごえいかん》寒月凍蝶《かんげついてちょう》が後輩からの電話に応答していた。

「要請は了解した。すぐ対応しよう。花葉《かよう》のご令息に頼る必要はない。そもそも現在はうちの管理下だ。エニシでの冬顕現は残っているが、警備計画を変更するので念《ねん》の為先に動かしておきたい、とでも言えば問題ないだろう。先程賊に襲われたばかりなので良い理由付けになる」

つい今しがた、現在地の冬顕現が終わったのだろう。

凍蝶《いてちょう》の吐く息は白く、見渡す限り銀色の雪景色が広がっていた。

不香《ふきょう》の花が降り注ぐ静かな森林の中、周囲には凍蝶《いてちょう》と同じく冬の代行者《だいこうしゃ》を警護する者達が物々しい様子で銃を構えている。非常事態ではあるのだろうが、凍蝶《いてちょう》を含め冬の護衛陣の様子はとても落ち着いていた。

『そうだったんですか……！　すみません……ありがとうございます。とんでもない時にお電話をかけてしまいました』

「いやいや、対処はとうに終わっている。ちょうど携帯端末で着信などないか確認した時に君から電話がかかってきたんだ」

それが嘘《うそ》か本当かはわからない。だが、どんな時でもこうして他者を気遣えるのが寒月凍《かんげついて》蝶《ちょう》という男であり、彼が周囲から信頼され頼られる証明でもあった。

『寒月《かんげつ》様、それでそちらに怪我人《けがにん》は……？』

「こちらは負傷者なし。私の冬がすべて氷漬けにした」

凍蝶《いてちょう》は苦笑しながら囁《ささや》く。目線の先には彼の主がいた。

冬の代行者寒椿《だいこうしゃかんつばき》狼星《ろうせい》は、凍蝶《いてちょう》からも少し離れた場所で待機椅子に座って気怠《けだる》そうにしていた。

普段から美しい青年だが、雪の中でこそ彼の魅力が高まっているように思える。

暗い森の中、しんしんと降り注ぐ粉雪の下に居る彼の姿はまるで一枚の絵画だ。

状況的に、お縄にした賊を回収してくれる国家治安機構《こっかちあんきこう》の到着を待っているのだと思われた。

「狼星《ろうせい》」

凍蝶《いてちょう》が狼星《ろうせい》を呼んだ。電話の相手が自身の想《おも》い人かと勘違いした彼はすぐ走ってきた。

「ひなか？」

その問いに、声を聞きつけた竜胆《りんどう》が申し訳なさそうにまた『すみません……』と言う。

「阿左美《あざみ》君だ。狼星《ろうせい》、冬で使う予定のプライベートジェット機をいま動かすぞ」

「急だな……別にいいが、秋が使うのか？」

「いや、黄昏《たそがれ》の射手《しゃしゅ》様と守《も》り人《びと》様が使う」

「射手様とあの子狼《おおかみ》が？　竜宮《りゅうぐう》から動けないはずだろ」

「緊急事態なんだ。とにかくいいな？」

「どうせもう許可してるんだろ。良きに計らえ」

凍蝶《いてちょう》はまた笑う。

「では勝手にするぞ。うちから四名出そう。君達と黄昏《たそがれ》主従、二名ずつつけて護送させる」

「撫子《なでしこ》達も来るのか、よくわからん事態だな」

『寒月《かんげつ》様、それではそちらの警備が一時的に薄くなりますよっ！』

「阿左美《あざみ》君、大丈夫だ。里から増員を出す。こちらの人員は変わらん。元々、うちは賊の対応次第で人員を調整するようにシフトを組んでいる。増援要請が出たら里から予備人員が出動して現地に駆けつけるんだ。使うのはそちらの人員だから大丈夫だよ」

『しかし、予備が減るのも問題なのでは……』

「現在、こちらには四季庁《しきちょう》職員《しょくいん》も派遣されている。賊に襲われたから旅館まで国家治安機構《こっかちあんきこう》もついてくるだろう。何ら問題ない。君達のほうが心配だ」

『……本当に宜《よろ》しいのですか。甘えてばかりで心苦しいのですが……』

「こんなのは甘えている内に入らないよ。それに我々が援護せずに誰がする。エニシは我らの土地なのだから、これが出来ないのは冬の名折れだ」

よく言った、と狼星《ろうせい》が凍蝶《いてちょう》の背中を叩《たた》く。

凍蝶《いてちょう》はお返しとばかりに主の頭に拳をコンと乗せた。

するとの頭に触れたのがよくなかったのか、狼星《ろうせい》は凍蝶《いてちょう》の足を蹴ってきた。

「こら、やめなさい」

恒例のことなので、凍蝶《いてちょう》も竜胆《りんどう》に気づかせないように平静を保ちながら長い足を伸ばして狼《ろう》星《せい》の背中を軽く蹴り返した。その上で狼星《ろうせい》の顔に手を伸ばし、手のひらを広げて摑《つか》む。

「電話中なんだ。静かに」

「痛い痛いっ」

狼星《ろうせい》が苦痛の声を上げているが無視して凍蝶《いてちょう》は言った。

「阿左美《あざみ》君、すまない。それでそちらは何名で動いてる？」

『……あの……寒椿《かんつばき》様の声が……』

「気にしなくていい」

「痛い！」

『……』

気にしないのは難しいのだが、竜胆《りんどう》は大人しく答える。

『……俺と警備から一名、撫子《なでしこ》を入れて三名です』

凍蝶《いてちょう》は空を仰ぎ見た。

「少数精鋭か。では何でも乗れるな……。夜間だとヘリタクシーは難しいし。そもそも、あちらは近くに着陸地点がない。やはり車が一番妥当か……」

そこで狼星《ろうせい》が暴れてアイアンクローの魔の手から逃れた。

もう一度凍蝶《いてちょう》の足を蹴ってから言う。

「……おい、国家治安機構《こっかちあんきこう》に頼ったらまずい案件なのか？」

凍蝶《いてちょう》は黙って蹴りを受けつつも、口元に人差し指を当ててから簡潔に答えた。

「暁《あかつき》の射手様《しゃしゅ》の守り人様《もりびと》を救命する為に夜と秋が動いている。国家治安機構《こっかちあんきこう》に言えば止められる案件だ。もちろん、四季庁《しきちょう》にも」

狼星《ろうせい》は目をぱちくりと瞬《まばた》いた。

「すごいことするな……」

凍蝶《いてちょう》は頷《うなず》きつつ竜胆《りんどう》に言う。

「阿左美《あざみ》君、現時点で君達の移動は何を使うつもりだ？」

『タクシーです。二時間半くらいで到着出来ると聞きました』

漏れ聞こえる会話を聞いた狼星《ろうせい》が『はぁ？』と声を上げた。凍蝶《いてちょう》は叱るように睨《にら》んだが、狼星《ろうせい》は怯《ひる》まず言う。

「いや、だってな……冬のエニシを舐《な》めてもらっては困る。俺が季節顕現を始めた。雪が降っている地域は冬タイヤに替えてのろのろ走る車ばかりだ。深夜とはいえ、そんなに飛ばしてはくれないし、そもそも立冬すぐのこんな時期じゃ断られるかもしれんぞ」

「狼星《ろうせい》、話をかいつまんで聞いて文句をつけるな。場所は不知火《しらぬい》なんだ」

「何だ。じゃあまだ俺が冬を届けてないからいけるか」

凍蝶《いてちょう》は数秒黙ってからまた口を開いた。

「里の防弾車を数台動かそうか。護衛が少ないのだから防弾の車に乗るべきだ」

「凍蝶《いてちょう》、並行して不知火《しらぬい》の冬離宮の管理者に賓客対応準備もさせろ。オフ期間でも動いたやつには臨時収入があると言え。俺持ちでやってやる」

「泊まるか聞いていないぞ」

「休む場所くらい必要だろ。撫子《なでしこ》に救命させるなら熱で倒れる可能性が大だ。使う、使わないは置いといて、対応出来るようにしとけ。秋が冬離宮のある不知火《しらぬい》で倒れた。だがこちらは何もしなかったとなるとそれこそ冬の名折れだ」

凍蝶《いてちょう》は目を細めた。こういう時の狼星《ろうせい》はきっぷが良い。

「英断だ。狼星《ろうせい》、ありがとう……。阿左美《あざみ》君、聞いていただろうか。色々決まってきたので一度折り返しにしたい。君も飛行機に乗って慌ただしくなるだろうから、メールで連絡しよう。とにかく君は撫子《なでしこ》様を連れて何も考えず飛行機に乗ってくれ。エニシ空港に着いたらうちの護衛陣が待ち構えて護送出来る体制にしておく。輝矢《かぐや》様達に関しては私から直接ご連絡をしたいと思う。本人と話さないと何が足りていなくて、何が欲しいかわからないからな。それに、夏の方々の結婚式でお会いした以来だし、私もちゃんとご挨拶したい」

凍蝶《いてちょう》の頭の中ではもうある程度道筋が出来たようだ。

有能過ぎる人というのは妬みを買いやすいが、ここまで来るともはや爽快だ。

『……本当に、ありがとうございます。この御礼《おれい》は必ず』

「必要ないよ。護衛官《ごえいかん》同士、困ったら気兼ねなく頼ってくれたほうが私は嬉《うれ》しい。私も困ったら君を頼らせてもらう。そもそも、我が国の秋と夜をお守りするのは当然のことだ」

竜胆《りんどう》は改めて春夏秋冬の共同戦線の有り難《がた》さを噛《か》み締《し》めた。

かくして、冬の援護により移動の問題は解決した。


竜胆《りんどう》と撫子《なでしこ》がホッとする中、竜宮《りゅうぐう》の黄昏《たそがれ》主従は息を切らして山中を走っていた。


タクシーに乗った時に凍蝶《いてちょう》から着信があったことに気付き、慧剣《えけん》が慌てて電話をかけ直した。竜宮《りゅうぐう》の飛行機に乗りさえすれば、あとはエニシをホームに持つ冬がすべて何とかしてくれると聞くと、輝矢《かぐや》と慧剣《えけん》も恐縮しつつも諸手《もろて》を挙げて喜んだ。

いくら計算上は問題ないとはいえ、ずっと竜宮《りゅうぐう》で囚《とら》われていて旅行初心者の輝矢《かぐや》と、現代機器を扱える若者ではあるが世間知らずの子どもでもある慧剣《えけん》の二人組で見知らぬ土地に最速でたどり着けという課題は重たい。

狼星《ろうせい》と凍蝶《いてちょう》の計らいに感謝しつつ、有《あ》り難《がた》く厚意を受け取ることにした。

竜宮岳《りゅうぐうだけ》からタクシーで竜宮《りゅうぐう》空港へ。飛行機の予約は問題なく取れて乗ることが出来た。

輝矢《かぐや》は遠い昔に自分が竜宮《りゅうぐう》へ連れてこられた以来、久しぶりにこの鉄の鳥に乗ったわけだが、顔を青ざめる事態になった。

「慧剣《えけん》、俺、空を飛んでる」

典型的な飛行機を怖がる人だ。竜宮岳《りゅうぐうだけ》の聖域に毎日登っているのだから、高い所が駄目というわけではないはずだが、フライトは苦手なのだろう。囚《とら》われの神様が飛行機に乗るというのは、他者が想像するよりずっと本人にとって衝撃的なことなのかもしれない。

「……輝矢《かぐや》様、冷や汗すごいですよ」

「お前よく平気だな。というか……これに毎日乗っているあの女性はすごくないか？」

「客室乗務員さんですね」

「空綺麗《きれい》だけど、俺は通路側のほうが良いかも。慧剣《えけん》、替わってくれないか」

「待って待って、まだ席移動しちゃ駄目な時なんです」

「そうなのか……」

「案内あるまで辛抱してください。ちょっとしばらく自宅に居る幻術見せますから、堪えてくださいね。大丈夫ですよ」

「……お前が頼もしく見える」

「おれは輝矢《かぐや》様が可愛《かわい》らしく見えます」

慧剣《えけん》の気配りもあってか、輝矢《かぐや》はどうにか竜宮《りゅうぐう》＝帝州《ていしゅう》間のフライトを耐えることが出来た。

とはいえ、帝州《ていしゅう》の空港に着いたら着いたで次のフライトが待ち構えている。凍蝶《いてちょう》の采配は問題なくうまく行ったようで、飛行機から降りると四季庁《しきちょう》のプライベートジェット機を管理している会社の人員が待機しており、速やかに案内してくれた。

要人が二名乗るとしか聞かされていない案内人は、この顔の似ていない親子のような二人を訝《いぶか》しんだが、このような機体の顧客を相手する職員として深く追及はしなかった。

二回目の飛行体験もまだ慣れたとは言えない輝矢《かぐや》だったが、うまく飛行機移動が繋《つな》がった安堵《あんど》で緊張が緩み、プライベートジェット機の中では慧剣《えけん》共々寝てしまった。シートが柔らかく、快適だったことも理由としてあるだろう。

この頃には秋主従が創紫《つくし》から帝州《ていしゅう》、帝州《ていしゅう》からエニシへと移動を終えていた。

飛行機に乗っている間、寝てしまった撫子《なでしこ》を抱き上げて移動し、到着ゲートをくぐるとスーツ姿の男女が二名駆け寄ってきた。

「貴方《あなた》達は……」

竜胆《りんどう》が警戒しつつ声をかけると彼らは綺麗《きれい》に腰を折って礼をした。

「冬の里の者です。阿左美《あざみ》様と祝月《いわいづき》様、秋の里の護衛陣の方ですね」

「少しお待ちを。我々の身分証明としていま寒月《かんげつ》に直接電話をします」

二人が冬の護衛陣である証明が済むと、直ちに空港の駐車場に走り、車に乗り込んだ。またホッと一息。竜胆《りんどう》はもう一人の同行者である秋の里の者と顔を見合わせて笑う。

何とかなった、という喜びが胸に溢《あふ》れていた。

これから不知火《しらぬい》まで移動をしなくてはならないが、後は冬の護衛陣の二人も身辺警護とその他援護に回ってくれるということなので心強い。

おまけに、冬の護衛陣の一人を女性にしたのは撫子《なでしこ》への配慮だったのか、彼女がひざ掛けやらぬいぐるみやらと次々に女児に必要そうな物を出してくれた。

女性に同い年の子どもが居ると聞いて竜胆《りんどう》は更に信頼感を抱いた。運転をしてくれている男性がハンドルを回しながら声をかける。

「阿左美《あざみ》様、お食事のほうは？」

「機内で食べました。お気遣いなく」

「了解です。朝の神様の為に着の身着のまま来られたとお聞きしましたから、一応こちらで撫子《なでしこ》様とお連れ様の分も含め、冬離宮にシャツなどの着替えをご用意しました。問題なく事が済めば、ぜひ離宮をご利用ください」

細やかな気遣いに竜胆《りんどう》は驚く。

「大変ありがたいです……。すみません」

「とんでもありません。うちの王様からくれぐれも失礼がないようにと言われております。何でもお申し付けください」

王様とは恐らく狼星《ろうせい》のことだろう。竜胆《りんどう》はくすりと笑った。彼が笑ったせいか、眠っていた撫子《なでしこ》が目を覚ました。

「……りんどう、もうおきるじかん……？」

「起こしてしまいましたね。まだ寝ていて大丈夫ですよ」

竜胆《りんどう》はもたれかかってくる撫子《なでしこ》の手を握り、安心させるように言った。

本来なら、撫子《なでしこ》は寝ている時間だ。可哀想《かわいそう》だとは思うが、仮眠を取ってやり過ごしてもらうしかない。

「りんどう……わたくし、ぜったいできるから、ねていてもちゃんとおこしてね……」

「ええ。必ず起こします」

幼い主の献身を褒める代わりに、竜胆《りんどう》は撫子《なでしこ》の頭のつむじに口づけを落とした。

すると撫子《なでしこ》は『ふふ』と微笑ったかと思うとまた寝た。

撫子《なでしこ》の寝顔を愛おしく見た後、視線は車窓から眺めることが出来る星空へと移動する。

——問題は、彼がまだ頑張ってくれているかだ。

自分達の行き先で待ち受ける人の命の灯火はいつまで保つのか。

竜胆《りんどう》は会ったこともない守《も》り人《びと》の生存を願わずにはいられなかった。

それから数時間後。日が変わり黎明《れいめい》二十年十一月九日午前二時。

病院近くのホテルから外へ抜け出す少女が居た。暁《あかつき》の射手《しゃしゅ》、巫覡花矢《ふげきかや》だ。

花矢《かや》は朱里《しゅり》の手配によりホテルの一室に身を置き、自身を軟禁していた。

本山から来る現場対応の者達から逃げる為に。ここで見つかってしまっては自宅待機してくれている英泉《えいせん》を裏切ることになる。

ホテルの簡素な部屋で過ごす数時間は、花矢《かや》にとって安息とは言い難《がた》かった。

ずっと放置していた自分の姿を鏡で見て、さすがに身綺麗《みぎれい》にしないと秋主従に礼を欠くと気づいて風呂《ふろ》に入り、乾かした服をまた着たが、ちっとも息をつくことは出来ない。

常に緊張状態で、時計の針の進みはいつもより遅く感じた。

携帯端末が音を鳴らす度に怯《おび》えもした。

もしかしたら弓弦《ゆづる》の訃報かもしれないと。

そう思って震える手で確認するメールの内容は、協力してくれている人々からの進捗報告ばかりだった。

竜宮《りゅうぐう》の慧剣《えけん》からいまタクシーに乗ったというメールや、創紫《つくし》の竜胆《りんどう》から冬の代行者《だいこうしゃ》と護衛《ごえい》官《かん》より支援が入ったという吉報。明らかに冬陣営の協力の賜物《たまもの》だ。

最初、冬の代行者《だいこうしゃ》に夏の貸しを返して欲しいと半ば脅しの要求をしようとしていた花矢《かや》だったが、今はもう申し訳無さと感謝で胸が一杯になっている。

すべてが終わったら、冬には詫《わ》びを入れなくてはならない。

──みんな助けてくれてる。弓弦《ゆづる》、頑張れ。

あとは弓弦《ゆづる》がどれだけ生きてくれるかにかかっていた。途中、容態が急変して死亡。なんてこともあり得ると医者から聞かされていたからだ。

──朝の神様、弓弦《ゆづる》をお助けください。

花矢《かや》はメールの返信以外はずっと祈りを捧《ささ》げていた。

そして、つい数分前に竜胆《りんどう》からメールが来た。

現在不知火《しらぬい》市内に入っていること。十数分で病院に到着出来そうだという報告に、花矢《かや》は大慌てで『待機します』と連絡しホテルを飛び出した。

──繋《つな》がった！

弓弦《ゆづる》を生かす『材料』となる花矢《かや》はこれから深夜の病院に潜入して病室に向かわねばならない。弓弦《ゆづる》の家族は臨終に立ち会うという名目で病院に泊まり込みをしていた。

病院関係者への相談は本来すべきではあったが、弓弦《ゆづる》の救命が実際どうなるかわからないということで保留状態だ。中から弓弦《ゆづる》の家族が手引をしてくれれば従業員や業者が出入りに使う裏口を開けてもらえる手筈《てはず》にはなっている。

輝矢《かぐや》達がエニシの空港に到着したという知らせはまだ来ていないが、プライベートジェット機に乗せてもらえたというところまでは現状を把握していた。

問題なければ、彼らも冬の護衛陣に護送されてこちらに来るはずだ。

──弓弦《ゆづる》。

花矢《かや》は冷え冷えとした空気の中、息を切らして走った。

やがて、病院にたどり着いたところで喉から『ひっ』と悲鳴が出そうになった。

病院の正面玄関前に、人影が複数人見えたからだ。

花矢《かや》は慌てて道を引き返して建物の陰に隠れた。

暗闇の中、それも遠目だとよくわからないが携帯端末を扱う様子が見えて、端末の明かりのおかげでどうやらスーツ姿の男達だということが判明した。

──本山の連中か？

少し外の空気を吸いに出てきた病院関係者には見えない。

彼らが何処《どこ》の誰かはわからないが、もし本山から派遣された者達ならいまこの時間、花矢《かや》を探していても不思議ではない。

本来なら花矢《かや》は不知火岳《しらぬい》に登る時間だからだ。

そして英泉《えいせん》が嘘《うそ》をついて花矢《かや》は屋敷《やしき》の部屋に引き籠もっている、としている。

時間になっても部屋から出てこない花矢《かや》を訝《いぶか》しみ、こちらにすぐやって来た可能性は高い。

英泉《えいせん》からの連絡が特にないところを見ると、いま正に尋問されているのかもしれない。

本山の者の目の前でこちらに連絡は出来ないだろう。やはり不在が露見したと考えるのが自然ではあった。ならば、花矢《かや》は自分で判断して動かなくてはいけない。

山に登って空に弓を放つ以外はごくごく普通の女子高生である彼女にとって、難易度が高い試練だ。だが泣き言を言っていられるような状況ではない。

——正面から敷地《しきち》内に入るのは無理だ。

施錠《せじょう》された門があるわけではないので、通常なら道路に面した正面玄関側から病院敷地《しきち》内に侵入しそして裏口まで回ることが出来た。

——此処《ここ》に居るってことは、裏口までは把握していないのか。

日中に守り人《もりびと》の容態確認の為に来ていたとしても、何かあった時の為の避難経路まで見ている者がいるとは思えない。

花矢《かや》は仕方なく病院の外周をうろうろと歩き、人に見られにくいところまで行くと外壁をよじ登った。暗闇の中、敷地《しきち》内の芝生に着地してそのまま裏口へ近づく。

「……っ」

しかし、裏口にも人影を発見して足が止まった。

——どうする？

あちらはまだ気づいていない様子だ。

職員かもしれないが、その場合でも声をかけられたくはない。

どうしようか迷っているうちに、人影が花矢《かや》のほうを見た。

——逃げなきゃ。

花矢《かや》は仕方なく元来た道を早足で引き返した。

そして大きな白樺《しらかば》の木の下に隠れる。何とかやり過ごしてしまいたかったが、人影は見失った花矢《かや》を探して辺りを見回している。

正面玄関のほうに行かないということは、やはりあそこで待ち構えていた本山の人間なのか。

——お願い。どこかへ行って。

いま見つかっては元も子もない。

大人に囲まれて手足を押さえられたら花矢《かや》がいくら暴れようが無駄だろう。

——どこかへ行って。

いまこの瞬間も、秋主従が病院へ向かっている。彼らは面が割れていないので本山の者達に見つかったとしても見逃されるだろうが、花矢《かや》は違う。

——お願い、お願い。

花矢《かや》は身体《からだ》を精一杯縮こませて震えることしか出来ない。
――お願い、見つけないで。
ここまですべてお膳立て出来たのに、自分が病室にたどり着けなくては意味がない。
――見逃して。
花矢《かや》は呼吸すら止めた。
「……」
人影は、しばらく無言で立ち尽くしていたがやがてまた裏口のほうへ向かった。
少しだけ花矢《かや》が浅く息を吸う。
その一瞬の呼吸音を勘づかれたか、人影は勢いよく振り返った。
そして足音を立ててどんどん花矢《かや》に近づいてくる。
花矢《かや》は恐怖で身体《からだ》が震えた。どうしていいかわからず、動くことも出来ない。
人影が目の前まで来た。
花矢《かや》の身体《からだ》は白樺《しらかば》の木に同化していたが、相手はそこに人が居ると気づいただろう。
「花矢《かや》、様？」
呼ばれて、花矢《かや》は顔を上げた。

「……花矢《かや》様、ですか」

声が女性で、少し聞き覚えのあるものだった。

「私です。巫覡礼子《ふげきれいこ》です。もし花矢《かや》様なら、お声をお聞かせください」

花矢《かや》は蚊の鳴くような声で返事をした。

「弓弦《ゆづる》の、お母さん……？」

あまりにも泣き出しそうな声音だったのだろう。礼子《れいこ》は自身もしゃがみ込んで、花矢《かや》に手を伸ばして優しく触れてくれた。

「はい、午前中に一度ご挨拶をしました。弓弦《ゆづる》の母です」

「……わ、私、秋の代行者《だいこうしゃ》様がもうこちらに来ると聞いて。でも、正面に大人の人がいっぱいいって……」

「……」

「あの……？」

「いえ……すみません、あまりにも普通の反応で、驚いて……」

「……私は空に矢を射ることが出来る以外は普通です……」

「……そう……そうですよね……」

また礼子《れいこ》は黙ってしまった。何か回答を間違っただろうか、と花矢《かや》は不安になってしまう。

「御身のお戻りをお待ちしておりました。もしかして塀を登ったのですか？」

花矢《かや》はこくこくと首を動かし頷《うなず》いた。ひとまず立ってくださいと言われ、花矢《かや》は礼子《れいこ》の手を借りながらふらふらと立ち上がる。

礼子《れいこ》の身長は花矢《かや》よりも低かった。小柄な彼女を花矢《かや》は見下ろす形になる。

「……」

花矢《かや》はうまく言葉が出なかった。病院でもたくさん謝罪したが、礼子《れいこ》は挨拶をしたきり言葉をくれなかったからだ。

恐らく、花矢《かや》を責める言葉を吐かぬよう、自身を律していたのだと思われる。

「手が冷たいわ……どれだけ外に居たんですか」

礼子《れいこ》は、ひどく疲れた様子ではあったが声はしっかりしていた。

「少しだけです……。どうやって入ればいいか迷ってしまって……」

「……息子の為にご苦労をおかけしました。とりあえず中へ。そろそろ時間だからと私も裏口で待っていたんです。無事に花矢《かや》様を見つけられてよかった……」

「ありがとうございます……あ、でも阿左美《あざみ》様に連絡しないと」

花矢《かや》は裏口から中に入れてもらうと、竜胆《りんどう》にすぐ電話をした。可能であれば自分と同じく迂回して壁を登ったほうが良いと。

『了解です。実はもう着いていて、こちらもどうしようか迷っていました。明らかに怪しいスーツの集団がいますからね』

「裏口はまだ把握してないようなので、恐らく彼らは私が直前になって逃げたと思っているのかと……。塀を登れば今なら入れます。いけるでしょうか……？」

『俺は護衛官《ごえいかん》ですよ。まったく問題ありません。花矢様《かや》はそのまま裏口に居てくださいますか？』

「はい、もちろんです！」

短い電話を終えると、花矢《かや》と礼子《れいこ》は裏口付近で待つことにした。

蒼糸《そうし》となら二人きりでも問題ないが、弓弦《ゆづる》の母親には負い目があるのでやはり気まずい。

花矢《かや》は沈黙が苦しくて、ついつい塀のほうを見てしまう。早く撫子《なでしこ》と竜胆《りんどう》に来てもらいたい。

「……花矢様《かや》」

礼子《れいこ》が思い切ったように声をかけてきて、花矢《かや》はびくりと身体《からだ》を震わせた。

「はい」

声音がどうしても怯《おび》えているものになってしまうのは、仕方がないだろう。

花矢《かや》にとって、礼子《れいこ》は罪悪感の象徴だ。

「……昼間、申し訳ありませんでした」

「昼間、ですか？」

花矢《かや》は思い当たる節がなく、問い返す。

「……大和《やまと》の朝である花矢様《かや》に対して、失礼な態度を取っていたと思います」

花矢《かや》は焦《あせ》って言い返した。

「いえ、そんなことは」

そもそも礼子《れいこ》とはほとんど喋《しゃべ》らず終わっているので失礼な態度も何もない、と花矢《かや》は思ったが、恨めしそうに見られてはいたのでそのことかもしれない。睨《にら》まれていたとも言う。

しかし、それはお腹《なか》を痛めて生んだ子どもを持つ母親として当たり前の感情だろう。

「…………あの子に咎《とが》はありません。もし、罰する場合は私のみに……」

「罰する……？」

彼女の中で花矢《かや》は暴君として存在しているのかもしれない。

花矢《かや》は更に焦《あせ》って言う。

「い、いやいやいや。私はそんな権力ありません！　もしあっても大事な守《も》り人《びと》のお母さんにそんなこと絶対にしません！」

少し大きな声を出してしまって、周囲を見回してから小声で続ける。

「……御子息に守っていただいたことで、彼を危険に晒《さら》しました。恨まれて当然です」

花矢《かや》がそう言うと、礼子《れいこ》は表情が固まった。

「しかし……あの子はその為にいます……」

「私が弓弦《ゆづる》に頼り切りなのが悪かったんです。彼は素晴らしい守《も》り人《びと》で……頼れる人で……でも私がもっと強い存在なら、あんなことにはならなかったのではと今は思います」

これは本心だった。弓弦《ゆづる》は花矢《かや》では対応出来ないと確信して下山させたのだ。

だが、もし危機に陥っても互いに協力すれば乗り越えられると信じられる相手だったならば、彼は自分の状態を主にちゃんと相談していただろう。たとえば巫覡輝矢《ふげきかぐや》のように内面も成熟した大人なら、どう行動すればいいか判断を仰いだはずだ。花矢《かや》には出来なかった。弓弦《ゆづる》にとって花矢《かや》は頼れる相棒ではないのだ。それを話すと、礼子《れいこ》は悲しそうな顔をした。

「…………それは花矢《かや》様の咎《とが》ではありません」

現実問題、花矢《かや》が弓弦《ゆづる》を背負って下山するなど無理がある、と礼子《れいこ》は言う。弓弦《ゆづる》は長身で身体《からだ》も鍛えている。そんな男性を体格差のある少女が斜面に気をつけながら運ぶのは困難だ。恐らく、男性同士でも厳しいだろう。英泉《えいせん》はよくやってのけた。弓弦《ゆづる》が花矢《かや》を下山させて救援を呼んだのは、間違ってはいないと礼子《れいこ》は結論づける。

花矢《かや》は少し拍子抜けした。いざこうして二人きりになれば、感情的な言葉をぶつけられるかもしれないと覚悟していたが、そんなことはなかった。とても冷静な回答だ。

礼子《れいこ》は初対面の時よりずっと落ち着いているように見えた。とは言え、許してもらえているとは花矢《かや》も思っていない。

「……そうだとしても、すべて私の咎《とが》です。本当に申し訳ありませんでした……」

花矢《かや》は言ってから深々と頭を下げた。今日は何度この行為をしたかわからない。

「花矢《かや》様……おやめください。頭をお上げください……」

「……他に出来ることがありません」

顔を上げずにいたら涙声が降ってきた。

「お願いです……頭を………」

「……」

「わかっているんです……」

礼子《れいこ》の声は震えている。

「今回の地すべりで貴方《あなた》も被害を受けて、責められる謂《い》われはない。恨むなら、そのような過酷な運命を下された天を恨むべきあると……」

「天災は起こるべくして起こってしまうものです。問題視されるべきは、主であるのに的確な状況判断が出来ていなかった私です」

「……いいえ、いいえ……」

礼子《れいこ》の涙声に、嗚咽《おえつ》が混じり始める。

「夫にも言われました。弓弦《ゆづる》は守《も》り人《びと》だからこうなったが、花矢様《かや》だって暁《あかつき》の射手《しゃしゅ》になりたくてなったわけじゃない……。今回は誰が悪いというものではないと。なのに……花矢《かや》様は弓弦《ゆづる》のことを本当に大事にしていて、ご自身の進退がどうなるかもわからないのに助けてくれようとしている。二度とあんな態度を取ってはいけないと……」

「……」

――蒼糸《そうし》、余計なことを。

花矢《かや》は蒼糸《そうし》に対して心の中で何故《なぜ》そんなことを言うのだと責めたくなった。

弓弦《ゆづる》の母親に眼《め》の前《まえ》で泣かれるくらいなら悪者にされているほうがいい。そしてこの母親も、誰かを責めていたほうが楽だったろうに。

「私……他の誰に気持ちをぶつけていいかわからなくって」

花矢《かや》は少しずつ頭を上げた。

「花矢《かや》様が謝罪されているのに許しもせず、無視をしました……」

眼《め》の前《まえ》で、涙のしずくが地面にぽたぽた落ちていくからだ。

「貴方《あなた》はどう見たって……不幸に巻き込まれただけの子なのに……」

ゆっくりと、礼子《れいこ》の顔が見える。

ついにすべて顔を上げきると、裏口から続く病院の廊下で、ほのかに光る誘導灯の明かりが礼子《れいこ》の涙を照らしているのが見えた。

「………自分のことだけ考えて、辛《つら》くあたりました。本当に、申し訳ありません」

小さな身体《からだ》が、更に縮こまっている。花矢《かや》は心が切なさで締め付けられた。

「違います、それで良いんです。貴方《あなた》は私を恨むべきだし、それをする権利がある。私は自分が今回のことで『貴方《あなた》は悪くない』と言われるような存在ではないとはっきり自覚しています」

「ですが……」

「……私は確かに子どもですが、同時に大和《やまと》の神でもあります。私の有様《ありさま》に失望されたかと思いますが、どうかこれから挽回《ばんかい》させてください。私はいま自分に出来ることを最大限やります。いえ、させてください」

「……花矢《かや》様」

「何も悪くないのは、貴方《あなた》のほうです」

花矢《かや》が有無を言わさず言い切ったところで、物音がした。ややあって外壁を登る不審人物の姿が見える。一名が軽やかに地面に着地し、それから幼子を別の誰かから手渡しで受け取った。

その後に数名の男女が続いて外壁を降りてくる。

「花矢《かや》様、あれは……」

「私が声をかけてみます。礼子《れいこ》さんはこちらに居てください」

花矢《かや》は恐る恐る、人影に近づいた。あちらも花矢《かや》に気がついたようだ。片手を挙げたのが見えて、それが挨拶だとわかった。

「阿左美《あざみ》様……？」

花矢《かや》が尋ねると、その人物は幼子を胸に抱いたまま近づいてきた。

「暁《あかつき》の射手《しゃしゅ》様でしょうか？」

裏口の外灯に照らされ、秋の代行者護衛官《だいこうしゃごえいかん》阿左美《あざみ》竜胆《りんどう》の姿が見えた。そして彼の腕の中で少し眠たそうにしている大和《やまと》の秋の姿も。間近で見ると二人の顔もはっきりと確認出来た。

「はい、巫覡《ふげき》花矢《かや》と申します。あの、お初にお目にかかります。この度はご足労を……」

花矢《かや》は少し挙動不審になってしまった。

——この方達が、大和《やまと》の『秋』。

神様会議をした時に、顔は見ていたのだが実際に会うとやはり圧倒される。

それぞれ単体でも目を見張る姿だが、合わさると神々しい雰囲気があった。二人だけの世界、というものが何処《どこ》となく滲《にじ》み出《で》ているせいもあるかもしれない。

「秋の代行者様《だいこうしゃ》……こんな夜遅くに申し訳ありません。本当に来てくださって感謝しています」

花矢《かや》は頭を下げながら罪悪感を抱いた。自分は暁《あかつき》の射手《しゃしゅ》なので良いが、こんな少女を深夜まで働かせていることが非常に罪深く感じられる。秋の神様はあまりにもいとけない。

撫子《なでしこ》は撫子《なでしこ》で、花矢《かや》の姿を見て一瞬悲しげな顔をした。痛々しい姿を目の当《ま》たりにして、花矢《かや》がどんな気持ちで自分に出動を要請したか理解出来たのだろう。

花矢《かや》に『頭をお上げください』と伝えてから目を見てにっこりと微笑《ほほえ》む。

「こんにちは、かやさま。祝月撫子《いわいづきなでしこ》です。とんでもありません。わたくしなどがしゃしゅさまのおやくにたてるなんて、こうえいなことです」

幼いが大人顔負けの気遣いだ。それから何か思い出したのか小さな手を口元に当てた。

「あ……まちがえたわ」

それまで神様然としていた撫子《なでしこ》は、急に幼子の顔になった。

「こんばんは、だわ。……あれ、でもいまはもうおはようございますになるのかしら……。かやさま、ごめんなさい。すこしおまちになって……りんどう、どっち？」

従者に判断を仰ぎたかったのか、撫子《なでしこ》は竜胆《りんどう》を見る。竜胆《りんどう》はにっこりと笑って言った。

「こんばんはでよろしいかと」

「すみません、やりなおします。いいですか、かやさま」

「は、はいっ」

「こんばんは、祝月撫子《いわいづきなでしこ》です。こちらはわたくしの護衛官《ごえいかん》、りんどうです」

「秋の代行者護衛官阿左美竜胆《だいこうしゃごえいかんあざみりんどう》です」

「こ、こんばんは。では私も再度ご挨拶を。暁《あかつき》の射手《しゃしゅ》をしております、巫覡花矢《ふげきかや》です。あと、後ろに居るのは治療をしていただく巫覡弓弦《ふげきゆづる》の母君、巫覡礼子《ふげきれいこ》さんです。礼子《れいこ》さん……」

紹介してもらえたことで、控えていた礼子《れいこ》も慌てて輪に入り頭を下げた。朝の神、秋の神に挟まれて礼子《れいこ》は緊張気味だ。花矢《かや》は、逆に一連のやり取りで少し緊張がほぐれた。小さな子どもというのは、その場に居てくれるだけで癒《いや》しをくれる。

「かやさま、さっそくですが……ゆづるさまのもとへごあんないいただけますか？」

だが和んでばかりもいられない。花矢《かや》はその言葉に頷《うなず》いた。

礼子《れいこ》と共に、一行はそろりそろりと足音を極力静かにしながら病室へと向かった。

礼子《れいこ》が先頭を立って歩いていたおかげか、病棟の看護師とすれ違うことがあっても、患者の看取《みと》りに来ている親族だと思われおいそれと声をかける者もいなかった。

病室の前には蒼糸《そうし》が居て、花矢《かや》と撫子《なでしこ》、竜胆《りんどう》の姿を見ると深々と頭を下げた。個室の扉を開けてもらうと、中には弓弦《ゆづる》の兄と思われる男性が二名居た。二人共、憔悴《しょうすい》しきっている。

「花矢《かや》ちゃん……」

花矢《かや》の母親の朱里《しゅり》も、ひっそりと部屋の壁際《かべぎわ》に立っていた。

目線を合わせて花矢《かや》は頷《うなず》く。

そしてこの騒動の中心人物である弓弦《ゆづる》は、病室の寝台でたくさんの管を刺されて寝ていた。

救出時よりは顔は綺麗《きれい》になっていたが、もう命が尽きるのを待つ人という風体をしている。生気がないのだ。眠っているというのも違う。魂が尽きかけているというのが一番当てはまる表現だろう。そんな弓弦《ゆづる》を見ると、花矢《かや》はどうしても不安に襲われてしまう。

本当に助かるのだろうかと。花矢《かや》が怯《おび》える一方で、撫子《なでしこ》と竜胆《りんどう》は時間との勝負だということで挨拶も簡単に場を仕切り始めた。

「呼吸もしています、問題ないかと。いかがでしょう」

「ええ、わたくしもそう思う」

「撫子《なでしこ》、霊脈は」

「もんだいなさそう。ぼんちってとても霊脈をつかみやすいのね。だから里も山々にかこまれているんだとわたくしりかいしたわ」

「さすが俺の秋です。今の内に解熱《げねつ》鎮痛剤を飲んでおきましょう。口を開けて……はい、お水を飲んで。偉いですね。あとしておくことはありますか」

「りんどうが見えるはんいにいてくれたら、それでいいの」

二人の姿は花矢《かや》が山の麓で見た救急隊員の者達と少し似ていた。弓弦《ゆづる》を見て驚くこともなく、自分達がすべきことを淡々と為そうとしている。

花矢《かや》は弓弦《ゆづる》を見ると、どうしても涙がこみ上げてきてしまうのだが、撫子《なでしこ》と竜胆《りんどう》を見習って泣くのを我慢した。今は弱気になっている場合ではないと、自分に活を入れる。

ある程度状況を確認したら、撫子《なでしこ》は準備が出来たのかみんなを見渡して言った。

「それでは、さっそくはじめます」

これからは幼子の彼女ではない。神様の彼女の時間だ。

「だんせいのかた、おてつだいを……。ゆづるさまのおからだを寝台のはしによせられますか？　かやさまはそのよこに」

言われて弓弦《ゆづる》の兄達が慌てて動いた。花矢《かや》は寝台の空いた箇所を見て尋ねる。

「寝転がるんですか？」

撫子《なでしこ》は頷《うなず》いた。気絶による転倒防止らしい。生命腐敗《せいめいふはい》で生命力を吸い取られたものは、みな等しく気絶するか、そのまま目覚めなくなるかどちらかだと。

それを聞いて、大人しく部屋の端に居た朱里《しゅり》は少し顔が強張《こわば》った。娘を心配している。

「大丈夫だ、母さん」

花矢《かや》は朱里《しゅり》を安心させるように言ってから、靴を脱いで弓弦《ゆづる》の隣に寝転がる。

「きょうせいてきに、うまくながれるように、てをしばってもいいでしょうか」

「構いません。何でも撫子《なでしこ》様の言う通りにします」

縛るものを探したが、すぐに見当たらなかったので竜胆《りんどう》が同行の冬の護衛陣からネクタイを借りて花矢《かや》と弓弦《ゆづる》の手首を一緒に巻き込む形で縛ってくれた。

「きつくないですか？」

竜胆《りんどう》が気遣うように尋ねる。

「いえ、むしろ離れないようにきつく……」

自分がどういう状態になるかわからない。もし暴れたりするようなら、それでも自分の生命力が弓弦《ゆづる》に流れていくように全身縛り上げて欲しいくらいだった。

「花矢《かや》様、恐らく大きな目眩《めまい》、もしくは眠気が来たと思ったらすぐ意識は失われます。痛いことはありませんのでご安心ください」

「はい……」

「治療の所要時間自体は短いのですが、花矢《かや》様だけから生気を吸うことを考えると通常より長く治療がかかるかと。俺と撫子《なでしこ》で脈を確認しつつやりますので、お手を触れることをお許しください」

竜胆《りんどう》は横たわる花矢《かや》が怖くないようにと、ちゃんと今からすることを説明してくれた。

花矢《かや》は大きく頷《うなず》く。

「よろしくお願い致します。でも、弓弦《ゆづる》が助かるならいくらでもやってください」

「ご心配なさるようなことは起きませんよ」

「……弓弦《ゆづる》と一緒に頑張りたいんです……。私は弓弦《ゆづる》の主ですから」

それを聞くと、竜胆《りんどう》は目を瞬《まばた》いた後に先程より更に優しい声音を出した。

「……きっと眠ってらっしゃる弓弦《ゆづる》様も、いまのお言葉を聞いたら励まされますよ。従者冥利《みょうり》に尽きます」

竜胆《りんどう》は同じ従者として花矢《かや》の言葉に感銘を受けただけで、発破をかけたつもりではなかったのだろうが、花矢《かや》はその言葉で更に闘志が湧いた。

――やるぞ。弓弦《ゆづる》、待っていろ。

秋の代行者《だいこうしゃ》にすべてを任せるしかないとはいえ、弱気まで弓弦《ゆづる》に流れ込んでは困る。

そして撫子《なでしこ》がこの青年をとても信頼していることに共感を持てた。

「撫子《なでしこ》、花矢《かや》様の準備整いました」

「はい。かやさま、だいじょうぶですよ。では、はじめます、りんどうお願い」

「はい、撫子《なでしこ》」

呼ばれて、竜胆《りんどう》は撫子《なでしこ》を花矢《かや》と弓弦《ゆづる》の間に座らせた。

それほど大きくはない寝台だ。撫子《なでしこ》の背丈が小さいから何とか収まっている。

「ごめんなさい、ちょっとあしがあたってしまうわ」

「良いんです、撫子《なでしこ》様のやりやすいように」

どうしてその位置に居なくてはいけないかというと、撫子《なでしこ》が生命力の循環を果たすには対象に触れなくてはならないからだった。

撫子《なでしこ》の手のひらには秋の代行者《だいこうしゃ》の証《あかし》である神痣《かみあざ》がある。

神痣《かみあざ》があるほうの手を花矢《かや》に、そうではないほうの手で弓弦《ゆづる》の身体《からだ》に触れた。

「これから、かやさまの生命力をわたくしをとおしてゆづるさまにながします。このあいだ、なにがあってもわたくしのじゃまを……」

そこまで言ったところで、撫子《なでしこ》の言葉が止まった。

病室にノックの音が響いたからだ。正しく邪魔が入った。

それも、看取《みと》りに来ている家族を案じるようなものではなく、少し乱暴な音だった。

『こちらに、巫覡蒼糸《ふげきそうし》さんはいらっしゃいますか？』

外から響いてくるのは男の声だ。

『日中にご挨拶に伺った、本山からの派遣員です。少々お伺いしたいことがありまして……花矢《かや》様のことで……』

勘が悪い者でも、これはどういうことかすぐ気づいただろう。花矢《かや》の脱走を気づいた者達が、どこかに彼女が匿《かくま》われていないか探しているのだ。花矢《かや》のみならず、その場に居る全員が息を呑《の》んだ。

どうする、と無言の言葉の掛け合いがみなの中で飛ぶ。

「僕が」

蒼糸《そうし》が動こうとする。

しかし朱里《しゅり》が一歩前に出た。蒼糸《そうし》に首を振る。貴方《あなた》は父親なのだからそこに居ろと。

「いいえ私が対応します。出たら、扉を閉めて。鍵をかけて」

朱里《しゅり》が小声でそう言うと、弓弦《ゆづる》の兄達が扉前に移動した。朱里《しゅり》は深呼吸を一つすると、勢いよく扉を開けて外に飛び出した。

「貴方《あなた》！　此処《ここ》がどういう場所かわかっているの⁉」

朱里《しゅり》は後ろ手で扉を動かした。弓弦《ゆづる》の兄達が慌てて閉めて鍵をかける。

閉めた後も、朱里《しゅり》の甲高い声はうるさいくらいに響いた。

『非常識にも程があるわ！　普通、こんな時に病室へ来る？』

『あの……』

『いまはご家族と、責任者である私以外は入れません！　何のつもりなの！　ご家族の方にこんな時でも本山の仕事をさせるわけ⁉』

出てきた女性の剣幕に、本山からの派遣員は驚き慄《おのの》いた。演技だとわかっていても、聞いている病室内の者達も震え上がってしまうような声音ではあった。

『いえ……その、貴方《あなた》は……』

『巫覡花矢《ふげきかや》の母親、巫覡朱里《ふげきしゆり》ですっ！』

『……ああ、これは失礼を』

どうやら花矢《かや》の母親はある程度名が知れているようだ。夫の英泉《えいせん》に箱入り娘と称されるお嬢様。お偉方の娘。今代の暁の射手の生みの親。本山から来るような者なら、名前を聞いたらどういう地位の者かはわかるのだろう。

巫覡朱里《ふげきしゆり》は普段なら実家の権力を振り回す人ではなかったが、今日に限ってはそうした。

男は明らかに狼狽《うろた》えた声に変わっている。

『あの、勘違いをなさらないでいただきたいのですが、我々は花矢《かや》様を……』

『花矢《かや》は屋敷《やしき》に居るでしょう。夫に任せたきりです！　此処《ここ》にはいませんよ』

『それが、どうやらお部屋から逃げ出してしまわれたようで。英泉《えいせん》様も血相を変えて……いま屋敷《やしき》周辺を捜索しています』

英泉《えいせん》は英泉《えいせん》でうまく芝居をしているようだ。

『……まあ、じゃあそれを早く言ってくれなきゃ。大体ね、いくら捜索の為とはいえ、悲しみに包まれている病室をあんな大きい音でノックする必要があったの？』

それを言われると、相手も言葉に窮する。

『申し訳ないけれど、あちらのご家族はそっとしておいて。花矢《かや》が失踪したというならこちらの問題よ。ただでさえ苦しまれてるのに、お看取《みと》りの時間をこれ以上邪魔させたくないわ。貴方《あなた》もそこまで非道ではないわよね？　他の入院患者さんにも迷惑だわ。どこまで非常識なの。移動してちょうだい、早く』

朱里《しゆり》は男をきつい表情で睨《にら》みつけた。

もしかして、朱里《しゆり》の人生の中でこのような発言をする人間がサンプルとして存在していたのかもしれない。激昂《げきこう》からの沈下、相手の誘導は流れるようにうまかった。本山からの派遣員は為す術《すべ》もなく無意識に足を後退させている。

『看取《みと》りを邪魔するなという言葉は確かに……』

『でしょう。不敬ですよ。花矢《かや》のことだけど……あの子、一人で山に登ってるんじゃないの？　弓弦《ゆづる》さんがあんなことになって、それなのに今日も山に登らされるのよ。貴方《あなた》達にああだこうだ言われながら登りたくないのよ』

『その可能性もあるかと……しかし危険です。地すべりが起きたばかりですし』

『それはそうね。夫と合流して花矢《かや》を探します。連れてってちょうだい』

やがて、朱里《しゆり》と本山からの派遣員の声は遠ざかっていった。

病室に残された者達は、呼吸さえ浅くしていたので、みなほっと息を吐く。

「……きをとりなおして、やります」

撫子《なでしこ》は気丈にもそうつぶやいた。花矢《かや》は目で『お願いします』と伝える。

秋の神様は目を瞑《つむ》って、意識を深いところへと落とした。

「綺羅星《きらぼし》　星彩《せいさい》　掃星《ははきぼし》　天高く光れ　秋空に」

いま、撫子《なでしこ》の視点はすべてを『そら』から俯瞰《ふかん》していた。

身体《からだ》は不知火《しらぬい》の病院だが、地面に流れている霊脈を辿《たど》り続けて不知火《しらぬい》岳へ。

霊脈を摑《つか》んだと思ったら今度はそれを引っ張る自分を想像し、そして病院へと伸ばしていく。

「星月夜に飛ぶは竜田《たった》姫《ひめ》」

地中に流れている光の道、霊脈はいま撫子《なでしこ》の心象風景では病室へと続いてた。

流れてきた力を身体《からだ》中に循環させる。

『そら』から見下ろしている撫子《なでしこ》は、花矢《かや》を見る。

その身体《からだ》の中に輝きが見えた。霊脈と似た性質のものだ。

「それ楽しげに　それ悠々と　歌えや踊れ」

――なんとすてきなものをおもちなのかしら。

撫子《なでしこ》はぼんやりとそう思う。花矢《かや》の身体《からだ》の中の光を少しだけ弓弦《ゆづる》へ流してみた。

つまみあげた光は最初からそうあるべきだったかのように弓弦《ゆづる》の身体《からだ》へ溶けていく。

「色なき風に吹かれて舞えば　いつしか月代《つきしろ》にも流れ着く」

――ゆづるさまも、これをまっている。

それがわかると、撫子《なでしこ》は意識して狭くしていた間口を広げることにした。

花矢《かや》から撫子《なでしこ》へ。撫子《なでしこ》から弓弦《ゆづる》へ。流れていく生命力は正に無尽蔵で、心地が良い。

此度《こたび》は生者の為、呼び声は必要ない。ただただ、必要なのは撫子《なでしこ》の技術と集中力だけ。

そして傍《そば》に信頼した従者が居ればいい。

その時にはもう花矢《かや》の意識は途切れていたが、見守っていた者達には弓弦《ゆづる》の顔に出来た痣《あざ》や裂傷がみるみる内に治っていくのが確認出来た。

そして反対に、花矢《かや》の顔色は青ざめるどころか白くなっていった。

蒼糸《そうし》が案じるように近づくと、竜胆《りんどう》が制止した。

「大丈夫です。呼吸はしています。脈もあります。撫子《なでしこ》、花矢《かや》様はどうですか」

「すばらしいわ」

神様寄りになっている彼女の抽象的な言葉。竜胆《りんどう》は噛《か》み砕《くだ》いて伝えた。

「花矢《かや》様がお話しされていた通り、体内には尽きることのない生命力があるようです。このまま流し続けます」

「弓弦《ゆづる》は……」

「撫子《なでしこ》、いま何割ですか」

「ろくわり」

竜胆《りんどう》は蒼糸《そうし》に微笑《ほほえ》みかけた。

「ご安心を。後遺症などは治癒後の検査次第ですが、間違いなく回復されます。治療も、かかってもあと数分です」

蒼糸《そうし》は思わず妻の礼子《れいこ》の顔を見た。礼子《れいこ》は唖然《あぜん》とした後、涙が両目から溢《あふ》れ、顔を手で覆って泣いた。

「ありがとうございます、ありがとうございます、秋の代行者《だいこうしゃ》様……」

蒼糸《そうし》が深々と頭を下げる。

言ってから、さすがに情報が少ないと思ったのか、撫子《なでしこ》は竜胆《りんどう》の言葉に補足した。

「かやさまのげんき、たくさんあるけれどじゃぐちをたくさんひねりすぎるとふたんがおおきいの。あんていしたからじゃぐちをほそくしています……のこりはゆっくりやるわ……」

喋《しゃべ》りながらも施術出来ているというのは中々の成長だと言えた。新人の神様は春からずっと修行を頑張っている。

弓弦《ゆづる》の兄達も感動した面持ちで撫子《なでしこ》の神の御業《みわざ》を眺めた。

蒼糸《そうし》は呆然《ぼうぜん》としながら言う。

「本当にあっという間なんですね……」

竜胆《りんどう》は首を横に振った。

「条件が適していたから、というだけです。ここが神が住まうにふさわしい場所……つまり霊脈があったこと、花矢《かや》様が特殊なお体であったこと……それ故、叶《かな》いました」

「……はい」

「残された問題は花矢《かや》様と朝の神事ですね。俺が見てきた経験則で言うと、撫子《なでしこ》に生命力を吸われた者は起き上がるのに良くて半日、悪くて数日かかります。後遺症といえるものだと、免疫力の低下ですね。風邪を少々こじらせているぐらいの怠《だる》さ、だと思ってください。花矢《かや》様に関しては睡眠が回復に繋《つな》がるということなので、数時間でも睡眠時間を確保出来れば明日の神事には間に合うかと……」

言いながら、竜胆《りんどう》は片手でジャケットのポケットから携帯端末を取り出す。

それには、着信を知らせる表示が出ていた。

来ていたのはメールだったようだ。文面を読んで、竜胆《りんどう》は顔をほころばせる。

不安気に花矢《かや》を見ている蒼糸《そうし》に、携帯端末を差し出した。

「すみません、脈を計っているのでどうかお手にとって見てください」

「これは……」

驚いている蒼糸《そうし》に竜胆《りんどう》は微笑《ほほえ》んだ。

「エニシに黄昏《たそがれ》の射手《しゃしゅ》様が降臨されました」


そこにはこう書かれていた。


『連絡遅くなりました。冬の護衛陣の方と合流したよ。いまは車で移動中です。そちらはどうかな？　俺は初めて見るエニシの風景にちょっと感動しています』

彼の人の良さと旅情が詰まったメール文に元守り人《もりびと》は破顔し、そして何だか泣けてしまった。

第八章 暁から黄昏へ

遡ること少し前、輝矢《かぐや》と慧剣《えけん》をエニシの空港で待ち構えていたのは屈強な男性二名だった。

「ご安心を。気絶なさっても俺達が輝矢《かぐや》様を担《かつ》ぎます」

「重量挙げに比べれば軽いもんです」

慧剣《えけん》が自分の腕の力こぶと彼らの力こぶを見比べて、どういうことかと困惑してから絶望するくらいには筋骨隆々の者達だった。

輝矢《かぐや》が倒れた後に速やかに撤収するというのは既に決定事項なので、彼らくらい頼もしい者達が必要だと凍蝶《いてちょう》が判断したのだろう。

特注の防弾車は広々とした車内のはずだが、彼らが着席すると車の中にぎっしり人が詰まったように見えるのだから不思議だ。

「……何、食べたらそうなれるんですか」

慧剣《えけん》が質問すると、気のいい二人は道中に効果的な筋トレとおすすめのプロテインを教えてくれた。慧剣《えけん》が屈強な男達に嫉妬しつつも魅せられている間、輝矢《かぐや》は車窓から外の景色を眺めていた。自分が齎《もたら》した夜のせいで世界は暗いのだが、竜宮《りゅうぐう》と比べて明らかに違うエニシの様子が新鮮だった。街路樹の並びや建物、広い道路、すべてが興味深い。

厳密には異国ではないのだが、異国に来た、という気持ちになる。

「外の世界って本当にあるんだな……」

思わず感嘆の声が出た。

輝矢《かぐや》の生まれは竜宮《りゅうぐう》ではない。幼少期に彼の地へ連れていかれた。

もう子どもの頃の記憶は薄れている。あまりにもずっと竜宮《りゅうぐう》に居る為、自然とそんな考えになってしまうのだろう。

窓に顔を近づけて外を見る輝矢《かぐや》に思うところがあったのか、冬の護衛二人は声をかけた。

「輝矢《かぐや》様、帰りも我々が護送して、竜宮岳《りゅうぐうだけ》にも同行するように言われております」

「え、そうなんですか」

「一日に二回も神事をされるとお聞きしました。大和《やまと》の民として我々も出来る限りのことをしたいと思っております」

「ありがとうございます……何だか申し訳ないな……」

腰が低い神様に、冬の護衛陣も『いえいえ』と畏《かしこ》まる。

「飛行機の手配も慧《え》剣《けん》様からいただいた内容に近い形で組み立てなおさせていただきました。不知火《しらぬい》からはすぐに脱出。エニシ空港へは早めに到着しますが、代わりに空港内でゆっくりくつろげるスケジュールにしています。問題はどれくらいで気絶から目覚めるかですが……。最悪、寝ている御身をかついで飛行機にお乗せします」

「……俺も不知火《しらぬい》に行ってみないとわかりませんが、ただ……竜宮《りゅうぐう》と空気は違っても山々に囲まれているところや、自然に溢《あふ》れている様子は共通点がありますので、霊脈の質次第では数時間で起きられるんじゃないかという気はしています。歩くのには誰かの支えがいるかもしれませんが……」

「おれが支えます！」

慧剣《えけん》が挙手をして言う。

「数日間は我々も竜宮《りゅうぐう》に滞在する形を取るのでお手伝いしますよ」

しかしすかさず冬の護衛陣も支えを申し出た。

「おれが居るのに……」

「あ、いや……慧剣《えけん》様のお仕事を奪いたいわけではなく、普通に考えて慧剣《えけん》様が輝矢《かぐや》様を支えたら登山用のリュックなどは無理やり持つしかありませんよね。慧剣《えけん》様が少し背負って下山したと聞きましたが、大変だったのでは？」

問われて、慧剣《えけん》は声を小さくする。

「……はい。リュックは一つ聖域に置いてきちゃいました……」

「そういうところをお助けするようにと寒月《かんげつ》に申し付けられています。主である寒椿《かんつばき》からも、お供して様子を見るように仰《おお》せつかっていますので」

それを聞くと、慧剣《えけん》も大人しくなった。冬主従の命なら仕方がない。

冬の護衛陣二人はそんな慧剣《えけん》の様子を見てにっこりと笑う。

主の役に立ちたくて張り切る少年など、大人の護衛からすれば可愛《かわい》いものだ。

輝矢《かぐや》は至れり尽くせりのこの待遇に恐縮するばかりだった。

「お帰りの際に、お召し上がりになりたいものがありましたら先にお申し付けください。空港ならエニシの名物は大体揃《そろ》っていますので、予約致します」

冬の護衛陣の気遣いはどこまでも細やかだ。

「あ、いえいえお気になさらず」

輝矢《かぐや》は大人なので、食事の気遣いは微笑《ほほえ》むだけに留《とど》めていたが。

「エニシの空港には温泉もあります。もしよろしければ帰りはそこで旅の泥を落としてから竜宮《りゅうぐう》へ向かいましょう」

「え、行きたいです」

温泉と言われてそこだけは素で喜んでしまった。

黄昏《たそがれ》主従は本来送るはずだったおっかなびっくりの旅路ではなく、優秀なアテンドに見守られながら不知火《しらぬい》へと向かった。

そして、車内で竜胆《りんどう》に連絡。

竜胆《りんどう》からも万事順調という返事をもらい安堵《あんど》した。

秋の代行者《だいこうしゃ》が弓弦《ゆづる》を治療してくれているなら、あとは輝矢《かぐや》が頑張るだけだ。

問題は、花矢《かや》が失踪中で不知火《しらぬい》岳周辺にて捜索が続いているということだった。

国家治安機構《こっかちあんきこう》も駆り出されていると聞く。事態は大事件へと発展していた。

不知火《しらぬい》にあと三十分ほどで到着、という時点で今度は竜胆《りんどう》から輝矢《かぐや》に電話がかかってきた。

「阿左美《あざみ》様かい？　こちらは問題なく不知火《しらぬい》岳麓に到着予定なんだが……弓弦《ゆづる》君と花矢《かや》ちゃんの容態はどうだろうか」

『弓弦《ゆづる》様は既に全快しています。花矢《かや》様の生命力がかなり強靭《きょうじん》だったおかげで安定も想定より数倍早かったです』

「おお、それは素晴らしい……さすが撫子《なでしこ》様」

『いまは医師からの検査、あと輸血、という流れになっています。俺と撫子《なでしこ》、あと連れの里の者はこれから病院を離れて冬離宮にお邪魔させてもらう形です。逃げるようでお恥ずかしいですが、事情聴取されては困るので……』

「ああ、奇跡の力を根掘り葉掘りお医者様に聞かれても困るしね……」

『はい……秋の里の医者でさえそうなので、代行者《だいこうしゃ》の権能をよく知りもしない人なら更にそうかと……』

「全快の理由はどうするんだい？」

『弓弦《ゆづる》様の身分や、お見舞いに来られていた花矢《かや》様の身分は病院の上の者には伝わっていますので、朝の神様による奇跡が起こったという形に』

「無理やりすぎないか……」

『俺もそう思いますが、じゃあ真面目に説明するか……と言っても秘匿事項ですし、民間人をこちらの世界に巻き込ませ、口外しないと誓わせる形になるのでそれはそれで相手に生涯の枷《かせ》を負わせますから……。無理やりな奇跡のほうがマシかと……問題は花矢《かや》様ですね』

「花矢《かや》ちゃん、身体《からだ》の具合悪いのか」

『はい、かなり……。起き上がって、気絶して、また起き上がってを何回か繰り返して……。なのに山に行くと言って聞かなくて……。みんなで止めています』

「山……？　いや、何の為に俺が居るんだよ。どういうつもりでそんなことを……」

『天蓋を打ち破るのは輝矢《かぐや》様にお任せする。花矢《かや》様は山中のどこかで倒れる。気絶している自分の姿を発見させれば、いま捜索している人達に、人知れず天蓋を撃ち破ったのだろうと思わせて、輝矢《かぐや》様のほうは完全犯罪が出来ると……』

「……」

『……』

「言っている意味はわかった。俺に咎《とが》が行かないように助けようとしてくれてるんだろうけど、そもそも俺は昨日の夕方から設定時刻を誤った状態で島から脱出してるし、絶対後でやったことバレるから意味ないよ、それ」

『そうですよね……。俺もそう思うんですけど……』

輝矢《かぐや》は少女のあがきに苦笑しつつ言う。

「阿左美《あざみ》様、花矢《かや》ちゃんいま電話に出られそうかな？　代われるなら代わってもらいたい」

竜胆《りんどう》はすぐに対応してくれた。恐らく、起き上がろうとして結局へたり込んでしまっている病室の花矢《かや》に声を届ける。

「花矢《かや》ちゃん」

『……輝矢《かぐや》、兄さん……』

あまりにも生気がない声に、輝矢《かぐや》は内心『これは無理だな』と判断した。

普段の花矢《かや》とは明らかに違う。それでも頑張ろうとしている花矢《かや》を想像してまた苦笑いした。

「花矢《かや》ちゃん、いいかい。撫子《なでしこ》様も言っていただろう。治療後も弓弦《ゆづる》君の傍《そば》に居たほうがいいと。安定したからと言って、君は彼から離れては駄目だ。まだ輸血始まってないんだろう？　何の為に俺が来てるんだ」

『……でも……でも……』

「花矢《かや》ちゃん、俺は逃げるつもりもないし、この旅を後悔してないよ。すごいことだと思わないか？　君が勇気を出したから、たくさんの人が助けてくれた。俺達、巫《かんなぎ》の射手《しゃしゅ》は……なんだかとても不自由で、孤独に生きている気がするけど、そうではないんだと思えたよ」

『……みんなに、迷惑……少しでも……軽く……』

「だったら元気になってからにしなさい。というかね、俺もうあと少しで山に着くし、麓で霊脈辿《たど》って矢を射《う》ったら気絶して帰るから。みんなの為に何か、というなら……空に暁が灯《とも》ったらお父さんお母さんに電話して、もう嘘《うそ》をつくのを辞めてもらいなさい。山狩りに付き合わせている人達も可哀想《かわいそう》だ。そろそろどうしてこんな事をしたのか説明しなきゃ。俺が空を朝に変えるのが成功した時点で慧剣《えけん》が本山に説明の電話入れる手筈《てはず》になってるんだけど、現場対応はやっぱり花矢《かや》ちゃんになるからさ。……どうだ。出来そうかい？」

輝矢《かぐや》の問いかけは、現実的で厳しくもあるが、しかし救いもあるものだった。

花矢《かや》は弓弦《ゆづる》を助けた後は自分が罪を被《かぶ》るだけだと意志を固めていた。

「花矢《かや》ちゃん、十分頑張ったよ。よくやった」

神だが、されど子どもだ。穴がある部分は大人がどうにかしてやらなければ。

「俺もさ、花矢《かや》ちゃんのおかげで初めて旅行が出来た。何も悪いことばかりじゃないよ。そうでしょう？　エニシって良いところだ。一生の思い出になった……」

携帯端末の向こうで、花矢《かや》の嗚咽《おえつ》が聞こえる。

「あとは『輝矢《かぐや》兄さん』に任せなさい」

輝矢《かぐや》はそう言うと、電話の通信を切った。きっとこれで大丈夫だろう、と。

やがて、不知火岳《しらぬいだけ》の麓にて黄昏《たそがれ》の射手《しゃしゅ》が空に矢を放った。

不思議なことに、輝矢《かぐや》は『出来ない』という気持ちがまったく湧かず、不知火岳《しらぬい》に近づけば近づくほど『俺、多分大丈夫だ』とつぶやいていた。

不知火《しらぬい》というこの盆地の下に走る霊脈を知らず知らずの内に感じ取っていたのだろう。

設定時刻も慧剣《えけん》が計算で叩《たた》き出《だ》したエニシの日の出と変わらず、空の天蓋は撃ち落とされ、夜はゆっくりとヴェールを剝がし、代わりに太陽を纏《まと》った。

主が矢を射る姿を見守った子狼《おおかみ》は自分の神は何処にいても美しいと改めて思った。

正射必中。場所は問題ではない。熟練された射手さえ居れば、この世界はちゃんと回る。

同じく不知火《しらぬい》岳の山中で、空の色が変わり始めたことに気づいた巫覡英泉《ふげきえいせん》は妻の肩を叩き、天を指さした。

彼女があどけなく笑うのを見て、ふと手が繋《つな》ぎたくなり、久しぶりに妻の手を握った。

朱里《しゅり》は驚いて声が出なくなった。

彼女も彼の手を握り返そうとしたところで、携帯端末がその場に鳴り響く。

夫妻は慌てて手を離した。

着信は愛娘《まなむすめ》からで、巫覡《ふげき》弓弦《ゆづる》の容態は好転したこと、すべてが成功した、後は断罪して欲しいという悲しい電話だった。

朱里《しゅり》も英泉《えいせん》も言葉を失ったが、娘にかけてやる言葉はたった一つだった。

よくやった。とても頑張った。

二人の激励は病室で弓弦《ゆづる》の隣に横たわる花矢《かや》の耳に届き、彼女は身体《からだ》を震わせて白いシーツに涙の跡を残した。

ありがとう、本当にごめんね。

何度も父親と母親に礼を言った。

これからどんな罰が待ち受けているかわからない。

それでも、自分はやりきった。人を一人救った。それも大好きな人を。

親に褒められて、やっとそう思えた。

良い日だ。今日はきっと吉日だ。

「花矢《かや》様……」

最愛の人の子の声が聞こえて、花矢《かや》は本当に今日は吉日だと微笑った。

終章

千射万箭

黎明《れいめい》二十年、十二月三十一日。冬至の候。

立冬過ぎに起きた暁と黄昏《たそがれ》の大事件から慌ただしく月日が経過し、大和《やまと》は新しい年を迎えようとしていた。

本日は一年の最後の日、大晦日《おおみそか》。こんな日でも、巫《かんなぎ》の射手《しゃしゅ》は空に矢を放たなければならない。

巫覡花矢《ふげきかや》はひっそり屋敷《やしき》の中で目が覚めて、寝台から起き上がった。

――輝矢《かぐや》兄さん。夜をありがとう。

窓の外の夜を確認して、花矢《かや》は大きく伸びをする。

それから自分で身支度をして階下に向かった。

屋敷《やしき》はとても静かだった。花矢《かや》以外に人が居る気配がない。

それもそのはず。花矢《かや》は現在一人でこの屋敷《やしき》に住んでいた。

花矢《かや》は慣れた様子で屋敷《やしき》の電気を点《つ》けて回る。

そして以前なら誰かにしてもらっていたご飯支度や登山準備を黙々と一人でこなした。

――ご飯、冷凍庫から解凍しなきゃ。

無謀にも他の現人神《あらひとがみ》をそそのかし、私欲の為に利用した罰として、両親とは離れ離れになっていた。役目を降ろすことも出来ない射手にする制裁は、孤独に追い込むこと。

これに尽きる。以前は屋敷《やしき》に通ってくれていた使用人すら居なくなった。

──母さんと警備門にメール。ちゃんと起きたよって。

暁《あかつき》の射手《しやしゆ》の一日は立冬の頃と大きく変わった。

現在は冬休み期間中だが、学校は休学させられている。

守り人《もりびと》に関しても、補充の人員が見つからないので本山から派遣されているチームが不知火《しらぬい》に仮住まいをして日替わりで対応する毎日だった。

──外寒いから、暖房入れたまま出よう。

色んなことが変わってしまった。

荷物を確認していると、携帯端末が着信を告げた。出発前ではあったが、花矢《かや》は応答する。

「はい、花矢《かや》です」

『花矢《かや》様、蒼糸《そうし》です。大丈夫ですか？』

花矢《かや》は笑った。

「ちゃんと起きてるよ、毎日電話しなくてもいいのに……。蒼糸《そうし》もメールリストに入れたほうがいい？」

『いえ、僕は毎日電話するつもりなので』

「しなくていいよ。ちゃんと出来てるだろ？」

蒼糸《そうし》は射手の体制が旧態依然に逆戻りしてしまったことに大層胸を痛めて、遠くからこうして花矢《かや》を気遣ってくれている。

『一応、ご報告もあります。御身の現在の暮らしに対して再決議となりまして……来年にはその処罰も解除されます。今日……やっとねじ込むことが出来ました。一月一日、つまり明日からご家族と同居が可能になりますよ。高校も登校を再開して良いと。輝矢《かぐや》様も諦めずに何度もお偉方に嘆願書を出してくださって……』

「え、そうなのか。別に良いのに……」

花矢《かや》が呑気《のんき》に言うので、蒼糸《そうし》は肩透かしを食らったようだ。

『良くはないでしょう。貴方《あなた》はいま一人なんですよ』

「うん……でもまだ二ヶ月にも満たないだろ。ちゃんと罰になったのかな……」

『高校生が、一人で生活をしているんですよ……花矢《かや》様』

そして怒っていた。息子の命を救う為に動いてくれた神様がこんな扱いを受けているのだ。そうもなるだろう。どうやら話が長くなりそうだと思い、花矢《かや》は荷物の整理を諦めて長椅子に腰掛けた。前は隣に座る人が居たが、現在は居ないので足も伸ばし放題だ。

「でも何とかなってるよ。世の中に孤独な高校生は他にも居るじゃないか。私だけが孤独ではないよ」

『居るかもしれませんが、御身は後続の為にも環境改善をせねばならない立場です』

「……それを言われると辛《つら》い。私のせいで蒼糸《そうし》や輝矢《かぐや》兄さん達が頑張って変えてくれた制度が戻っちゃったんだもんな……すまない……輝矢《かぐや》兄さんにも本当に申し訳ない……」

『謝罪などしないでください。貴方《あなた》だけこんな苦しみを受けて……。輝矢《かぐや》様は立冬からずっとお怒りでしたので、これで今日は安心して新年を迎えられると思います。四季側にも通達しました。花矢《かや》様からも事件後のご報告としてお伝えください』

「了解した。新年のご挨拶をするつもりだったから一緒にご報告する。ありがとう。でもな、蒼糸《そうし》……本当に気に病まないで欲しいんだ。私は結果に満足してるよ」

花矢《かや》は怒れる男をなだめるように囁《ささや》いた。

「私達には不和はないが、四季庁《しきちょう》と巫覡《ふげき》の一族は夏の事件後にしこりが出来ていたと聞く。それが私のしでかしたことで両方被害者になっただろう。……私がぜんぶ悪いとすることでそこらへんもすっきり解消した。共通の敵とは必要なんだと思ったよ」

『……』

事件を経て、妙に大人びてしまった花矢《かや》に対して、蒼糸《そうし》は物言いたげだ。

「あとはお偉方同士でうまくやり取りするだろう。四季と巫覡《ふげき》は日の入りや日の出を季節ごとに合わせるという関係性がちゃんとあるんだから」

『花矢《かや》様は帳尻合わせで生贄《いけにえ》になったということをご自覚された上でそう仰《おつしや》るんですね……』

悲しげな声に、花矢《かや》は眉を下げる。

「生贄《いけにえ》ではないと思う。普通に私が事件の首謀者だし。孤立が制裁って甘すぎるくらいじゃないかな……」

『貴方《あなた》は人助けの為に制裁を受けたんです……それも……僕の息子の……』

「そうだ。だからちっとも悲しくない。蒼糸《そうし》と弓弦《ゆづる》の為なら嬉《うれ》しい気持ちのほうが大きいよ」

何を言っても花矢《かや》がのらりくらりとかわしてしまう。蒼糸《そうし》は歯がゆそうだ。

——心配なのはこっちだよ。

彼の本山での立場も危ういものになってしまったはずだが、そういうことは言わずにただ花《か》矢《や》を心配してくれる。花矢《かや》はこの優しい元守り人《もりびと》がやはり好きだと思った。

『……お父様とお母様に会いたくないのですか？』

痛いところを衝《つ》いたつもりだっただろうが、これにも花矢《かや》は平然としていた。

「うーん、でも結局近くに住んでるし……。罰として、親の同居が消えたけど、住んでないなら良いだろうって不知火《しらぬい》に家借りちゃってるし……今日も来てたし、明日も私が神事を終えたら家に来てくれる予定だよ」

英泉《えいせん》と朱里《しゅり》は花矢《かや》と同じく処罰を受け入れつつも、静かに反抗の姿勢を示していた。娘を孤独にしてなるものか、という意志が見える。花矢《かや》はこの新しい生活が始まって、辛《つら》い時もあったが、今は凪《なぎ》のように落ち着いている時期に突入していた。理由もちゃんとある。

「それにさ。私、気づいていしまったんだ……」

『何ですか』

「うちの両親って私と同居してるより、二人で暮らしているほうが……なんか……うまくいってるみたいなんだよ……」

『うまくとは』

「夫婦仲だよ」

『……なんと』

蒼糸《そうし》も同居している時に英泉《えいせん》と朱里《しゅり》の夫婦喧嘩《げんか》は山ほど見ていた。

それが解消されていると聞くと、『なんと』とも言いたくなる。

「最近、手を繋《つな》いでるんだよ。私の前だと照れ臭そうに外しちゃうけど」

『それはすごいですね。大進歩です』

「ああ、けど少し複雑でもある……。普通さ、子はかすがいになると思わないか」

『はい……』

「でもうちはそうじゃなくて、父さんは母さんに構ってもらいたいし、母さんも事件で父さんのこと色々見直したみたいで、子どもが居ないほうがらぶらぶなんだよ」

『らぶらぶですか……』

花矢《かや》は蒼糸《そうし》が自分の言葉を反芻《はんすう》してつぶやいたことが面白くて、くすくすと笑った。

「うん。離れたら離れたでわかったこともあって……。私が大人になる為にも、夫婦関係を再構築する為にも、この生活は悪くないって気づいたんだ。だから、蒼糸《そうし》……そんなに私のことで罪悪感を抱かないでくれ」

『……』

「蒼糸《そうし》はなんにも悪くないんだから」

『花矢《かや》様……』

「お前のところの夫婦仲は大丈夫なのか。礼子《れいこ》さんは元気にしている？　前に送ってくれたジャム、美味《おい》しかったって伝えてくれないか」

『うちは昔から夫婦仲は悪くないので……。ジャムは何が美味《おい》しかったですか？』

「りんごのやつ」

『わかりました。また作ってもらいます。花矢《かや》様、楽だからと言ってパンばかり食べないでくださいね』

「うん」

『飲み物も、ジュースばかり飲んではいけませんよ』

「うん」

『……年が明けたら、礼子《れいこ》とそちらにお伺いしたいと思っていますので、その時はお会いいただけますか？』

「うん」

『貴方《あなた》を、孤独にさせてすみません……』

「ばか。もう言うな。あと、エニシの飛行機は冬だと雪ですぐ飛ばなくなるから気をつけてな」

『…………はい、花矢《かや》様。こんな大晦日《おおみそか》にも、朝をありがとうございます』

まだ空に矢を射《う》ってないぞ、と花矢《かや》は笑う。

蒼糸《そうし》と互いに『良いお年を』と言い合うと、通話は終わった。

それから花矢《かや》は登山準備を再開した。

――冬の代行者《だいこうしゃ》様にも、新年の挨拶をしなきゃ。

事件後に、一度だけ会うことが出来た冬の神様は少しつっけんどんな青年だった。

此度《こたび》の事件で一人で暮らすことになったと言ったら怒りを露《あら》わに舌打ちを披露してくれた。

冬の代行者護衛官《だいこうしゃごえいかん》である年上の色男も大層心を痛めたようで、困ったことがあったら何でも現地の冬離宮に言ってくれと連絡先を教えてくれた。

実際、冬離宮の管理人の者達が偶《たま》に顔を出して食料を置いていってくれるので、見守られている様子がある。

――悪いことばかりじゃない。

本当に、そうだ。

庇護《ひご》を失ってから生まれる感謝というものは、確かに存在する。

——恵まれている。

きっとこの寒空の下では、同じように一人で生きてる者が居る。

もっと寂しさを抱えている者も居るだろう。

——頑張ろう。

花矢《かや》は誰にとは言わずにそう念じた。

世界のどこかにいる、孤独な誰かに言いたかった。慰めとは違う。同情でもない。

ただ、お互い頑張ろうと声をかけたくなった。

なにせ今日は大晦日《おおみそか》。

どんな人にも『良いお年を』と言祝《ことほ》ぐ日なのだから。

立冬から更に日の出時刻が遅くなっているこの時期は、外に出ると闇の深さと雪の冷たさに毎度新鮮に驚かされる。不知火《しらぬい》にも冬の代行者《だいこうしゃ》が訪れた後なので、すっかり銀世界だ。

警備門の近くまで行くと、車が既に待機していた。

雪が酷《ひど》くなってきたせいか、雪かきが追いついていない様子だ。道は狭いが、何とか車は通れそうで安堵《あんど》する。花矢《かや》は頭や肩についた雪を手で払ってから車に乗り込んだ。

この時点で既に年越しは終えて、午前二時過ぎになっていた。

「明けましておめでとうございます。こんな日にすまない」

「明けましておめでとうございます。いいえ、花矢《かや》様こそ。それに今日働いている人は意外に多いもんですよ」

運転手になってくれる警備の者にそう言われて、花矢《かや》は頷《うなず》いた。

どんな日でも休めない人は居る。そうした人達のおかげで世の中は回っている。

そして花矢《かや》は、すべての人に朝を齎《もたら》さねばならない。

それも、世界を回すという点では同じ行為だ。

「今日、同行してくれる人、誰かわかるだろうか」

「シフト表、警備小屋の中ですわ。あちらに電話して確認しますか？」

「いや、ならいい。現地に行けば待ってくれてはいるはずだ」

花矢《かや》に孤立を味わわせる。しかし射手の仕事は監視せねばならない。

お偉方からの相反する指令のせいで、守《も》り人《びと》の代わりの同行者は射手と現地集合せねばならない。非効率、といえば非効率な働き方だ。

「正直、僕はこのシステム馬鹿だなと思いますよ……。現場のことなんも考えてないんだから」

愚痴る運転手に花矢《かや》は言う。

「あ、でも……年明けから色々罰が解除されるらしいから、送迎はもう他の人の役目になるかと。多分……。今まで世話をかけた」

「ええ、大丈夫なんですか？　変な人に花矢《かや》様を任せるくらいなら警備門でやるほうがマシですね。上は本当に話を聞かないんだから。嫌がらせばっかりして……」

親身になってくれるが故の怒りに、花矢《かや》は苦笑いした。

不知火岳《しらぬい》の麓にたどり着くと、運転手のあくびと共に車が停車した。

花矢《かや》は礼を言って外に出る。

車から秘密の登山口までは少し歩かねばならなかった。地すべりで登るコースが変わったせいだ。同行者との待ち合わせはいつもそこでしていた。

「大丈夫そうですか？　ライトで道、しばらく照らしときますから」

「ありがとう」

「神事が終わったら一報くださるよう、付き添いの方にも苦言をお伝えください。偶《たま》に忘れる人居るんで。あれ困りますよ。こっちだって待機しながら心配してるんだから……。うちのお嬢さんを預かっているっていう責任感がまるでない」

警備門の人間は花矢《かや》が十歳の時から人員が変わっていないので、身内意識が強い。

「うん。じゃあいってきます」

花矢《かや》は優しい運転手に笑顔で手を振った。

懐中電灯を持ちつつも、車のヘッドライトを頼りに歩く。やがて、ヘッドライトの光も乏しくなったところで人影が見えた。

「お疲れ様です」

花矢《かや》は声を大きくしてそう言った。

吹雪とは言わないが、風がよく吹いているのでそうせざるを得ない。

視界は深海のように暗い。雪が更に邪魔をしてくる。

花矢《かや》は返事がない人の近くに、懐中電灯を照らしながら近づいた。

「お疲れ様です」

もう一度言った。相手も返してくれた。

「……花矢《かや》様」

返してくれた言葉は、ただ名前を呼ぶだけだったが、それだけで十分と言えば十分だった。

花矢《かや》は思わず後ろを振り返る。車のライトが点《つ》いたり消えたりした。拍手のようだ。

——嗚呼《ああ》、嘘《うそ》。

花矢《かや》はいつも気づくのが遅いのだ。

色んな兆候がそれまでにあったはずなのに、いざ物事が起きないとわからない。

視野が狭いとも言える。良く言えば、ひたむきとも。

蒼糸《そうし》は一月一日から罰が解除されると言ったのだ。いまはもう新しい年だ。

花矢《かや》は手を伸ばして相手のマフラーを摑《つか》んだ。

そして顔を覗《のぞ》き込む。

「弓弦《ゆづる》」

花矢《かや》の最大の罰は、愛する人の子から引き離されることだった。

治療をした日から、一切連絡を取っていない。蒼糸《そうし》を経由して連絡することも許されていなかった。弓弦《ゆづる》は怪我《けが》が治ってから、本山の指示で電波も届かない帝州《ていしゅう》の山奥の神社に飛ばされていた。本山も扱いに困ったのだろう。

罰として花矢《かや》から引き離したが、四季の代行者《だいこうしゃ》がわざわざ生存させた人物を無下に扱うとあちらの現人神《あらひとがみ》からの抗議が怖い。恐らく、最初からいつかは戻す気ではあったのだと思われる。すっかり厄介者扱いされている花矢《かや》の守り人《もびと》をやりたがる者はほとんど居ない。派遣された者達は短期間の仕事なので淡々とこなしてくれているが、これから一生、エニシの山奥で毎日過ごせと言われれば不満は出る。だから、これは当然と言えば当然の措置なのだ。

修行と称して送られたその神社で弓弦《ゆづる》が何を学んでいたのか、花矢《かや》は知らない。

「弓弦《ゆづる》、おかえり」

とりあえず花矢《かや》はそう言った。唇が震えた。寒さのせいもあるが、彼の人を射抜くような強い瞳が自分に刺さっていることに震えた。

「……」

弓弦《ゆづる》は喋《しゃべ》らない。久しぶりの再会なのに、距離を詰めすぎたかもしれない。

思わず摑《つか》んだマフラーを放して、花矢《かや》は一歩後ろに下がった。

「弓弦《ゆづる》、おかえり」

もう一度言った。

「おかえり、弓弦《ゆづる》、おかえり」

何度も言った。

「おか」

数度目で、弓弦《ゆづる》が花矢《かや》のほうに手を伸ばして、言葉を止めてしまった。

手袋越しだが、唇に手を当てられて花矢《かや》はたじろぐ。煩《うるさ》すぎただろうか。

やかましい、という意味か。弓弦《ゆづる》が喋《しゃべ》ってくれないので何もわからない。

「……弓弦《ゆづる》、私のこと……嫌いに、なったか？」

手袋伝えに、小さな声で尋ねてみる。

彼が義務感で此処《ここ》に居るのか、それともまだ情があって戻ってきてくれたのかは聞かないとわからない。花矢《かや》は、きっとこの人ならば後者なのではと思っていたのだが、違う可能性はあった。弓弦《ゆづる》は花矢《かや》の問いかけを聞くと、それまでポーカーフェイスを保っていたくせに、途端に顔をぐしゃぐしゃに歪《ゆが》めて言った。

「好きに決まってるでしょうがっ!!」

　怒鳴るように愛を伝えてられて、花矢《かや》は目をぱちくりと瞬《まばた》いてしまう。

「……貴方《あなた》、何でそんなに普通におかえりとか言うんですか……」

弓弦《ゆづる》は、今にも泣き出してしまいそうだった。

「よくその面見せられたなとか、言えばいいのに……」

彼が花矢《かや》と会うまでに、どれだけ罪悪感を抱いていたか伝わってくる。

「何で、そんな、嬉《うれ》しそうに……貴方《あなた》、おれを助けたせいで……」

自分のせいで、花矢《かや》の評判も地に落ちた。そして彼女を独りにさせた。

それらすべてをどうにも出来なかった自分の不甲斐《ふがい》なさが苦しいのだ。

「……弓弦《ゆづる》」

花矢《かや》は弓弦《ゆづる》の手をぽんぽんと叩《たた》いて外させる。そして言った。

「だって嬉《うれ》しいものは嬉《うれ》しいよ……」

申し訳なく思いつつも、正直でありたかった。

「私でも弓弦《ゆづる》の為に出来ることがあったんだから」

「……花矢《かや》様」

「弓弦《ゆづる》、助けてくれてありがとう。お前にまた会いたかった」

「……おれは」

「ただいま、ではないのか……すぐ、帰るのか」

弓弦《ゆづる》はこれには大きく首を横に振った。

「……帰るわけないでしょう」

「そうなのか……本当に？」

「……帰らない、帰りません」

「蒼糸《そうし》も意地悪だなぁ。お前が待ってるって言ってくれたら……色々……私だって……」

「おれが父に頼み込んで……無理やりねじ込んでもらったんです……貴方《あなた》に会いたくて……」

「……そうか。なあ、明けましておめでとう」

「……」

「明けましておめでとうございます、弓弦《ゆづる》」

「……本当、普通に言うのやめてくださいよ……。何でそんなに平静なんですか」

花矢《かや》は笑った。

「平静じゃないよ……」

笑うと、妙に胸が締め付けられた。喉が塩辛い。

「お前と再会出来た時のこと、何度も思い描いてた……。お前に、すごくすごく、会いたかったんだ……。我慢していたら、いつか会えるかも。そうやって、過ごしていたんだよ……」

一生分泣いたはずなのに、こういうことが起きるとやはり涙は流れる。言いながら花矢《かや》の瞳からぽろりと大粒のしずくが落ちた。雪花と一緒に、それらは何処《どこ》かへ解けていく。

泣いている顔を見せたくないという気持ちは、彼の顔を見ると消えた。

弓弦《ゆづる》も同じように涙を零《こぼ》している。

「花矢様《かや》……」

ただ名前を呼んだだけだが、その声音にはたくさんの感情が詰まっていた。

花矢《かや》と同じく『ありがとう』や『ごめんなさい』、『会いたかった』、『寂しかった』、『好きだよ』、という気持ちに溢《あふ》れている。

「弓弦《ゆづる》」

二人はこの山奥の土地で、誰に感謝されるでもなく生きてきた。

「あの時、助けてくれてありがとうな」

きっとこれからもそうなのだろう。

「怖い思いをさせてごめんな」

そういう役目に居るから繋《つな》がることが出来た。

「……私、駄目な主だ。やっぱりお前は守《も》り人《びと》を辞めたほうがいい」

出会うことが出来た。

「でも、私……お前が居ないと本当に寂しくて」

誰かを好きになるという気持ちが、生まれて初めて理解出来た。

「辛《つら》くて、無理だ」

これが恋かどうかは問題ではない。

叶《かな》うかどうかもわからなくていい。

「……帰ってきてよ」

ただ、貴方《あなた》が元気でいて欲しい。

でも遠くでは嫌だ。傍《そば》で貴方《あなた》が生きている姿を見ていたい。

我儘《わがまま》だと言われようと、それだけは譲りたくない。

「お前が欲しい。傍《そば》に居てくれ弓弦《ゆづる》」

離れないで、という花矢《かや》の願いは、弓弦《ゆづる》からの抱擁をもってして叶《かな》えられた。

「……おれは元より、生涯貴方《あなた》のお傍《そば》に侍《はべ》るつもりです」

北のエニシには朝を齎《もたら》す神様が住んでいる。
神名は暁《あかつき》の射手《しゃしゅ》。
光の弓矢を生み出し、空の天蓋を撃ち落とす巫女《みこ》。
彼女の将来に展望はなく。
霊山とされる御山から離れることは許されない。
恐らくは一生のほとんどを山を登って過ごす。
彼の者の名を『花矢《かや》』と言う。

この世界の何処《どこ》かに居る『貴方《あなた》』と同じく、ひたむきに生きる只人《ただびと》だ。

あとがき

拝啓、お久しぶりです。いまこの瞬間を書き留めておきたくて、そのまま貴方《あなた》にお手紙を書いています。空は暁から東雲へ、そして曙に変化しようとしている時間です。

花矢《かや》も山の上で今日は良い一日であったらいいと願っていることでしょう。

私自身がそうなのですが、ふとした時に誰かの幸せを祈るというのは中々余裕がないと出来ないことです。だからこうして、射手がひと仕事を終えた後のように、貴方《あなた》への物語を書き終えた時こそ正しく祈ることが出来ています。

どうも、お元気ですか。こちらは寒い国です。いまどう過ごされていますか。

私は貴方《あなた》が健康で、少しの幸せを噛《か》みしめることが出来て、明日もそのように生きていてくれることを願っています。

春夏秋冬代行者《だいこうしゃ》は大和《やまと》の国から始まった物語ですが、この世界にも外の国があり、そしてこの本も私が訪れたことのない国の方々に読まれるようになりました。

素晴らしい翻訳家の方が、ここも翻訳してくれていると良いのですが。

この物語は程度の差こそあれ、どんなところでもある概念を扱っています。

四季の移ろいなどないよ、というところに住んでいる方。

でも貴方《あなた》の地域もきっとこの世界では違う名前で存在していて、そこにも現人神《あらひとがみ》はいるのではないかなと私は思います。私達は物語で繋《つな》がっていますから寂しくはありません。

朝と夜が曖昧だよ、というところに住んでいる方。

もしかしたら射手も大変なのかもしれません。けれども疲れた時に見上げる空は美しいし、貴方《あなた》はその美しさに励まされることもあるはずです。私達はそういう点では共感し合えます。

大和《やまと》に住んでいるよ、という貴方《あなた》。

ぜひ、外の世界の移ろいを楽しんで。貴方《あなた》はこの作品を抜群に堪能《たんのう》出来る方です。異国にもしお友達がいて、この作品で繋《つな》がることがあったら、どうか私の代わりによろしくとお伝えください。私はひっそりと狭い世界で暮らしているので、みなさんの御力をお借りしないと伝えられないことが多すぎるのです。とにかく貴方《あなた》という人が何処《どこ》に居ても、元気でいてねと祈る人間が世界中に一人は居ることをお忘れなく。貴方《あなた》もまた、ふとした時に誰かにそう願ってくれたら、何だかとても素敵なことだと思います。どうか考えておいて。

それでは、そろそろ物語の帳《とばり》も下りる頃です。この本を作る過程で携わってくださったすべての方に感謝を。書店様、出版社様、装幀《そうてい》家様、担当様。夢のように美しく物語を彩《いろど》ってくださった装画家のスオウ様。今回も本当にお世話になりました。

そしていまこの時まで傍《そば》に居てくれた貴方《あなた》。お元気で。またお会いしたいものです。

本を閉じた貴方《あなた》の今日という日が、明日が、いえ明後日《あさって》も。

きっと良い日になりますように。

◉暁　佳奈著作リスト

「春夏秋冬代行者　春の舞　上」（電撃文庫）
「春夏秋冬代行者　春の舞　下」（同）
「春夏秋冬代行者　夏の舞　上」（同）
「春夏秋冬代行者　夏の舞　下」（同）
「春夏秋冬代行者　暁の射手」（同）

本書に対するご意見、ご感想をお寄せください。

ファンレターあて先
〒102-8177　東京都千代田区富士見2-13-3
電撃文庫編集部
「暁 佳奈先生」係
「スオウ先生」係

本書は書き下ろしです。